解

堂場瞬一

集英社文庫

解　目次

解《かい》

第0章　1989

　湘南なんて俺には似合わないよな、と鷹西仁《たかにしじん》は苦笑した。明るい海と暖かな陽射し——はない。そもそも、今は二月なのだ。真冬の風が髪を乱し、先ほどから鼻水が止まらない。

「海はいいよなあ」ハンドルを握る大江波流《おおえはる》が、呑気《のんき》な口調で言った。この男が、こんな風に喋《しゃべ》るのは珍しい。大学では、真面目一方で通っているのに。

「いいけど、寒いよ。屋根、閉じないか？」

「開けておくのが普通なんだ」大江が反論する。「イギリスでは、雨が降ったら傘を差して乗るそうだから」

「そんなわけ、ないだろう」鷹西は思わず笑い飛ばしてしまった。「傘差してたら、シフトチェンジできないじゃないか」

「傘を差すのは助手席の人の仕事らしい」

「イギリス流のジョークか？」

　大江が低く笑う。鷹西は左側に視線を転じて、鎌倉の海を見た。車で走っていると容赦なく風が吹きこんでくるが、実際にはほとんど風のない一日で、海は凪《な》いでいる。二月の陽光が眩《まぶ》しく反射し、海は白く見えた。右を見ると、ちょうど江ノ電が通り過ぎていくところ。平日の昼間なので車の流れはスムーズだが、土日だったら延々と渋滞する場所だ。

だらだらと流れる時間。暇を持て余していた鷹西は、大江が突然「ドライブに行こう」と誘ってきた時、断る言い訳を思いつかなかった。卒業を間近に控え、大学もほぼ休み。昼間のほとんどを家に籠《こも》って本を読むか小説を書くかで過ごし、夜は塾講師のバイトに通うだけだった。大学の四年間で、最も呑気な毎日。ほかの連中もそうだ。空前の好景気と言われる中、皆早々と就職が決まり、今はのんびり遊んでいる。この時期、海外へ行っている友人たちも多かった。卒業旅行で、一月《ひとつき》ほどヨーロッパやアメリカに滞在している人間も珍しくない。皆金があるよな……と羨《うらや》ましく思ったが、鷹西は鷹西で、このアイドリングのような時間を好きなように使っていた。

新聞記者になる。第一の目標はまず達成した。だがそれは、その向こうにある本当の目標の達成を難しくするかもしれない。小説を書いて生きていくのが、そんなに簡単でないことは、十分過ぎるほど分かっていた。大学の四年間も必死に書きまくり、あちこちの公募の賞に送ってきた。二回、最終選考まで残ったものの受賞には至らず、未《いま》だデビューは果たせていない。記者になったら、環境も大きく変わるだろう。社会勉強、それに文章の練習として選んだ仕事だったが、今のように自由に小説を書く時間はなくなってしまうはずだ。自分の職業選択が正しかったかどうかは、まだ分からない。

家から持ってきた新聞――最近、どこへ行くにも新聞を持ち歩くのが癖になってしまっていた――に視線を落とす。一面のトップはリクルート事件の続報だ。これから記者になる人間としては、全容を頭に叩《たた》きこんでおく必要がある大きな事件だが、あまりにも構図が複雑で登場人物が多く、既に訳が分からなくなってしまっている。ふと、欄外の日付に目がいった。「平成」。昭和から年号が変わって一か月以上経つのだが、未だに慣れない。

すれ違った黒いシーマ――最近、やたらと街中で見るようになった高級車だ――の運転手が、左手で受話器を握って何か話しているのがちらりと見えた。自動車電話で話しながら運転か……よくあんな器用なことができるな、と鷹西は感心した。

「シーマねえ」大江が突然鼻を鳴らした。

「お前もシーマにでも乗ればいいじゃないか」鷹西は、凍える手を擦《こす》り合わせながら言った。「何も、寒い思いをしながらこんなオープンカーに乗らなくてもいいのに。ああいうでかい車の方が運転も楽だぞ」

「これがいいんだろうが。運転で楽して楽しいか？」大江が肩をすくめた。

まあ、こいつは寒くもないだろう。いかにも暖かそうなチルデンセーターに、裏が総ボアの革ジャケットを着こんでいるのだから。このウィリス＆ガイガーの革ジャケットの値段は十八万九千円。大江本人から聞いたのだが、あまりに高かったので、数字をはっきり覚えている。バイト代を全部注《つ》ぎこんだ、と言っていたが、この男はやはり自分とは金銭感覚が違うのだろう。自称「貧乏代議士の息子」で、確かにいつもアルバイトに追われていたが、使う時は一気に使う。対する鷹西は、とうとう四シーズン目に突入したスタジャンだ。裏地はついているが、下は長袖のTシャツ一枚だから、寒風が身に染みる。足元はコンバースのハイカットのバスケットシューズだから、少しは暖かいのだが……海辺をドライブすると分かっていれば、セーターぐらい着てきたのに。いきなり家を訪ねて来た大江に拉致《らち》されて、準備する暇もなかった。だいたい、髪型もよくない。昨日、初めて入った床屋で「適当に」と言ったら、揉《も》み上《あ》げをすっぱりと落とされ、襟足も刈り上げたように短くされてしまったので、妙に寒い。煙草《たばこ》に火を点《つ》け、しばらくジッポーの炎が揺らめくのを見てから火を消し、おもむろに握り締める。炎が残した温かさが掌《てのひら》を暖めてくれた。何と、原始的なやり方か……本当に、どうせ乗るならシーマにしろよ。あの車なら、快適なドライブができるはずだ。

目立つのは、シーマだけではない。対向車線を走る車の何台かは、これも街中に溢《あふ》れているプレリュードである。シルビアと双璧を成す、デートカー。すれ違う度、大江が少し馬鹿にしたような視線を向けるのを、鷹西は見逃さなかった。

「いい車じゃないか」鷹西は彼の反応に気づいて言った。

「あんなナンパな車、つまらないよ」大江が鼻を鳴らす。

「だけどこんな車じゃ、女の子を連れてドライブできないだろうが。せめてBMWかベンツにしろよ。仮にも国会議員の息子なんだからさ」夜の六本木で、BMWの3シリーズやベンツの190がずらりと路肩に並んでいる様を思い出しながら、鷹西は言った。

「美紗緒《みさお》じゃないんだから」大江が苦笑する。

白井《しらい》美紗緒は鷹西たちのゼミ仲間だが、全身を露骨にブランド物で固めている。時計はカルティエのサントス。ブレスレットはティファニーのスターリングシルバーで、洋服は……鷹西がまったく知らないヨーロッパのブランドだ。大学へ乗りつけてくる車はBMW。背中の中程まである長い髪は、頻繁に変化していた。最近は、前髪をぐっと持ち上げて、ボリューム感を出している。

「だいたいあいつ、何であんなに物持ちなんだ?」鷹西は首を傾《かし》げた。

「さあ……実家も金持ちだそうだけど、いいスポンサーでもいるのかね」大江が少し寂しそうに言った。

入学直後、大江が美紗緒のことを気にかけていたのを鷹西は知っている。つき合う、まではいかなかったが、何度かデートを重ねたはずだ。しかし美紗緒は、学年が進むに連れて派手になり、何となく自分たちとは馬が合わなくなった。ゼミのアイドル的な立場ではあったのだが……卒業後は、キー局のアナウンサーになることが決まっている。派手な彼女に似合いの仕事だ。同じマスコミとはいっても、自分とは全然違う。

「テレビに出るような人間は、貧乏臭いと駄目なんだろうな」大江が分析する。

「じゃあ、俺なんか絶対無理だ」

「同じく……それより、そろそろ寒さに耐え切れなくなったんじゃないか？」大江がいきなり話題を変えた。

「分かってるなら何とかしてくれよ」

「飯にしよう」

「何だよ、それ」鷹西は腕時計に視線を落とした。午後一時半。朝飯抜き――最近、起きるのは十一時過ぎだ――だったので、胃の中は空っぽだ。

大江がいきなりハンドルを右へ切って、車を細い路地に乗り入れ、坂の途中にあるイタリア料理店の駐車場に車を停める。大江は小さく溜息《ためいき》を漏らし、車を降りた。海から吹き上がってくる風は身を切るように冷たく、思わず肩をすくめてしまう。

ちょうどランチタイムの客が引いたところで、二人は窓際の席――たぶんこの店で一番良い席――に案内された。左側に視線を転じると、遮《さえぎ》る物がないので海がはっきりと見渡せる。思わず苦笑してしまった。

「これは、デート用の店じゃないか」

「まあ、いいじゃないか」大江も苦笑した。「たまには野郎同士のデートもさ」

「最初からこの店に連れてくるつもりだったのか？」

「まさか。そこまでお膳立てしてないよ。たまたま看板が見えたからさ」

メニューを見て、鷹西は目を見開いた。ランチで千四百円はいかにも高い。いつもお世話になっている学食なら、三食食べてもお釣りがくるほどだ。何だかこのところ、食べ物の値段がどんどん高くなっているような気がする。つい一月ほど前、美紗緒を交えてゼミの仲間で開いたパーティを思い出す。メニューを見て、鷹西は卒倒しそうになったものだ。大正海老のアメリカンソース、千八百円。サザエのアリオリ、千六百円。ワインに至っては、一本五桁だった。とても食べた気になれず、こんな状態が続いたら、そのうち普通に外食もできなくなってしまうと思ったものだ。

「高いよ」鷹西は反射的に文句を言った。

「いいから。今日ぐらい、いい物を食べよう」

「何で。俺、そんなに金ないぞ」

「金がないのは俺も一緒だよ」

「金がない」は大江の口癖でもあった。父親が代議士なのだから、息子が遊ぶ金ぐらいいくらでもありそうなものだが、実際、大江の生活は質素である。昼食を学食以外で食べることはほとんどないし、いつもバイトに追われている。愛車のＭＧＢはイギリス車だが、これも父親に頼みこんで、長年乗っていたのを譲ってもらったものらしい。既に十年落ちで、あちこちにガタがきている。

「とにかく、食べよう」

「何でこんな場所なんだよ。別に、飯なんかどこで食ってもいいじゃないか」

「ちょっと東京を離れたかったんだ。非日常、みたいな感じで」

「何だよ、それ」

「これからは、こういう風にお前と出かけたり飯を食ったりすることも、簡単にできなくなるだろう……お前、どこか地方に赴任するんだよな？」

「ああ」

「どこへ」

「まだ決まってない。入社してから決まるんだ」

「遠くじゃないといいけどな」

「よほどの事情がない限り、希望は聞いてもらえないそうだ」九州かもしれない。北海道の可能性もある。

「そうか……」大江がメニューに視線を落とす。「やっぱり高いな」とつぶやいて苦笑いした。

それでも、普段とは違う大江の様子が気になって、鷹西は素直に注文した。前菜とパスタ。後でコーヒーがつく。慣れないナイフとフォークを操って前菜を片づけながら、鷹西はちらちらと大江の様子を窺《うかが》った。ナイフとフォークの使い方が堂に入っているのは、いかに金がないとはいえ代議士の息子だからだろう。きちんとした場所で食事をする機会も少なくないはずだ。

「何か、これが最後の晩餐《ばんさん》みたいだけど」鷹西は少し大袈裟《おおげさ》な言葉で大江を刺激してみた。

「そんなこともないけど、これからは環境が変わるじゃないか。俺だって、仕事に追われまくると思う」

「社会人だからな」大江は大蔵省に入省する。あそこの忙しさについては話に聞くだけだが、予算編成の時期は、特に若手官僚は家に帰れない日々が続くという。

大江がナイフとフォークをそっと置いた。急に真顔になって、真っ直《ます》ぐ鷹西の顔を見詰めてくる。

「何だよ」照れて、鷹西は目を逸《そ》らした。海の青さが視界を占領する。

「変わるけど、変えたくない物もある」

「例えば」

「夢」

鷹西は思わず大江の顔を見た。現実主義者の彼の口から、こんな台詞《せりふ》が出るとは……

思わず「お前の場合は夢じゃなくて目標、だろう」と言った。

「そんなことはない。確かに試験は単なる目標だ。どうやれば通るかも、だいたい分かる。でも、政治家は別だ。どうやったら政治家になれるか、成功できるかは、誰にも分からない」

「お前なら問題ないだろう。オヤジさんの跡を継ぐんだから」

「そんなに簡単でもないんだ……でも、俺は政治家になる夢は捨てない。だから、お前も捨てないで欲しい。ちゃんと小説を発表して、作家になってくれよ」

鷹西は口をつぐんだ。話を合わせるためだけに「イエス」とは言えない。小説を世に出すのは、代議士になるより難しいかもしれないのだ。

こんな話——互いに夢を語り合う相手は、大江だけだ。大江が代議士になるのは、話題に上らなくとも誰もが予想しているだろうが、本人は何も言わない。ただ大江は、何故《なぜ》か鷹西にだけは自分の将来を語っていた。それに引っ張られるように、鷹西も「作家になりたい」という夢を明かしていたのだ。最終選考に残った時も、彼にだけは打ち明けている。「落ちた」と知った時の落ちこみようは、鷹西よりも大江の方が激しかったぐらいだ。

「頑張るしかないよ。美紗緒はさっさと夢を叶《かな》えたんだし」大江が言った。

「まあ、な」アナウンサーになると公言して、なった女性。それがどれほど狭き門だったかは、同じくマスコミを志望していた鷹西にはよく分かる。自分たちの世代では、トップランナーなのだ。普通の会社に入っても、自分のやりたいことができるようになるには、何年もかかるだろう。だが美紗緒は、目標の「肩書き」をいち早く手に入れた。有名人の仲間入り。「でも、あんなに早く夢を叶えて、どうなるんだろう。一生アナウンサーを続けるつもりなのかな」

「どうかな。次の目標があるのかどうか……何かさ、今の時代、夢を語れないじゃないか」大江が溜息をつく。

「そうか？　皆喋ってるだろう。ホラ吹いてるみたいに」

「あれは、夢じゃなくて目標なんだよ。会社に行って何をするとか、どこまで出世したいとか、どれぐらい金を儲《もう》けたいとか……どれも、必死で頑張れば何とかなる話だろう。俺たちは違う。本当に実現できるかどうか、分からない物を追いかけてるんだから。でも、諦《あきら》めたくないんだ。俺は日本を何とかしたい。お前は、小説で日本を元気にしてくれ」

「日本は十分元気じゃないか」鷹西は苦笑した。最近の狂騒ぶりときたら……株価も地価も右肩上がりで、「地上げ」があちこちで行われているらしい。高級車が街を走り回り、高い服が飛ぶように売れている。全て鷹西には関係ない世界の話だったが、東京にいると、熱に浮かされたような雰囲気だけは感じることができる。

「それは表面だけの話だ。こんな風に皆が浮かれているうちに、本質的な物が駄目になる」

「そうかもしれない」

「これからどうなるか、誰にも分からない」大江が身を乗り出した。「昭和から平成になっただけじゃないんだ。こんな好景気がいつまでも続くわけがないし、こういうのが正しいとは思えないんだよ、俺には」

「そうか」

「だから、日本を正しい方向へ引っ張っていきたい。何が正しいのか、まだ分からないけど」

「お前ならできるさ」正しい、の意味は誰にも定義できないはずだと思いながら、鷹西は言った。

「お前もだ」

大江が水の入ったグラスを掲げた。戸惑いながら、鷹西もグラスを掲げて合わせる。澄んだガラスの音が、すっかり客がいなくなった店内に響いた。

「上手《うま》く説明できないけど、俺とお前は、似てるんだと思う。夢を持って、それに向かって頑張るということで……そういうの、なくしたくないんだ。お前が頑張っているって分かれば、俺も頑張れる」

何を青臭いことを……しかし、自分たちの夢を、何度も夜通し語ったことがあるのは事実だ。最終選考で落ちた悔しさを慰めてくれたのも大江だけだった。

友。

同じくするのは目標ではなく、志。こういう人間に大学で出会えたことを感謝したい。青臭くても何でもいいではないか。

鷹西は静かにうなずき、大江の言葉を全面的に受け入れた。俺たちは同志だ。俺たちは、二人で日本を変えていく。

第1章　2011 Part1

「それにしても、思い切ったよな」

芦田《あしだ》が感嘆の声を上げた。会ってから十分ほどしか経《た》っていないのに、もう何度目かになる同じ台詞だ。酔っ払うにはまだ早いのに……鷹西は苦笑しながらうなずき、ウーロン茶を啜《すす》った。

「才能がある奴《やつ》はいいよなあ。俺なんか、会社にしがみついてないと、生きていけない」芦田が早々と愚痴を零《こぼ》し始めた。音響機器メーカーの課長だが、高校生と中学生、子どもが二人とも私立。住宅ローンもあって、金は幾らあっても足りないだろう。その重圧に押《お》し潰《つぶ》されそうになっているのか、いつの間にか背中は少し曲がり、髪もずいぶん薄くなっている。

「こいつ、小遣いを減らされたんだってさ」芦田の愚痴を解説したのは、建設会社に勤める福江《ふくえ》だった。

「へえ」鷹西は小声で相槌《あいづち》を打った。どうにも話に乗れない。独身の自分には実感しにくいことなのだ。

「それを言うなよ」芦田から泣きが入る。「その話をされると、情けなくて泣けてくる。だいたい、今日の会費を捻出するのだって大変だったんだ」

「何かさ、入社した頃のことを思い出すよ」福江が後ろに両手をついて、天井を見上げる。

「俺たち、平成元年入社組じゃないか。あの頃って、先輩たちががんがん金を使ってたろう？　四十歳になったら、どんな凄《すご》いところで宴会をやってるかと思ったんだけど、これだもんな」

「いいじゃないか。居酒屋、好きだよ」

鷹西はわざと明るい声で言って、ウーロン茶のグラスを掲げた。呑《の》まなくなって長いのだが、こういう場では酒にすべきでは、とも思う。大学時代の仲間たちが集まる、年に一回のこの同窓会は特別なのだ。忙しくて誰かが欠けることはあっても、会自体が開かれないことは一度もなかった。仲間が結婚するなどのイベントがあれば、年に二度、三度と集まることも珍しくない。

それにしても、福江の指摘ももっともに思える。社会人になったばかりの頃、同級生たちとの会合は、こんな居酒屋ではなく、もっと高い店で開いていた記憶がある。一人当たり二万円近く取られるフランス料理店とか、政治家が密談していそうな料亭を使ったこともあったはずだ。しかしここ何年か――二十一世紀になってからは、居酒屋が定番である。さすがにチェーンの安い居酒屋ではないが、腰が抜けるまで呑んでも、万札が何枚も飛ぶような店でもない。

「何かさ、俺たちって、平成そのままじゃない」芦田が背中を丸め、ジョッキを手にした。ゆっくりとジョッキを揺らしながら、ビールの泡を眺める。「元年に社会人になって、バブルも不景気も経験してきてさ。本当にいろいろあったよな。昭和の人たちって、俺たちほど揺れてないんじゃないか」

「そうかもしれない」鷹西は適当に話を合わせた。昭和の時代には、戦争もオイルショックもあったのだが……。

「それにしても、先行きが見えない中で辞めるんだから、お前も度胸、あるよな」芦田の声には、早くも酔いが感じられる。

「そうかもしれない」

「そうかもしれないって……さっきからそればっかりじゃないか」

「どうも調子が狂ってるんだ。会社を辞めたせいかもしれないけど」

実は、まだ実感がない。今日は普通に出勤して荷物を片づけ、後は社内の挨拶《あいさつ》回り。最後も、誰かに見送られて会社を出たわけでもないので、「辞めた」という実感がほとんどない。それに今後、自分の生活がどんな風に変わっていくのかも、想像できなかった。ひたすらデスクにしがみついているだけにはならないようにしようと決めてはいるが、そういう決意を守れるとも限らない。作家の仕事は単に、需要と供給のバランスで決まるのだ。いくら書く気があっても注文が来なければ空回りするし、どれだけ注文を大量に受けても、書ける量には限界がある。何とか上手くバランスを取りたいのだが、そう簡単にはいかないだろう。今のところ、ありがたいことに注文過多だが。

「で？　辞めてどうするんだよ。こういう時って、まず旅行とか行くんじゃないのか。卒業旅行みたいな」芦田が訊《たず》ねる。

「取《と》り敢《あ》えず、静岡かな」

「静岡？　伊豆とか？　お前みたいに売れっ子だったら、そんなちんけなこと言ってないで、思い切ってニューヨーク移住とかの方がカッコいいだろう」

「そういう意味じゃないよ。取材だ」

「小説の？」

「そういうわけじゃないけど」

「はっきりしないな」芦田が不満気に唇を捻《ね》じ曲げる。

「もう時効になった殺人事件なんだけど……堀口《ほりぐち》っていう、引退した政治家が殺された事件なんだ」

「そんな事件、あったっけ」

首を捻《ひね》る芦田に対して、鷹西は少しだけむっとした。発生当時はかなり騒がれた事件なのに、こいつは忘れてしまったのか……そんなものかもしれない。自分だって、きちんと覚えているのは、自分で取材したことだけなのだから。経済問題だったら、芦田や福江の方がよほど詳しいだろう。

「俺が静岡にいた時に起きた事件で、犯人が捕まらないまま、時効になった」

「殺人だろう？　時効って、なくなったんじゃないか」福江が突っこんできた。

「法律が改正される前に時効になったんだ。それがずっと引っかかってる」

「まさか、犯人を捕まえるつもりじゃないだろうな」福江が両腕をぱっと広げる。「それは作家の仕事じゃないぜ」

「分かってる」鷹西は苦笑いした。「そんなこと、一人でできるわけがない。関係者もずいぶん亡くなってるし」

「じゃあ、どうするんだよ」

「どうするか分からないから、調べてみるんだ……っていうか、小説を書いてるだけだとおかしくなりそうだから、体を動かさないと」

「そんなものかね」

一瞬ざわめきが消える。十五人も集まった宴会だからそんな瞬間は珍しいのだが、沈黙の隙間を埋めるように、誰かの携帯が鳴り出した。間抜けな着メロに、一斉に笑い声が上がる。芦田が、脱いで傍らに置いていた背広のポケットから慌てて携帯電話を引っ張り出し、個室から出て行った。

「馬鹿だね、あいつ」笑いながら福江が言った。「あんな着メロ設定してて、会議で鳴り出したらどうするんだよ。笑い者だろうが」

それからひとしきり、携帯電話の話になった。今は、大抵の人間がスマートフォンに切り替えている。鷹西もそうだった。外出先でもすぐに編集者たちとメールで連絡が取れるようにと、しばらく前に普通の携帯からブラックベリーに乗り替えていたのだ。去年の秋に来日したジェフリー・ディーヴァーが、ブラックベリーの話をしていたのに影響されたせいもあるが。売れっ子にはあやかりたい。

「新聞社だと、携帯が入るのも早かったんじゃないか？」福江が訊ねる。

「ちょうど俺たちが入社した頃だな。支局に一台、とかだったけど」

喋りながら鷹西は、二十年以上前の新人時代を思い出していた。あの頃の携帯電話は弁当箱のような大きさで、体積では、ブラックベリーの何十倍もあったのではないか。その携帯を、同期入社で一緒にサツ回りをしていた向井田《むかいだ》と自分が交代で使って……。

ふと、同時期に記者として歩き出した向井田の顔を思い出す。当時はどこか頼りない、弱気な男だった。それが後に新聞協会賞を受賞するのだから、世の中は分からない。三年前、三島由紀夫の未発表書簡を発掘したのだ。晩年の三島が記した長文の手紙は、当時の文壇の人間関係に関する常識をひっくり返すようなものであり、少なからぬ衝撃を以《もっ》て受け止められた。

「他にろくな候補がなかったからだよ」というのが照れた向井田の言い分だったが、文学史的に第一級の発見だったのは間違いない。頼りないあいつは——初めての殺人事件の現場でゲロを吐いたのを覚えている——今でも、記者としての仕事を全うしているわけだ。それに比べて俺は、と考えることもある。

だが、人間は同時に二つの物は追えない。今まで馘《くび》にならずに会社にいられただけで感謝すべきだ、と鷹西は常に自分を戒めている。もしも入社から数年後に出会ったあの事件の後、すぐに異動にならず、深く取材に取り組めていたら、自分は今とまったく違う存在になっていたかもしれない。突き抜ければ自分を変えることのできる取材の機会が、どの記者にも一度や二度はあるものだが、そのチャンスは指先から零れ落ちてしまった。

「やあやあ、お待たせ」ふすまが開き、芦田が額の汗を拭きながら部屋に戻って来た。

「待ってねえよ」と二、三人が一斉に声を上げ、どっと笑いが起きる。芦田は傷ついたような表情を浮かべ、自分の席に体をねじこんだ。壁と卓の隙間があまりないので、ひどく苦しそうだった。

「何の話で盛り上がってたんだ？」

自分がいない間に悪口を言われていたのではないか、と恐れるような態度だった。小学生か……と苦笑しながら、鷹西は「携帯の話だよ」と告げた。

「いやあ、参ったよ」自分の携帯電話を振ってみせる。「こんなもの、ない方がいいと思うんだけど、そうもいかない」

「忙しいふり、してるだけじゃないか」福江が皮肉を飛ばす。

「そんなふりして、何になる？」芦田が言い返した。

「今だったらありだと思うよ」急に真面目な声になって福江が言った。「暇ってことは、仕事がないってことだから。みっともないだろう、そういうの」

「まあ、な」芦田が唇を尖《とが》らせる。童顔だった学生時代の印象が、わずかに蘇《よみがえ》った。ふいに腕時計に視線を落とし、鷹西に顔を向ける。「そういえば、主賓の挨拶がまだじゃないか」

「今さらいいよ、そんなの」鷹西は慌てて顔の前で手を振った。

「そうはいかない。今日はお前のために集まったんだから。お前の奢《おご》りは当然として……」軽く湧いた笑い声が静まるのを待ち、芦田は続けた。「会社を辞めることになった経緯を、自分でちゃんと説明しろよ」

「分かった」

鷹西はその場で立ち上がった。何とか小説一本でやっていける目処《めど》が立ったこと、社内でどことなく居心地が悪かったこと、自由に仕事をしたかったこと――などを説明する。

「取り敢えず、静岡時代に取材した事件をもう一度調べ直そうと思います。字になるかどうかはともかく、気になっていたので」

「今度はノンフィクションで勝負だな」両手でメガフォンを作った芦田が、冷やかすように言った。

「そんなんじゃないけどな」

事件が起きたあの三月は、本当にいろいろなことがあった、と思い出す。

犯人につながる手がかりがまったく摑《つか》めないまま、いたずらに日々が過ぎた。そして発生から二週間ほど経ったある日、鷹西はいきなり東京本社への異動の内示を受けたのだった。いや、予想していなかったわけではない。前年の秋から、同期の連中が本社へ異動するようになっていたから、自分もそろそろだろうと漠然とは考えていたのだが……事件が宙に浮いたまま本社へ帰るのは、釈然としない気分だった。

「それにしても、何だよ」

芦田が大声を出したので、鷹西は現実に引き戻された。現実――十五人の仲間が集まった、居酒屋の個室。煙草の煙が充満し、テーブルの上には料理の皿が散らばっている。そういえば喫煙者が多いな、と鷹西はぼんやりと思った。元々喫煙率の高い新聞社でも、最近は禁煙する人間が増えてきているというのに、この集まりでは半分の人間が煙草を吸っている。鷹西自身もまだ喫煙者だ。最近はさすがに、意識して減らすようにしているが。

「何が何だよ、だ」鷹西は芦田に訊ねた。

「美紗緒がいればね」芦田が溜息をつくように言った。

「それは、しょうがないだろう」胃がきゅっと痛む。この仲間内での集まりに、美紗緒が顔を出したことは一度もない。最初の頃は、テレビに出ている人間は住む世界が違うよな、という皮肉も聞こえたが、そのうちそんな台詞は出なくなった。実際、住む世界が違うのだから。「写真誌にでも撮られたら大変だろう」とつぶやいた奴がいるが、それは本当だと鷹西も思う。何しろ、入社してから数年間の美紗緒は、アイドル扱いだったから。他局の女子アナには、男と会っているところを写真誌に撮られ、番組を降ろされた人もいたが、美紗緒はスキャンダルとは無縁だった。そういうことには気をつけていたのだろう。

もっとも、彼女は二年前から、物理的にこの会合に出られなくなった。仲間内で一番早く亡くなったから。

葬儀は密葬で行われ「お別れの会」のようなものも開かれなかったから、鷹西は彼女に「さよなら」を言っていない。一人で、あるいは誰かと誘い合って墓参りする気持ちにもなれなかった。学生時代、それほど彼女とは親しくなかった鷹西でさえ、ショックは受けたのだ。卒業と同時に自分の目標を叶えた美紗緒。いつも自分たちの先頭を走っていた人間が亡くなったことで、自分の「若さ」の時代も突然打ち切られたように感じている。

「ところで、大江はどうしたんだ?」芦田が言った。

「忙しいんだろう、あいつも」

「今日は大事な鷹西の旅立ちの日なんだぜ」芦田が冷たい声で文句をつける。

「官房長官が、こんな呑み会に顔を出せるわけないじゃないか」鷹西は半ば諦めて言った。直前にも誘いのメールを送ったのだが……。

「いや、来てもらわないと困る」芦田が携帯を取り出した。

「お前、大江の携帯の番号、知ってるのか?」鷹西は訊ねた。

「あ、知らないんだった」とぼけた芦田の反応に、笑いが広がる。

追従して笑いながら、今の自分は大江にとってどういう存在なのだろう、と鷹西は思った。この中で、あいつの携帯電話の番号とメールアドレスを知っているのは自分ぐらいだろう。しかし今は、立場が違う。俺とあいつの間には、深く広い川が横たわっているはずだ。

「チルドレン」という言葉が定着したのはいつ頃だったか。ここ十年ほど……どことなく頼りなく、自分を生み出した相手の庇護から抜け出せないイメージが、どうしてもついて回る。

十年前は、自分も「藤崎《ふじさき》チルドレン」と呼ばれたものだと、大江は苦笑した。三十を過ぎて「チルドレン」もないだろうと反発したものだが、今目の前にいる九条《くじょう》は、「大江チルドレン」と呼ばれることにさして抵抗がないようだ。

それはそうだろう。実際この男は、俺がいなかったら国会議員になどなれなかったのだから。元々は、単なる駆け出しの弁護士。知名度も金もなく、親は普通の会社員で地域の地盤もなかった。本人がほんの少し頭がよく、人より努力してきたのは認めるが、それだけで政治家になれるなら苦労はいらない。政友党の若手——いや、若手だけではなく上から下まで共通した言葉の軽さに、九条も搦《から》めとられている。これが観測気球なら分からないでもないのだが、こいつらは深い考えもなく、思ったことをすぐに口にし、行動してしまう。

当選一回の仲間同士ならともかく、自分たちと大江との距離が分かっていないのではないだろうか。政治はお友だち同士でやるようなものではないのに、こいつらは簡単に面会を求め過ぎる。それに応えてきた自分にも問題はあるわけで、少し距離をおかないと駄目だな、と大江は反省した。今のところ、九条たち当選一回組で作る青礼会《せいれいかい》の人間は、単なる数合わせに過ぎない。国会で政友党の意図を押し通すための、あるいは党内でキャスティングボートを握るための駒。それ以上でもそれ以下でもない。

議員会館の部屋。執務デスクの横に置いた応接セットのソファに斜めに座っていた九条が、いきなりぴしりと背筋を伸ばした。

「大江先生、これは青礼会全体の意思なんですよ」

「分かってる。ちゃんと受け止めてますよ」大江は鷹揚《おうよう》に言ってうなずいた。目の前の九条は、ソファから身を乗り出している。今後十年の日本の進路を決定づける言葉を聞こうとでもいうように。こいつらは焦り過ぎるんだよな、と大江は心の中で苦笑した。政治家は言葉を選ばなければならない。一つ一つの言葉の重みを知るべきだ。それなのに、常に焦って結論の言葉を求める。

「では、お言葉をいただけますか」

「まあまあ」大江は無意識のうちにワイシャツの胸ポケットに触れた。煙草はとっくにやめたのだが、時折無性に吸いたくなる。昔は煙草の定位置だった胸ポケットに触れてしまうこともしばしばだった。「青礼会としての結論は分かりました。九条先生が焦る気持ちも理解できるよ。だけど今は、そのタイミングじゃない」

「しかし、内閣支持率がこういう状態では……」

「確かに、悪いね」

渋々大江は認めた。若手の連中は、支持率を気にし過ぎる。世論調査の数字で政治の流れが決まるわけではないのに、いつも一喜一憂するのだ。内閣、それに政友党の支持率が驚くほど下がっているのは問題だが、カウンターパートである民自党の支持率が上がってこない以上、焦ることはない。今すぐ選挙をやるならともかく、政友党政権はあと二年は安泰なのだ。そんな状態でクーデターを持ちかけられても、乗るわけにはいかない。

「九条先生」

大江は静かな声で言った。すぐに言葉を切り、室内を見回す。新築された議員会館は、旧会館に比べて議員一人に割り当てられる部屋の面積は二・五倍になったが、それでもまだ十分なスペースがあるとは言えない。特に大江のように、多くのスタッフを抱える人間にとっては、明らかに手狭だった。九条が身を硬くして、次の言葉を待ち構える。

「代表選は半年以上先ですよ。こんな早くに動き始めたら、火は消えてしまう」大江は冷静な声で言った。

「しかし、今動かないと、政治と金の問題で足をすくわれかねません。このままでは、藤崎総理は代表選で勝てません」

「それを言うのは、まだ早過ぎる」

「私が——私たちが心配しているのは、党内の問題です。高倉《たかくら》先生の問題を何とかしない限り、我々に次はないんですよ」

大江は、脳内が沸騰するような興奮を感じた。こいつら、ついに反旗を翻《ひるがえ》すつもりか。

自然に、高倉の顔が脳裏に浮かぶ。あの年代——七十代前半——にしてはすらりとした長身で、ダブルの背広が似合う体形。渋いロマンスグレーの髪、年輪を重ねてもなお整った表情は魅力的で、かつては女性有権者から絶大な人気を誇っていたのがよく分かる。当選十回の大ベテランにして、政友党前代表。違法な政治献金の問題が噴出して、去年代表を退かざるを得なくなった後もなお、党内には影響力を残している。いや、依然としてこの男の意思決定がないと、何も動かないのは事実だった。党代表にして首相、政界最大の実力者と言われる藤崎も、この男に黙って何かすることはない。

「自分が何を言ってるか、分かってるのか」大江は声を低くした。九条の顔は、わずかに蒼白《あおじろ》い。

「十分、理解してます」

「無茶だな。高倉先生を下ろすつもりか」

「高倉先生は、今や党内のお荷物です。高倉先生に退場してもらわない限り、今後はいくら看板が替わっても同じことになります」

大江は素早くうなずいた。この事実は否定しようがない。政友党の政権奪取からわずか一年半で、首相は二人目だ。その混乱の背景に、前回の総選挙後に噴き出した、高倉

と悪いことがある。政治家として未熟な一年生議員には、言っていいことの「政治と金」の問題があるのは間違いない。しかし一年生議員には、言っていいこと

と悪いことがある。

「君たちは、高倉チルドレンなんだぞ。高倉先生のお陰でここにいるんだ」

「我々は大江チルドレンです」九条が力強く言い切った。「当選できたのは、ひとえに大江先生のお力ですから」

馬鹿なことを……前回の総選挙で、大江はあくまで「表の顔」として全国を飛び回っただけで、そこには高倉と藤崎のしたたかな計算があった。当時から金銭スキャンダル――表面化してはいなかったが――を抱えていた高倉は、自分が全面的に表に出ることで、党のイメージが下がるのを懸念していた。マスコミも、候補者たちとともに街頭に立つ大江を大きく取り上げ、若い候補者たちを「大江チルドレン」と名づけたのだが、それはマスコミ的に看板を掲げやすかったからに過ぎない。実際には選挙の全てを高倉と藤崎がコントロールしていた。

大江はデスクの上で、ペーパーウェイトの位置を直した。ハーバードへ留学していた十数年前に買い求めたガラス製のウェイトで、レッドソックスのトレードマークである赤い靴下が、ガラスの中に埋めこまれている。あの頃のレッドソックスは低迷期で……とぼんやりと過去に思いを飛ばした。

「とにかく、高倉先生を表に引っ張り出さないと話になりません。そのためには、大江

先生にご尽力いただくのが一番かと」

「それが青礼会の総意か」

「そうです。我々は、政友党のことを第一に考えていますから」

国民ではなく、党か。大江はかすかな嫌悪を感じた。こいつらの頭の中にあるのは、地元の選挙関係者、それに国会で会う党の関係者だけだろう。それ以外の世界は想像もできないのではないか。「それ以外」のために動くべきなのが、政治家の使命なのに。まあ、陣笠代議士に何を言っても、理解不能だろう。

「話は聞きました」

「では――」

九条が腰を浮かしかける。大江はさっと手を突き出して、彼の動きを制した。

「軽々な行動は慎みたまえ。時間がすべてを解決することもある」

「そうしているうちにも、国民の支持は離れますよ」

「君が言う国民というのは何だ?」大江は九条の顔に人差し指を突きつけた。「世論調査に表れる数字が国民の総意というわけではない。そこを見誤ると、大変なことになるぞ。何のために、誰のために仕事をしているのか、真面目に考えなければならない」

「考えてますよ、もちろん」

九条が口を尖らせる。そうすると実年齢よりはるかに若く、頼りなく見えた。一つが気になると、他のことも次々に大江の神経を逆撫《さかな》でし始めた。青いクレリックシャツ……正統的なイギリス風のお洒落《しゃれ》だが、日本の国会議員が着るようなものではない。耳が隠れるほどの長さの髪をくしゃっと無造作に流した流行《はや》りのヘアスタイルも、軽薄に見えるだけだ。候補者の公募制度——その基礎を作ったのは高倉だが——も考えものだな、と大江は皮肉に思った。こういう、常識も知らない人間が平気で登院することになる。国会議員は、二世か元秘書、官僚上がりで十分ではないか、と思うことがある。元々政治の世界に馴染《なじ》んだ人間でなければ、こなせない仕事ばかりなのだ。素人が飛びこんできて、すぐに何ができるわけではない。

「とにかく、話は伺いました」

大江は両腿《りょうもも》をぴしゃりと叩いた。それが合図になったように、九条が慌てて立ち上がる。

「九条先生」直立不動の姿勢を取った九条に向かって、大江は柔らかい声で呼びかけた。「こういう時、一人で来てはいけないよ。仲間内の意向を上に伝える時には、必ず何人かで来なさい。そうしないと、あらぬ憶測を立てられるし、何か問題が生じた時、全部個人の責任に帰せられることになる」

九条の耳が赤く、顔は白くなった。処分を恐れているのだろう、と想像する。この男は、現在全国会議員の中で最年少である。自分のやったことは坊やの使いっ走りだったのだ、と意識したのかもしれない。

九条を下がらせた後、大江は椅子に浅く腰かけ、天井を仰いだ。青礼会は総勢四十六人。無視できない数だが、切り崩すのは難しくない。ただ、そんなことに注力するのは馬鹿らしかった。我々は――少なくとも大江は、政争がやりたくて国会議員になったわけではない。どうも、そこを誤解している人間が多過ぎるようだ。本来、政策を実現するために政権を取るのが筋なのに、野党暮らしが長くなるうちに、目的が逆転してしまったのだろう。とにかく政権交代を実現すること。政策に関しては後でいい――とまでは考えていなかっただろうが、選挙前の公約がほとんど実現できていないことを考えると、政友党の本質が学生のクラブ活動と変わらないのがよく分かる。問題は山積していて、やらねばならないことはいくらでもあるのに、九条たち若手でさえ、気にするのは支持率のことだけだ。確かに、安定した政権運営のもとでこそ、様々な政策は実現できるのだが、九条たち若手には、国の方針を考えるほどの能力がない。あいつらはただ、自分たちが政権の座についているという事実に酔っているだけだ。

その酔いはあまりにも甘美であるが故《ゆえ》に、手放さないためには、他のことなどどうでもよくなってしまう。

大江は携帯電話を取り出した。高倉の裏電話――間違いなく彼本人が出るもので、党内でもその番号を知っている人間は少ない――にかけるべきかどうか、迷う。

　高倉は馬鹿ではない。叩かれている時は、ひたすら頭を低くして嵐をやり過ごすのが、政治家の正しい対処方法だとよく分かっている。だからこそ大江も、あまり連絡をしないようにしてきた。あの男とは完全に通じ合っているから、こちらが勝手に判断して動いても、高倉の怒りを買うことはない。それぐらい信頼されている、という自負もあった。今回は、ただ報告するためだけの電話だ。若手が造反を企てている、と。

　やめておこう。高倉は今、細いロープの上で必死にバランスを取っている。今までにも何度もこんなことはあったが、今回のロープは特に細く、強度も低い。何とかバランスを取っているつもりでも、ロープそのものが切れて、谷底へ転落する可能性がある。

　何も、そこに手を差し伸べる必要はないのではないか？

　時代は変わるんですよ、と大江は独り言をつぶやいた。高倉は、長年に亘《わた》る民自党一党支配の中から飛び出した反逆者である。藤崎と一緒に党を割り、政友党を作って政権交代まで実現させた。しかし逆に言えば、あの男は未だに民自党の尻尾を、それも悪い尻尾を引きずっている。ひたすら民自党を倒すことだけに注がれた攻撃精神は、政策ではなく政権に固執する若手のメンタリティと何ら変わりはない。

　古い時代はもうたくさんだ。元号が平成に変わってから、何年経っていると思う？

　携帯電話をデスクに放り出し、代わりにインターフォンのボタンを押した。次の仕事、次の約束がある。遅滞なく進めていくことが、今の自分には何より大事なのだ。

相手が部屋に入って来るまでの短い時間を利用して、大江は手鏡を眺めた。この時間になると、さすがに疲労感は隠せない。ウェットティッシュで額の脂を拭い取ると、少しはましな顔になった。格好をつけても意味のない相手なのだが、政治家にはイメージも大事だ。

ノックの音に、「どうぞ」と大声で返事をする。すぐにドアが開き、栄光社《えいこうしゃ》の編集者、細田由佳里《ほそだゆかり》が入って来た。何度か会っているのだが、いつも疲れて見える。編集者の仕事はそんなに大変なのだろうか、と訝《いぶか》ってしまうのだった。

大江は立ち上がり、部屋の真ん中のソファに座るよう、促した。ゲラを広げるには、自分のデスクよりも広いテーブルの方がいい。

「ゲラ、お持ちしました」

「どうも、ご苦労様」

大江は音を立ててソファに腰を下ろし、由佳里から原稿袋を受け取った。すぐに封を開け、ゲラを確認する。今はただの紙の束だが、近い将来、大江にとっては極めて重要な意味を持つ本になる。

「初校ですので、結構赤が入ってます。語句の統一とか。その辺、ご確認いただければ幸いです」

由佳里の説明を聞きながら、大江はぱらぱらとページをめくった。きちんとした本を作るためだとは分かっていても、赤字で指摘が入っていると少しだけむっとする。自分の能力の低さを嘲笑《あざわら》われた感じになるのだ。もっともこの原稿は、ブログやツイッターで書いてきたのをまとめた物である。ネットではどうしても書き方が乱暴になるので、文章がある程度いい加減になってしまうのは仕方がない。読者も、正確性を求めてはいないだろう。読みたがるのは生の迫力、政治家の本音だ。本にする際、丁寧に書き直すのは当然である。読者層が違うのだ。

「時間はどれぐらい貰《もら》えますか」

「二週間でどうでしょう」由佳里が手帳を見ながら提案する。「会期中でお忙しいところ、申し訳ないんですが」

「それが仕事だからね」気さくに言って、大江はまたゲラに視線を落とした。「民自党が変な風に突っ張らなければ、何とかなるでしょう。どっちにしろ、通常国会は長丁場だし」

「今国会は特にいろいろ大変そうですけどね」

「何とかします。睡眠時間は削らなくちゃいけないけどね」

「すみません、お忙しいところ、本当に」

「とんでもない」大江は愛想のいい笑みを浮かべて手を振った。印税まで貰って宣伝してもらうわけで、恐縮されるいわれはない。

「それと、装丁なんですが……ちょっと早いですけど、何枚か見本をお持ちしました」

由佳里がトートバッグから別の封筒を取り出し、装丁見本を丁寧にテーブルに並べた。半月ほど前、このためにスタジオで写真撮影をしたのだった。きちんとネクタイを締めたスーツ姿と、ネクタイなしで柔らかい素材のジャケット姿と二種類ある。顔が変わるわけはないが、スーツ姿の方が、少し表情が硬い。

「あなたはどう思いますか」

「普通は、スーツ姿ですよね」

「ジャケットの方にしましょうか」大江は即断した。「政治家だから、真面目にネクタイを締めてスーツ、というのは、もう古いでしょう」

「私はどちらも写りはいいと思いますけど、ジャケットの方で構わないんですか？」由佳里が懸念を表明した。

「もちろん」大江は笑みを浮かべてうなずいた。「政治家も変わらないと。そのうち、国会にもノーネクタイデーができるかもしれないよ」

「夏は、もうそんな感じですけどね」

「ところが、大抵の先生はネクタイを外すとダサいんだ」大江は苦笑した。腹が突き出たジイサンたちの、スーツからネクタイだけを取り除いた格好——あれは最低だ。単にだらしないだけにしか見えない。大江は、夏場はジャケットに替えズボンでスポーティな雰囲気が出るように心がけていた。今回の表紙の写真も、それに準じたものである。上質なメルトン素材のブレザーに、ブルックス・ブラザーズのボタンダウンシャツ。要するにケネディをイメージさせる格好である。本音ではケネディは好きでも何でもないが——ベトナム戦争を泥沼化させた、無能な大統領だ——未だにその名前が清新さを想起させることを、大江は意識している。この本にも、ケネディを賞賛する内容を盛りこんでいた。もちろん政策に賛同するわけではなく、イメージリーダーとしてのケネディだが。

「じゃあ、こっちのジャケットの方で進めておきますね」

「お願いします」

「それと、原稿の内容なんですけど……」由佳里が、自分用のゲラをぱらぱらとめくった。

「今の段階になってしまってから言うのも何ですけど、全体のバランスはどうでしょうか」

「というと？」

「先生のキャリアの中で、大蔵省時代はかなり重要な意味を持つはずですよね。そこから全てがスタートしたんですから、もう少し盛りこんでもいいと思います。今ならまだ間に合いますから、書き足して——」

「それはいらない」

大江は硬い声で言った。由佳里が、叱責《しっせき》されたように身を硬くする。それを見て、大江は少しだけ声を柔らかくした。

「正直に言えば、官僚上がりというのはイメージがよくないから。私が大蔵省にいたのはほんの短い期間で、今はほとんどの人が忘れてしまっているはずです。敢えて取り上げたくはないですね」

「とはいえ、大江先生のベースを作った時代じゃないんですか」

「まあ、やめておこうよ」一転して砕けた調子で言い、大江は苦笑した。「波瀾万丈《はらんばんじょう》の人生ってわけじゃないけど、大蔵省時代のことを除いても、それなりに書くことはあったんですから。役人時代の話なんか、誰も喜ばないでしょう。人に誇れるほどの仕事をしてきたわけじゃないし。本当に駆け出しの、若僧の時代の話ですよ」

「そうですか？」由佳里が疑わしげな視線を向けた。

「そういうことです。役人の仕事なんて、つまらないものですよ。他に、読み応えのあるところは、いくらでもあるでしょう」

「まあ、それはそうなんですが」

まだ不満そうだが、由佳里は一応引き下がった。しかし大江は、胸の中にかすかに揺れが生じたのを感じていた。この女、俺の過去を知っているわけじゃないだろうな。もしも知っていて、揺さぶりをかけているなら——まさか。そんなことはあり得ない。どうして今になって、再び過去に怯《おび》えなければいけないんだ？　とうに乗り越えたことで、今の自分には何も関係ない。

俺には未来しかないのだ。過去を振り返っている暇はない。

由佳里を送り出し、一人になってざっとゲラを見てみる。ずいぶん古い原稿も混じっていた。元々の仕事柄、当選前から個人ホームページで情報を発信してきたのだが、ブログが流行り始めるとすぐに切り替えた。当時は「ブログ代議士」などと揶揄《やゆ》されたものである。そういう風に言われれば苛立《いらだ》つものだし、炎上に悩んだこともあったが、続けたことで力になったと思う。長年溜《た》まった原稿はついに一冊の本にまとまり、間もなく出版される予定だ。タイトルは『しなやかな日本』。長年書き続けてきたブログのタイトルそのままである。このタイトルに馴染んでいる人もいるわけで、無理に変える必要はないと判断していた。

結構いろいろなことを書いてきたものだ。教育問題から産業振興、外交。苦手な外交に関しては、敢えて回数を多くして積極的に発信してきた。書くことで自分の勉強にもなるからだ。ブログのエントリー数は、二〇〇二年のスタートから数えて六百本にもなる。そのうち身辺雑記的な物は省き、できるだけ新しいエントリーを選んで収録することにした。

狙いは未来だから。

それにしても、結構細かく直すものだ。まあ、こういうことは、プロに任せておくべきだろう。それにしても、誤字脱字が案外多い。政治家が発信する際は、ブログだろうが何だろうがきちんとすべきであり、これがそのまま人目に触れてしまったと思うと痛い。さっさと済ませてしまうか。腕時計を見ると、もうすぐ午後六時だ。今日の予定は……公的な仕事はなし。極めてプライベートな用件が一件入っているだけだが、これは外せない。大事な友の旅立ちの日だから。

本当に?

自分の人生には、何の影響も与えないイベントである。いくら長年の友人とはいえ、自分の政策にも選挙にもまったく関係ない話だ。もちろん、あいつにはそこそこ社会的な影響力もあるのだろうが、極めて限定的な範囲である。新聞社を辞めなければよかったのに。政治家は未だに新聞を気にするもので、影響力を行使するつもりなら、残った方が絶対によかった。

もっともあいつは、そんなことを気にするタイプではない。権力からは最も縁遠い場所にいる一人だ。

携帯が震える。メールの着信……最もプライベートな、ほんの数人しか知らないメールアドレスへの着信。何となく面倒臭さを感じながら、メッセージを確認する。

『無事、退社イベント終了。七時から店で待つ』

昔からあいつは、素っ気無い人間だった。そう考えた瞬間、大江の思いは二十年近く前に引き戻された。

第2章　1994　Part1

「出てくれないか」

「待って下さい」大江は思わず背筋を伸ばした。「出る」が何を意味するかは、即座に分かった。咄嗟《とっさ》に、断る言い訳がいくつも浮かぶ。留学から戻ったばかりで身辺の整理がついていない。今辞めると、大蔵省に借りを作る——何しろ官費留学なのだ——ことになる。自分には大蔵官僚としてやるべきことがある、等々。

後の二つは嘘《うそ》だった。大蔵官僚になったのは、単なるキャリアの一段目に過ぎない。国政へ打って出るのが次の目標なのは当然だが、このタイミングでの出馬打診は少しだけ早過ぎる。こんなことで自分の計画を、人生を捻じ曲げられたら、たまったものではない。

「まだ葬儀が終わったばかりじゃないですか」大江は声を潜めた。父、輝義《てるよし》の党葬では、大江はほんの端役に過ぎなかったが故に、あちこちを冷静に見回す余裕があった。千人近くの参列者が集まり、突然の死を悼む悲痛な雰囲気が流れていたのだが、生臭い話が平然と行われていたことにも気づいていた。最大の話題が後継者問題であったことは、想像に難くない。

「本気で考えて欲しいんだ」控え室で横に座った後援会長の下田《しもだ》が、大江の腿に手を置いた。「時間がない。一年……二年以内には確実に選挙がある。十分な準備期間はないんだよ」

「でしょうね」適当に話を合わせながら、大江はどうやってこの男を振り切ろうかと頭を捻った。下田は長年父親を支え続けた男で、現在は民自党東京四区支部長を兼ねている。

「しかも次の選挙からは制度が変わる。小選挙区制になったら、これまでとは戦い方が違ってくるんだ」

「分かります」

「今まで以上に、地元に密着した戦い方が要求される」

要するに、徹底したどぶ板選挙をしろ、ということか。白けた思いで、大江は下田を見やった。今時こんなことを言って、どうするのだろう。あまりにも、古い体質を引きずり過ぎている。アメリカではこんなやり方は通用しない。もちろん大江は、アメリカ流の選挙を日本に移植できるなどと簡単には考えていないし、彼《か》の地の選挙制度がベストだとも思ってはいないが。

「私にはまだ荷が重いですね」結局、この言い訳を持ち出すしかない。己の未熟さを強調し、辞退。しかし下田は簡単に引き下がろうとしなかった。

「大江家の人間なら、確実に票が計算できるんだ。決して政治の空白を招いてはいけない。そのためには、民自党の基盤を強固にする必要がある」

「ええ」

馬鹿らしい。数合わせのゲームに巻きこまれてたまるか。大江は単なる駒になるつもりはなかった。今はまだ、将来に備えて自分の基礎を固める時期なのだ。

「とりあえず、母と相談させてもらえますか」

「ああ、光恵《みつえ》さんの意向は大事だからな」下田が同意したが、本気でそんなことを考えている様子はなかった。

「では、近日中にご連絡します。それでよろしいですね」

「頼むよ。本当に頼む」

大江は立ち上がろうとしたが、下田は簡単には放してくれなかった。大江の右手をがっちり握り締め、顔を近づける。少しアルコールが入っていて、酒臭い息が鬱陶《うっとう》しかった。ずいぶん背中が曲がったな……大江も子どもの頃から知っているのだが、昔の下田は長身でがっしりした体格で、子どもには近寄りがたい迫力があった。数年前に病気を患い、一気に体重が減ると同時に、迫力も消えてしまったようだった。病気は人を弱気にさせるのかもしれない。だからこそ、自分の基盤にしがみつきたくなるのだろう。

保守というか、保身。

「失礼します」

深々と頭を下げ、大江はようやく立ち上がった。今日は党葬なので、自分たち家族には、もうやることはない。挨拶すべき人には挨拶してしまったし、息子としては、この集まりが「イベント」だという意識が強過ぎる。父との別れは、二週間前の密葬で済ませており、既に日常が戻ってきていた。役所にも毎日登庁し、普通に仕事をこなしている。

母親が摑まらない。控え室も広いから、簡単には見つけ出せないのだ。仕方なく、大江は先に家へ戻ることにした。どっちにしろ母親も、家には戻って来るのだから。タクシーを摑まえ、シートに身を沈める。桜田通りが渋滞しており、恵比寿の自宅までは時間がかかりそうだった。ふいに疲れを覚えて目を閉じると、総理の弔辞が脳裏に蘇る。

『君は国民のため、党のために粉骨砕身、働いてくれた。それが病気を呼び、寿命を縮めてしまったのだとしたら、慙愧《ざんき》の念に堪えない。君の貴重な犠牲を無駄にしないよう、我々は今後も国民生活の向上のために努力していく所存だ』

そして三十年に及ぶ父との個人的な関係を吐露した。三十歳の若さで初当選した父は、その二回前の選挙で初めて国会の絨毯《じゅうたん》を踏んだ現職総理にとって、コントロールしやすい弟分だったのだろう。父がこの男の言いなりに、おそらく汚い仕事もしてきたであろうことを考えると、陰鬱な気分になる。家庭では絶対に見せない、もう一つの顔を持っていたに違いない。

党人派として生きた父は、三十年間の国会議員としての活動の中で、一度も大臣の椅子に座ったことがない。同期当選の連中は既に二回、三回と大臣を務めていたのだが、父は党勢の拡大に寄与する道を選んだ。「選挙の神様」と呼ばれるようになったのはいつ頃からだっただろう。おそらく、最初に幹事長を務めた十年前からだ。全国の選挙情勢を頭に叩きこみ、必要ならすぐに現地に飛んでてこ入れする、タフな幹事長。党内で誰もが一目置く実力者になるのも当然だ。

それにしてもあの弔辞は何だか……古めかしかった。仮にも一国の総理ともあろうものが、あんなありきたりの言葉しか選べなかったのだろうか。もう少し心の籠った、自分の言葉で語って欲しかったのだが、期待し過ぎてはいけないのだろう。党葬はあくまでセレモニー、そして政治家たちの社交の場に過ぎない。

オヤジ、早過ぎたな。大江は目を開き、ゆっくりとシートから背中を引き剝《は》がした。膝に肘を置き、渋滞する前方の道路にじっと視線を据える。バブル崩壊後の不景気が続いているとはいっても、相変わらず都内の道路は慢性的に車が詰まっており、経済活動の活発さを証明する形になっている。大蔵官僚としては、だからといって一安心、とは言えなかったが。

今はまだ。

来年には大波が来る。日本経済を、いや、日本社会の構造そのものを変える可能性のある大波が。それに乗り遅れてはいけない。

いつの間に増上寺《ぞうじょうじ》を抜け出したのか、母の光恵は先に家に帰って来ていた。とうに喪服から部屋着に着替えており、それを見た大江は少しだけ気が抜けた。

「ずいぶん早かったね」

「いつまでもあんなところにいたら気が滅入《めい》るわ」さばさばした口調で言った。「お茶は？」

「紅茶にする」

「そう。好きにしなさい」母親はいつもと同じように素っ気無かった。「あなたも変わってるわね。アメリカに留学してたら、普通はコーヒーでしょう。向こうで紅茶なんか、飲むの？」

「ティーバッグ以外、見たことないな。だから、帰って来たらやたらと紅茶が飲みたくなったんだと思う」

「紅茶だったら、自分でやってね」

「分かってる」

ポットの湯を使うのではなく、新しく薬缶《やかん》で湯を沸かした。その間に、喪服からトレーナーとジーンズという楽な格好に着替える。トレーナーはまだ新しい――留学していたハーバード大のロゴ入りだ。さすがに外へ着て出るのは気恥ずかしく、部屋着として使っている。

丁寧に時間をかけてアッサムを淹《い》れ、ミルクを加える。ミルクが先か紅茶が先かではずいぶん悩んだが、大江の舌では違いが分からない。最近は熱い紅茶に冷たいミルクを少しだけ注ぐことにしている。砂糖は使わない。晩年の父親が、糖尿病で散々苦しんできたのを目の当《ま》たりにしているからだ。糖尿病には遺伝的要素が大きいというし……それを告げると、母親は鼻で笑ったものだ。二十代でそんなことを気にするのはおかしい、と言うのだが、この件については譲れない。どんなに知力、胆力が優れている人間でも、最後に問題になるのは体力なのだ。父は、もっと上――それこそ党総裁、総理を狙うこともできただろう。それが六十歳の若さで脳梗塞で倒れ、あっという間に亡くなってしまったのは、若い頃からの不摂生の影響以外の何物でもない。だから大江は煙草もやめたし、酒もつき合い以外では口にしない。留学時代も含めて、週に三回はかなり過酷なワークアウトをこなしている。年に二回の人間ドックはやり過ぎかもしれないが、医者は毎回、「完全な健康体の見本」と太鼓判を押してくれていた。

紅茶を持って、上階の自室に戻る。家の中がやけに静かなのに大江は気づいた。父が生きていた頃は、何かと人の出入りが多く、騒がしかった家。ＪＲ恵比寿駅と東急代官山駅のほぼ中間地点にあるこの家は、古いが広い。個人事務所も兼ねているため、家の半分は公の場所と言ってよかった。秘書が常駐し、後援会の人間がひっきりなしに訪れ、様々な密談が交わされてきた。今、個人事務所は開店休業状態になっている。主がいなくなれば、こんなものだろう。母親は父の死後も気丈に事務所を切り回していたが、今は一段落ついた感じだった。今日は、秘書は全員党葬で細々とした雑務をこなしている。もうしばらくすると帰って来てそれなりに賑《にぎ》やかになるだろうが、二人がいるだけの家は、気味が悪いほど静かだった。

父は、家にいる時はだいたいリビングルームに陣取り、左耳を受話器で塞ぎ、右手でボールペンを握っていた。リビングルームは議員会館、個人事務所に次ぐ第三の事務所と言えたし、とにかく電話魔だったのだ。電話で話している姿以外を思い浮かべるのも難しい。

紅茶の香りがすっと体に染みこんでくる。こんな静けさを味わうことは、今後はないかもしれない。そう思い、今のうちにたっぷり楽しんでおこうと決めた。しかしその決意は、階段を上がってくる母親の足音に、あっさりかき消されてしまう。どうも、いつもと様子が違った。五十九歳という年齢にしては若く、常に元気な母親だが、今日に限ってはやけに足音が重い。

顔を見た瞬間、嫌な予感を覚える。暗い表情が張りつき、唇を固く引き結んでいた。大江は自分から声をかけることはせず、黙って紅茶を啜った。言いたいことがあるなら、躊躇《ちゅうちょ》するような人ではない。よほどのことなのだと思い、にわかに緊張した。

「それ飲み終わったら、下へ来て」

「事務所？」

「そう」

「何か問題でも？」

「そう」

「だったら、紅茶なんか飲んでる場合じゃないだろう」大江はカップを置いて立ち上がった。何の用かは分からないが、すぐに済む話ではあるまい。

一階の大部分を占める個人事務所は、静まり返って寒かった。人がいないので暖房を入れていないから当然だが、寒さは足元から体に入りこんでくるようだった。母親はまっすぐ金庫に向かい、ダイヤルを合わせて扉を開けた。初めて見る金庫の中に、大江は思わず唾《つば》を呑む。まさか、大量の札束が……そういうものはなかった。書類が入っているだけで、現金の類《たぐい》は見当たらない。

「これ、見て」母親が、元々父の使っていたデスクに乱暴に書類を放り投げる。「大蔵省の人には説明はいらないでしょう」

大蔵省でなくても、だ。複数の借用書。銀行からの物もあるし、後援会からの物もある。大江はいつもの癖で、すぐに暗算を始めた。借金の総額……一億円近い。普段はこれよりはるかに大きい額を相手にしているのだが、自分に最も近い人間がこれだけの負債を抱えている事実は、大江を打ちのめしそうになった。

「どういうこと、これ」つい非難めいた口調になってしまう。母親は金庫番もしていたのだから、今になって分かったということはないはずだ。

「どうもこうも、見ての通りよ。うちは借金だらけなの」

「まさか……」

「素人みたいなこと、言わないで」ぴしゃりと言って、母親が椅子に腰を落ち着ける。ひどく疲れた仕草に見えた。「三十年も政治家をやってきて、残ったのはこの借金だけよ。政治家が金儲けできるなんて、どこの世界の話かしらね」

「それだけ清廉だったってことじゃないか」大江も腰を下ろし、借用書の精査を始めた。無意識のうちに手が震え始める。この借金は、どう清算したらいいのだろう。生命保険……それだけでは間に合わないのではないか。後援会の方には、頭を下げて許してもらうしかないか。唐突に下田の顔が脳裏に浮かぶ。彼は、借金塗《まみ》れだった父親の実態を知っているのだろうか。下田名義の借用書はなかったが、後援会として金を貸し出しているのだから、その事実を知らないわけがない。だが、他に金融機関からの借り入れがあったことまでは把握しているかどうか……この事実を知ったら、下田はどんな反応を示すだろう。

いいチャンスだ。

政治をやるには金がかかる、これは常識だ。金がなければ政治は——特に選挙はできない。この理屈を前面に押し出せば、下田も当面は自分を担ぎ出すのを諦めるのではないか。それこそこちらの思う壺《つぼ》だが、逆に大江自身も追いこまれることになる。計画には大幅な修正が必要になるだろう。

金がなければどうしようもない。大波に乗り遅れる。今大蔵省を辞めても、退職金など高が知れているし、自分に金を貸してくれる銀行などないだろう。ほんの数年前なら、少し頭を下げるだけで金などいくらでも集まったのだが……バブル崩壊に際して、何の手も打てなかった先輩たちの阿呆面《あほうづら》に唾を吐きかけてやりたくなった。

「下田さんに出馬を依頼されたんだ」大江は書類をまとめ、デスクに角を合わせて置いた。

「いつ？」母親が顔をしかめる。

「さっき、控え室で」

「あの人は、空気が読めないわね」母親の表情は、苦笑から怒りへ至る途中にあった。

「何も、あんな席で言い出さなくても」

「焦ってる感じだったな」

「下田さん自身の病気のこともあるから」

「そんなに悪いのかな」

「周りには絶対に言わないけどね」母親が、紅も引いていない唇に人差し指を当てた。

「そういう情報は、自然に流れるものよ」

「オヤジも？」

「お父さんの糖尿病は、特に隠していなかったでしょう」

「そうだな」

もう一度書類に目を落とす。一番上は銀行からの借用書だ。日付を見ると五年前、まだ日経平均が三万円台で推移していた頃である。あの頃なら銀行は、代議士という肩書きに対していくらでも融資しただろう。だが今は……父親がいなくなった今、厳しく取り立ててくるのは目に見えている。

「選挙の話、断ったんでしょうね」

「はっきりとは言っていない。ああいう場所でそういう話をするのは失礼だと思う」

「結構ね」母親が大きく溜息をついた。「焦るとろくなことにならないし。もちろん、下田さんの考えも分からないではないけど」

母親が、選挙区の情勢を憂えているのはすぐに分かった。政界は今、混乱の極みにある。前回の選挙で民自党は歴史的大敗を喫した。その時に一気に躍進したのが、公民党である。元々民自党幹事長まで務めた藤崎が党を飛び出して作った新党なのだが、バブル崩壊後の不安定な経済情勢の中、「新しさ」のみを前面に押し出した公民党は、一気に議席を獲得した。この選挙区でも、最下位ながら新人が一人当選している。藤崎子飼いの秘書だ。一議席は一議席に過ぎないのだが、それでも、これまで長年続いてきた勢力図が変化したのは間違いない。そして下田は、次の選挙で公民党議員の追い落としを図っている。

元々藤崎は、父の一期後輩になる。同じ派閥に属し、父からすれば陣笠時代からずっと目をかけてきた可愛《かわい》い弟分だ。囲碁仲間でもあり、海外視察にも何度も一緒に行っている。その藤崎が党を割った時、父にも疑いの目が向けられたのは当然だったかもしれない。何しろ、「新党発足宣言」をする前日に、藤崎はこの家にいたのだから。父は「党を割らないように」と最後の説得をしたのだが、その内容はマスコミに正確には伝わらなかった。密談で、父が最終的に藤崎の決断を促した、という情報だけが勝手に走ったのだ。大江は当時留学中だったので、詳しい事情は知らないのだが……母親はこの件については批評しようとしない。二人はこの家で会ったが、記事は嘘だと説明しただけである。

「下田さんに説得されたら駄目よ」

「分かってる」母親の忠告に、大江はうなずいた。「この借金……下田さんは知ってるんだろうか」

「もちろん、全部は知らないと思うわ。知ってたら当然、選挙のことなんか言い出せなくなるでしょう」

「話そう」

「本気？」母親が目を細くした。「これは、内輪の恥みたいなものよ」

「政治には金がかかるんだ。話せば下田さんも納得してくれる」

「それで、あなたはどうするつもり？」

「選挙には出る——でも、今じゃない」

「予定通り、ということね」

「ああ」大江は一瞬目を閉じ、頭の中でカレンダーをめくった。三年……五年かかるかもしれない。当面の不安を消せるだけの資金を稼がない限り、出馬する気はなかった。父がずっと、金がなくて苦労しているのを見てきたから、自分は同じ轍《てつ》を踏むつもりはない。とにかく、必要なのは金なのだ。金は、あって多過ぎることはない。

「お父さんが出馬した時は、本当にお金がなかった」母親が溜息をついた。「あの時もお義父《とう》様が急に亡くなって、後援会に担ぎ出されて。家の経済事情なんか分かっているはずなのに、ああいう時は絶対に待ってくれないのよ」

「だろうね。空白は許されないから」

「台所を預かる身としては、本当に大変だったわ。私も結婚したばかりで、選挙のことがそんなによく分かっていたわけじゃないし」

「ああ」

「あなたにはこんなことを言う必要はないと思うけど、きちんと順番を踏んでね。大江の家を途切れさせてはいけないけど、十分準備して」

「分かってる」

「まず、結婚しなさい。いくらでもいい人を紹介するから。大蔵省勤めなら、文句を言う人はいないでしょう」

「それなら心配しないでいい。相手はいるから」

「あら、初耳だけど」母親の顔が、ようやく少しだけ緩んだ。「大丈夫なんでしょうね」

感想がいきなり「大丈夫」か。大江は苦笑しながらうなずいた。母親がまず気にしているのは、家柄、そして財力である。あとは、いかに従順かつ気が利くか、ということだろう。政治家の妻には、実に多くの物が要求される。

「大蔵省の同期の紹介で知り合った娘《こ》だ。父親は通産省の審議官。本人は今、商社に勤めている」

「そういうことは早く言いなさい。それで、いつ結婚するつもり？」

「もう少し時間が必要だね。大蔵省、辞めるつもりだから」

一瞬、母親が沈黙する。意志の強さを体現する顎《あご》が強張《こわば》り、鋭い視線を大江に突き刺して来た。

「母さん、僕は取り敢えず金を稼ごうと思う。選挙に出るにも金が必要だし、まずこの借金を何とかしないといけない。全部、将来のための準備なんだ」

「辞めて何をするつもり？」

「会社を興す。考えていることがあるんだ」

「あなたのことだから、今さら何を言っても無駄でしょうけどね。もう決めてるんでしょう？」

「ああ」

母親が鼻を鳴らした。デスクに両手をついて大儀そうに立ち上がり、大江を見下ろす。

「この家と土地は手放しても構わないわ。少しは借金を埋められるでしょう」

「しかし、それは……」

「家なんか、何とでもなるのよ。大事なのは家系を守ること。政治家としての大江家の家系をね」

党葬から五日後、大江は下田と改めて対面した。予算の時期で忙しいのを何とか抜け出し、下田の自宅をわざわざ訪ねる。下田は、この前会った時よりも一段と痩《や》せ、気力、体力とも急激に衰えているようだった。自宅の応接間のソファに腰かけると、体がすっぽり収まってしまう。それほど大きなソファではないのだが。

「わざわざ申し訳ない。こちらから出向くべきなんだが」

「とんでもないです。下田さんにご足労いただくことはありません」

「いい知らせですか」下田が笑おうとした。顔の下半分は緩んだものの、目はまったく笑っていない。

「いいかどうかは分かりませんが、申し上げることがあります。まず第一に、大蔵省を辞めることにしました」

「おお……」下田がソファの肘かけを摑んで身を乗り出す。だがすぐに、喜ぶべきことかどうか分からなくなってしまったようで、体の力を抜いてソファに背中を埋めた。

「どういうつもりだ？」と無難な質問をぶつけてくる。

「商売を始めようと思います」

「商売？」卑猥《ひわい》な言葉を口にしてしまったとでもいうように、下田が顔を歪《ゆが》める。「何の話だ。私はてっきり――」

「次の選挙には出馬しません」いつまでも回りくどい話をしてはいられない。大江はきっぱりと宣言した。「いろいろと気を持たせるのは申し訳ないですから、この場ではっきりと申し上げておきます。現段階では準備不足、資金不足です。父の跡を継ぐには早過ぎます」

「四区で、民自党には君しかタマがいない。それは分かって言っているんだろうな」脅しつけるように下田が言った。

「それは買い被《かぶ》りです。先生は私を過大評価していらっしゃる」

「まさか」下田が力なく首を横に振る。首もいつの間にか細くなり、ワイシャツとの隙間が目立つ。「私は、君が子どもの頃から見ているんだよ。十分、国会議員としてやっていける力の持ち主だ。キャリアも申し分ない。私としては、君は将来の総理の器だと思う」

「それこそ買い被りです」大江は苦笑した。「そんな先のことは誰にも分かりません。父も若い頃は、そんな風に言われたんじゃないですか？　でも結局は、途中で倒れた」

「だからこそ、君には出馬して欲しい」下田がぐっと身を乗り出した。今度は体調の悪さは感じられず、昔ながらの迫力が蘇っている。「できるだけ若いうちから始めた方がいいんだ。総理への準備期間は、長ければ長いほどいい。助走が長いほど、遠くへ跳べるんだよ。民自党の将来は、君に託されるべきなんだ」

「身に余る光栄ですが……」

大江は言葉を切り、下田の反応を窺った。目は落ちくぼんでいるが眼光は鋭く、こちらを呑みこむようなオーラを放っている。こういう迫力は、政治家としては絶対必要なものだろう。これまでの政治家ならば。だが下田は気づいていない。時代はゆっくりと回り始めているのだ。それまで隠れていた舞台の裏側が表に出て、長年看板役者として一人芝居をしてきた民自党は、舞台から客席へ追いやられようとしている。公民党については、大江はほとんど相手にしていなかった。藤崎という強烈なリーダーシップを持った人間がいなければ、単なる烏合《うごう》の衆である。そして藤崎も、「時間」を味方につけることはできない。本人も六十歳近いのだ。一年や二年で党勢を拡大して、一気に政権与党になれるとは考えてもいないだろう。今の連立政権も、非常に不安定な状態にある。ただし、民自党が表舞台からゆっくりとフェードアウトするのは間違いない。次の選挙で逆襲して、爆発的に議席を増やす可能性は、極めて低いのだ。党内を見回しても、強烈なリーダーシップを持った人間がいない。今後も、民自党からこぼれ落ちていく人間は少なくないだろう。おそらく政界は、小政党がひしめく混乱の時代を迎える。それ故、自分がどの政党から打って出るか、判断するタイミングは難しかった。少なくともこれから数年のうちに、民自党が大分裂したり党自体が消滅するようなことはないだろうが、沈みかけた船の乗船切符を手に入れるつもりはない。

本音はそうだが、大江にはもっと切実な理由がある。下田には隠さず話すことにした。

「父が亡くなった後、書類を整理していて、かなりの借金があるのが分かりました」

下田の眉がぴくりと動く。彼もおそらく、借金の事実は知っていたはずだ。だが額まではどうか……。

「一億近いんです」

「一億？」下田の唇が、痙攣《けいれん》するように動いた。

「そこまではいきませんが。やはり、選挙には金がかかるものなんですね。私の家は、元々商売をやっているわけではないですし、資産もありません。選挙を戦い、政治を転がしていくためには、借りてでも金を作らなくてはいけなかった、ということです」

「そうか、一億か……後援会名義でも貸し出していたんだが」

「それはほんの一部です。生命保険で一部は清算できるでしょうが、あくまで一部です。あの家も手放さなければならないかもしれません。相続税のことを考えると、持っているだけで大赤字になりそうですからね。あの辺、まだ地価も高いんですよ」

「まさか、この選挙区を見捨てるつもりじゃないだろうな」

「とにかく、すぐには選挙には出られません。借金の清算をして、新たに資金を確保して……そういう地盤がしっかりしない限り、私は戦いません」大江は下田の顔色を窺った。ほとんど蒼白《そうはく》である。頼りにしていた後継者に逃げられた、と思っているに違いない。

「下田先生、選挙に出たがる人間はいくらでもいると思います。私もそうです」

「それなら――」

「そういう時期ではない、ということです」大江は下田の言葉を遮った。「やるからには万全の態勢でいきたい。その間、誰かがこの選挙区の議席を取りたいというなら、私は応援させていただくだけです」

「つなぎか」

「もしもその人が――父の後継者がしっかりとした実績を作って、私がその後につけ入る隙がないとなったら、また別の方法を考えます。下らない争いは避けたいですからね。何年かして、私が選挙に出るタイミングが来た時、まだ応援していただけるというなら、どうか力を貸して下さい」大江は深々と頭を下げた。

「どうするつもりなんだ」憮然《ぶぜん》とした口調で下田が言った。

「金を作ります。手段は考えてあります。しばらく見守っていただけませんか」

「しかし……」

「お願いします」大江はもう一度頭を下げた。卑屈にならないよう、しかしこちらの決心はしっかり伝わるように。顔を上げると、下田は半分諦めたように、呆然《ぼうぜん》とした表情を浮かべている。大江は最後のだめ押しをすることにした。「私は必ず戻ります。その時は是非、下田先生と一緒に戦いたい。それは、虫のいい話でしょうか？」

すべからく、人生は滑らかに進まなければならない。多少のアクシデントを修正するのは難しくないし、逆にそれぐらいは波がないと、途中で居眠りしてしまいそうだ。だが、父親の死、そして残された巨額の借金は、「多少」では済まないアクシデントである。解決は難しい問題だが、いつまでも放っておくわけにはいかない。来年には、新しいビジネスを始めなければならないのだ。そのためには、どうしても今のうちに乗り越えておかなくてはならない。

大江は最後の、そして最大の鍵を使うことにした。できればこういうことはないようにと祈っていたのだが、仕方ない。自分の人生はまだ始まったばかりであり、この段階で挫折を経験すると、回復に長い時間がかかることは分かり切っていた。

シビアな話をする前に、少しガス抜きをしたい。大江は伊豆半島を南へ下る途中、伊東に立ち寄った。閑散とした温泉街の中、車を走らせていると、どんどん気持ちが落ちこんでくる。鷹西も、こういう街で暮らして仕事をするのはどんな気分なのだろう。まるでリハビリか休暇のようなものではないか。毎日温泉につかって、のんびりと——本当にそんなことをしていたら、あいつの志は折れてしまっているだろう。

指定された喫茶店に入ると、既に鷹西は席に着いていて、盛んに煙草の煙を吹き上げていた。何だかむきになって、ひたすらニコチンを摂取しようとしているようであり、彼の周囲だけが白く染まっている。昔はこんな風に、やけになったように煙草を吸うことはなかったのに。やさぐれた、などという言葉が脳裏に浮かぶ。

向かいの席に滑りこむと、鷹西が薄い笑みを浮かべてうなずいた。丁寧に煙草を灰皿に押しつけ、顔の周りに漂う煙を右手で払う。

「なかなかいい喫茶店だな」大江は当たり障りのない話題から切り出した。

「観光客向けだよ」鷹西がさっと店内を見回した。ファミリーレストラン並みの広さで、窓が大きく、店の中は明るい陽光で溢れている。外に出ればまだまだ海風は冷たいのだが、ここにいる限り、それは完全に忘れることができる。ゆったりと配置されたテーブルは、半分ほどが埋まっている。大きな荷物を持っている人が多いことからも、鷹西が言う「観光客向け」が本当なのだと分かった。

「かなり儲かってるようだ」頼みもしないのに、鷹西が解説した。「この辺には、こういう店がなかったからな。ちょっとお茶を飲んで休憩したりするのにぴったりなんだ。店主は脱サラ組。三年前に商社を辞めて、故郷に帰って来て店を開いた」

「ずいぶん詳しいんだな」

「二年もいると、街の事情もよく分かるようになるよ。狭い街だから……それに一度、取材して取り上げたことがある」つまらなさそうに言って、鷹西が新しい煙草をくわえた。顔を背けたまま火を点け、煙をそっと吐き出した。目だけを大江に向け、「それで？」と訊ねる。

「大蔵省、辞めた」

「マジか」鷹西がぐっと身を乗り出す。「じゃあ、いよいよ選挙に出るんだな？　ああ、すまん。先にオヤジさんのお悔やみを言わなくちゃいけなかった」

「気にしないでくれ」大江は顔の前で手を振った。鷹西が父親に会ったのは……二回ぐらいだったか。学生時代、鷹西は何度か大江の家に遊びに来ていた。

「葬式に出られなくて、すまなかった」

「政治部の連中が大挙して取材に来てたよ」参列ではなく取材。「あれはイベントだから。千人ぐらい来てたから、お前がいても挨拶もできなかったと思う」

「静岡に引きこもってる田舎記者が行っても、迷惑なだけだろうしな」

「お前、何でそんなに自分を卑下するんだ？」大江は首を傾げた。

　この男には自虐的なところがある。自分を社会から一段低く置いて、高みに向かって唾を吐くように皮肉を連ねるのだ。だがそれが一種のポーズに過ぎないことは、大江には分かっている。アウトサイダーのイメージを演出したいだけなのだ——作家志望者は、そういうものかもしれないが。

「しかし、思い切ったな。で、次の選挙に出るのか？」

「それは無理だ」父親に多額の借金があったことを、大江は率直に説明した。

「そうか、やっぱり政治には金がかかるものなんだ」

「記者さんには、自明の理だろう」

鷹西は全国紙の記者である。同じ年——一九八九年に大学を卒業して社会に出た二人は、片や大蔵官僚、片や新聞記者になった。鷹西の最初の赴任地は静岡で、その後管内の東の端にある伊東通信局に異動してきている。そろそろ本社に転勤になる時期のはずだが、最近どうも愚痴っぽい。たまに電話で話す大江は、親友——というよりも同志か——が静岡での生活にうんざりしているのではないか、と心配していた。

「静岡ってのは、とことん腕の振るいどころがない土地柄でね」大江の心を見透かしたように鷹西が言った。「事件や事故は少ない。政治家も大物はいないし、大企業の本社もあまりない。のんびりし過ぎてて、調子が狂うよ」

確かに。ゆったりした空気は、この男に間違いなく影響を——悪い影響を与えたようだ。本来は、もっと眼光鋭く、様々な事柄に批判的な視線を向けていたのに。今、その目はどんよりと曇り、自分の中に渦巻く不満や不安と戦うことで精一杯のように見える。

「そろそろ本社に転勤だろう」

「同期は、去年の秋ぐらいから、ぼちぼち異動し始めてる」

「だったらいよいよ、本社で腕を振るう時期がくるわけだ」

「さあ、どうかな」鷹西が自嘲気味に笑う。「すっかり腕が錆《さ》びついた感じだ。上手くいくかどうか」

「小説は？」

「そう簡単にはいかない」鷹西の声が一段低くなった。

「まさか、諦めたんじゃないだろうな」

「これからどうなるのか、自分でも想像できないよ」

鷹西が肩をすくめる。それを見て、大江は大事な物をなくしたような気分になった。自分たちは今、二十七歳。夢を見るには少し年を取り過ぎたが、全てを笑い飛ばせるほどには年齢を重ねていない。

「お前は、予定通りなんだろう？　次の選挙に出なくても、その次は……」

「上手くいけば、な。オヤジがいきなり死んで、予定が狂った」漂ってくる煙草の煙をよけながら、大江は首を横に振った。「何とか修正するけど、何年か、回り道すると思う」

「だけど役所を辞めたのは、予定通りなんだろう？　前からそう言ってたよな」

「辞めるところまでは、な。でも、そこから先が、何とも……」大江は顔の横でくるくると指を回した。「何をやるにしても、金がいる。取り敢えず、ビジネスを始めるつもりなんだ」

「お前なら、何をやっても上手くいくんじゃないか」

「そんなこと、分からない」

鷹西の愚痴っぽい言葉が、次第に胸の中に蓄積し始めた。こいつは元々、こんな人間ではないのだ。俺は政治の道を目指す。鷹西は記者を経て作家になる。学生時代、酔っぱらっては一晩中、飽きずにそういう話をしたものだ。何の約束があるわけでもなく、それで社会を変えようと大言壮語したわけでもないが、大江にとって鷹西は、大きな夢を共に追う同志だった。夢の種類が同じというわけではなく、志を同じくする仲間。

困難さでは、鷹西の方が上だろうと思っていた。自分には、父親が築いてきた地盤がある。しかし鷹西には、後ろ盾になる物が何もないのだ。問われるのは、ただ自分の文才のみ。しかし学生時代、何度か公募の新人賞で最終選考に残った実績を持つ男である。才能ゼロの人間が大口を叩いているわけではないのだ。

ただしそれも、本人にやる気があってこそ生きる。どんなに豊かな才能を持っていても、さらに磨き上げる気持ちをなくしてしまったら無意味だ。

「お前もちゃんと書いてくれよ。本になったら読みたいんだ」

「そんなの、いつになるかね」鷹西が溜息をついた。

「しっかりしてくれ」大江はつい、強い言葉を投げかけた。「あのな、学生時代、夢みたいな話をしてたのは俺たちだけだったじゃないか。俺はそれが嬉《うれ》しかったんだ。進む道は違っても、お前は一緒に戦う仲間だと思ってるんだぜ」

「それは分かってる。でも今は、書いてる暇もないし、自分がどっちの方向に行けばいいのか、分からないんだ」

「お前ならできる」小説のことはさっぱり分からないし、無責任かもしれないと思いながら、大江は断言した。「俺をがっかりさせないでくれ。俺も目標を捨てたわけじゃないんだから、お前にも頑張って欲しいんだよ」

「分かってるよ。お前ががっかりしたら、こっちも凹《へこ》む」鷹西が笑ったが、力はなかった。いかにもおつき合いしているだけ、という感じである。「それよりお前、わざわざ辞めた報告をしにここへ来たのか？」

「もちろんそれが第一の目的だけど、骨休めの意味もあるよ」

「伊東に泊まるのか？　宿ぐらい、紹介できるけど。何だったら、うちの通信局に泊まってもらってもいい。散らかしてるけどね」

「いや、泊まる場所は決めてあるんだ。オヤジの関係で、ちょっと挨拶しなくちゃいけない人もいるんでね」

「そういうことか……あれだけの人だから、言葉は悪いけど後始末もいろいろ大変だろうな」

「本当に、後始末だよ」大江は苦笑した。「大蔵省は、他人の金を扱うだけだから。自分で家族の金の始末をするとなると、本当に大変なんだね。いい勉強になった」

「勉強って……」

「こんなことぐらいで死なないからさ、俺は。何事も経験だよ」

「お前ぐらい、前向きになれればな」鷹西がまた溜息を漏らした。

「ほら、しっかりしろよ」大江は身を乗り出して、鷹西の頰を軽く叩いた。「小説を書くには文学的苦悩ってやつも必要かもしれないけど、今のお前は、単に愚痴を言ってるようにしか見えないぜ」

鷹西が、明らかに無理に笑おうとした。痛い所を突いてしまったようだ。その表情は無様に引き攣《ひっ》り、泣き出す直前のようにしか見えなかった。


ここへ来るのは数か月ぶり、留学から戻った時に挨拶に来て以来だ。伊豆の別荘地は、季節外れのこの時期、しかも平日とあって人の気配はない。狭い、きついカーブの坂道でゆっくり車を走らせ、記憶の中にある家と周囲の風景を照らし合わせる。没個性的な建売住宅ではないのだから見逃すはずがないのだが、何故かこの家は、大江の記憶の中では曖昧《あいまい》な姿だった。何度も訪れているのに、実在しているかどうかもあやふやな家。

ようやくたどり着いた。巨大な門が出迎えてくれるが、ここから先へは車は入れない。門の脇の空いたスペースに車を斜めに突っこんで停め、ゆっくりと降り立つ。靴底に感じられる砂利の感触が、足裏にかすかな痛みを呼んだ。暦の上では春なのに、夜になると真冬のような寒さが全身を包みこむ。しんと音もない夜で、凍りついた空気は不気味なほどだった。立ち止まって周囲を見回したが、冷たい月の光が降り注ぐだけで、他に生きる物の気配はない。大江は何となく、自分が幻影の中にいるような錯覚に陥った。

馬鹿馬鹿しい。

首を横に振って、大江は門をくぐった。広い庭は鬱蒼《うっそう》とした木々に埋もれ、緑の――特に松の香りが濃い。庭師は入っているはずだが、葉は容赦なく生い茂り、見上げても夜空がほとんど見えないほどだった。吐く息はまだ白く、顔の周囲で渦を巻く。ゆっくりと拳《こぶし》を握っては開き、緊張を緩めた。何も構えることはないのだ、と自分に言い聞かせる。

堀口保《たもつ》は、一人きりで大江を出迎えた。前回の選挙に出馬せず、政界を引退して、今は山荘のようなこの家で一人暮らし。妻を亡くしたのが直接の政界引退の理由だと父からは聞かされていたが、それにしても世話をする人間すらいないのだろうか。本人は既に七十九歳、ゆっくりと衰えているのは間違いないのに。

堀口は、いつものいかめしい表情だった。家の中に灯《あか》りが乏しいせいか、玄関から続く長い廊下で背中を追いかけていくうち、その姿は闇に溶けてしまいそうに見えた。

通されたのは、いつもの応接間《い》だった。十二畳ほどもある和室で、床の間には掛け軸と花瓶。花瓶では、無造作に活けたユキツバキが赤い花を咲かせている。花の季節はもう少し遅いはずだが……殺風景な部屋の中で、その赤だけが不気味に浮き上がっていた。

堀口は自分で酒の用意をした。とはいっても、出てきたのは朱塗りの片口とぐい呑み一組だけで、肴《さかな》もなし。昔から、何も食べずに静かに酒を呑む人だった、と思い出す。

「ご無沙汰してしまって申し訳ありません」酒が入る前に、大江は正座したまま頭を下げた。

「ああ」かすれた声で堀口が反応する。「こちらこそ申し訳なかった。ご父君の葬儀、出席するつもりでいたんだが、どうも体調が優れんでな」

「そのように伺っています。お加減はいかがですか」

「大したことはない。年を取ると、いつでもどこかにがたがきているものだ」

短く笑い、堀口が酒をぐい呑みに注いだ。口元まで持ってくると、勢いをつけるように手首を返して酒を喉に放りこむ。大江は少しずつ、舐《な》めるように呑んだ。今夜はこのままここに泊まることになるだろうが、酔っ払うわけにはいかない。大事な話があるのだ。

大事な金の話が。

「選挙に出ないと聞いた」堀口の方で本題を切り出した。

「出ないわけではありません。まだ時期ではないということです」

「自分の判断に絶対の自信があるんだな?」探るように堀口が訊ねる。

「あります」生意気に聞こえるだろうな、と意識しながら大江は答えた。

「金の問題か」

「……どこまでご存じなんですか」

「こんな山の中に籠っていても、情報ぐらいは入ってくる」

そういえばこの男は、父に負けず劣らずの電話魔だった、と思い出す。大江が彼のもとを訪れたのは、これで確か四回目。前回訪問した時は既に引退して、ここに引っこんでいたが、その前の二回――父に同行したのだった――では、ほとんど会話が成立しなかったのを思い出す。ひっきりなしに電話がかかってきて、それに一々律儀に応じていたのだ。秘書に応対を任せ、後でまとめて返事をするのが普通だろうと思ったが、この男は電話が鳴ると、反射的に受話器に手を伸ばしてしまうタイプらしい。

おそらく父は、堀口のそういう態度を学んだのだ。父の政治の師の一人が総理であり、もう一人が堀口である。総理からは人とのつき合い方を、堀口からは金とのつき合い方を学んだ。父が自分を堀口に引き合わせたのは、当然そのノウハウを直《じか》に学ばせるためである。

「で、どうするつもりなんだ」

大江は計画を話した。堀口は一切反応せず、酒も呑まずに聞いている。話し終えると、即座に「二つに一つだ」と答えを出した。

「と、仰《おつしや》いますと？」

「次の選挙に出るか、諦めるかだ」

「準備期間は許されないということですか」大江は、堀口の極端な言葉に戸惑いを覚えた。

「君は、簡単に金儲けができると思っている。だが、そんなにたやすいことではない。少しぐらい金に苦労しても、できるだけ早く政治の世界に飛びこんだ方がいい」

それでは駄目なのだ。だが、何故駄目なのかをこの男に言えない――あんたのような古いタイプの政治家と決別するために金が必要なんだよ、とは。

今夜はひたすら頭を下げるつもりでいた。何としてもこの男から金を引き出し、ビジネスの土台を作りたい。だがその狙いは、早くも揺らぎ始めた。

「金なら出すつもりはある」堀口が、こちらの考えを読んだように言った。ふいに立ち上がり、応接間の隅に置いてある金庫に歩み寄る。ロックを解除して重そうな扉を開けると、中に少なくない札束が入っているのが見えた。開け放したまま戻って来て、ぐい呑みに残った酒を一気に喉に流しこむ。「あの金は、君のために用意したものだ。今日、出馬するという決意を聞ければ、そのまま渡すつもりでいた。だが、まだ決心が中途半端なようだな」

「決心は固まっています。まず十分な金を儲けて、それを元手に選挙に出ます。父の借金を片づけなければなりませんし……」

「遅くなったら全て手遅れだ。次の選挙に出なさい」

「できません」

「ならば、諦めるんだな」

何なんだ、この極端な態度は。金で俺を自由にできると思っているのか。大江は、自分の中で急速に怒りが膨れ上がるのを感じ取った。この男は結局、古い因習に縛られている。政界を引退して、徐々に影響力も薄れているはずだが、そこを読み違えているのではないだろうか。年の離れた後輩のために金を出し、黙ってうなずいて送り出す。その方がよほどさまになると思うのだが、この男は死ぬまで政治家でいるつもりかもしれない。だったら引退などせず、国会の赤絨毯の上で死ねばよかったのだ。

お前のような人間が、政治を駄目にする。

立ち上がった堀口が、また金庫に向かった。扉に手をかけて振り向き、「考え直すつもりはないか」と訊ねる。

「堀口先生こそ、考え直していただけないんですか」

「何だと」

「私に対する出資――先行投資だと考えてもらうわけにはいきませんか」

「君が、間違いのないルートに乗ると分かれば出資する。だが、成功するかどうか分からない、夢のような話に金を出すわけにはいかないんだ。金は生かしてこそ、金だ」

「私が使えば金は生きます」

「君の話はさっぱり理解できんよ」

無理だったか……来年、間違いなく訪れる新しい世界。そこに大きなビジネスチャンスが広がっているのは確かなのに、この老人には理解不能だったようだ。所詮《しょせん》、古い人間。淘汰されるべき人種に、俺の夢は理解できない。

「今日の話はなかったことにしよう」

扉をゆっくり閉めた。再びロックしようとした瞬間、大江は自分でも驚くほど素早く、堀口に襲いかかっていた。

「何を……する……」

堀口の首に手をかけ、引き倒す。老人の体は硬く、畳に落ちた時にどこかが折れる嫌な音がした。

「何だ！」

精一杯絞り出した声がかすれる。大江は無視して金庫に手を突っこみ、札束を取り出した。

「馬鹿者、それは——」

札束を二つ三つ、無造作に背広のポケットにねじこみ、堀口の肩の辺りに蹴りを入れる。このジイサンは……大江はすぐに、床の間の花瓶に目を留めた。高さ五十センチほどもあり、持ち上げるとずっしりと重い。

凶事を察した堀口が後ずさる。だが腰か足を痛めているようで、体がもぞもぞ動くだけで、大江から逃れることはできなかった。

大江は頭の上まで花瓶を持ち上げた。ユキツバキが散り、水が頭を濡らす。構わず、堀口の頭に一気に叩きつけた。

山中の、静かな別荘。呻《うめ》くような悲鳴を聞く人間はどこにもいないはずだ、と冷静に考える。気持ちはまったく正常。正常である自分に驚くだけだった。

第3章　1994　Part2

早朝の電話で叩き起こされることなど、ここ二年——伊東の通信局に異動してきてから——はほとんどなかった。それほど事件も事故も少なく、平和な日々が続いていたのである。しかしこの日は一瞬で、大事だと悟った。こんな朝早くにかかってくる電話に、ろくなものはない。

鷹西は思わず布団の中で悪態をついた。いかに温暖な伊豆とはいえ、この季節はまだ冷えこむ。早朝から外へ出なければならないと考えると、うんざりした。

しかし結局、記者の本能のようなものが、怠惰《たいだ》な気持ちを押し潰す。ベッドのすぐ脇に置いてある電話に手を伸ばし、できるだけはっきりした声を出すよう意識しながら、受話器を耳に押し当てた。

「寝てたかね」

独特のしわがれ声は、ここ二年間、毎日のように聞き続けたものだった。所轄の副署長、荒木《あらき》。鷹西とほぼ同時期にこの街へ移り住んで来たせいか、妙に気安い態度で接してくる。署での暇潰しとしては最高の相手だったが、今まで何かネタをもらった記憶は一度もない。

「どうかしましたか」

「事件だよ」

「それはそうでしょうけど……」やけに落ち着いた荒木の喋り方に、鷹西は再び眠気が襲ってくるのを感じた。事件ではなく、大きな交通事故か何かじゃないのか。それだったら、慌てなくても取材できる。入社してから今まで、何十件の事故を取材してきたか。今では、目を瞑《つむ》っていてもできる仕事だ。

「寝ぼけてるなら、さっさと顔を洗った方がいい」

その言葉で、鷹西は事の重大性に気づいた。しかもこの電話は、どうやら外からかかってきているようだ。いつも署の一階の副署長席に陣取って指揮を執っている荒木にしては、異例のことである。まさか、副署長まで現場に出るような事件なのか？

「何が起きたんですか」

「堀口保が殺された」

鷹西は、人生で最速のスピードで着替え、二分後には車をスタートさせていた。

前回の総選挙に出馬せず引退した堀口には、連続して何度かインタビューをしたことがある。民自党の大物代議士の引退ということで、それまでの政界での仕事を振り返ってもらい、五回の連載記事に仕立て上げたのだ。政治家——それも引退した政治家を持ち上げて何になるかと不満ではあったが、上からの指示なら仕方がない。

しかし何度か顔を合わせて取材しているうちに、不快感を抑えておくのが次第に難しくなってきた。威張っているわけではない。むしろ腰は低く、鷹西に対しても敬語を使うような男だったが、一言も本音を喋っていない、と確信したからだ。

過去の出来事は、極めて正確に話す。初めての選挙の公示の日に、伊豆にしては珍しい雪が降ったこと。初登院の時、和服を着ていって話題になったこと、総裁選で二つの派閥の間を取り持ったこと——どれも、古い新聞をひっくり返せば、簡単に分かることばかりである。その折々の出来事に際して彼自身が何を考えていたか、どう感じていたか、肝心の「心情」部分が曖昧だった。巧みに本音を覆い隠し、自分の心を覗《のぞ》かせないようにしている。誰かが本格的な伝記を書くことになれば、執筆者はひどく苦労するだろう、と皮肉に思う。

好きなタイプの人間ではなかった。しかし政治家とは元々こういうものだろうと割り切り、淡々と仕事をこなしたのを覚えている。それ以来、特に接触はなかった。堀口は各地で講演会を開いたり、静岡県内の政治家がアドバイスを求めて訪ねて来たりと、それなりに政治的な活動を続けていたようだが、鷹西にはほとんど関係ない世界の出来事だった。将来、政治部で取材しようと思う記者は、支局でも地元の政治家と密接な関係を結ぼうとする。それによって、後の橋頭堡《きょうとうほ》を築こうという狙いだ。だが、そもそも政治に興味がない鷹西にとっては、どうでもいい話だった。

だから、昨日久しぶりに会った大江が政治家を目指しているのも、どこか遠い世界の出来事に感じられる。父親の跡を継いで国会に出て行くのは自然な流れなのだろうが、どうにも実感がなかった。それを言えば、向こうも同じようなものだろう。「作家になる」と夢を語るような人間を、まともに信じていいかどうか、本音では困っているに違いない。かといって、二人の関係は濃過ぎるから、「夢物語だ」と馬鹿にすることもできないのだろう。

あいつが政治家になるのと、俺が作家になるのと、どっちが現実味が強いだろう。むろん、大江だ。鷹西はここのところ、まったく小説を書いていない。書かなければ何も始まらないのは分かっているのだが、どうしても書き出す気にならなかった。通信局に異動する時、これからは書く時間も取れるだろうと思って、自腹でワープロを買ったのだが、電源を入れた回数は数えるほどだった。

この街の空気が俺を怠惰にするのかもしれない――そんなことを考えているうちに、現場に着いてしまった。

まだ朝は早く、空気は冷たい。別荘地の中にある堀口の家の周辺が警察によって封鎖されているのに気づき、鷹西は少し離れた坂道の途中に車を乗り捨てた。かなり急勾配で、一歩一歩を踏みしめて歩いているうちに、脛《すね》に緊張感が走り始める。

封鎖線のところに、荒木の姿を見つけた。普段は制服姿しか見たことがないのだが、今朝はスーツの上にコートを羽織っている。硬そうな髪には寝癖がついていた。「いつも朝五時には起きる」と言っていたが、今日は自分で目を覚ます前に叩き起こされたのだろうか。

他に、制服警官が二人、封鎖線の前に立っている。各紙の通信局の記者、地元紙の記者の顔も見えた。まずい……俺が最後か。決まり悪くなって、鷹西は小走りに荒木の許《もと》へ駆け寄った。

「全員揃ったね？」荒木が記者たちの顔を見渡す。「詳しい話は、後で一課長がする予定だが、取り敢えずの一報だけ」

鷹西はにわかに緊張が高まるのを感じた。本部の捜査一課長が乗り出してくるということは、犯人はまだ逮捕されておらず、捜査本部事件になるのは明らかだった。

「ええ、被害者は堀口保、七十九歳、元代議士」荒木の声は緊張と寒さで罅割《ひびわ》れていた。

「発見者は、通いのお手伝いさんで――」

「名前は」

鋭く質問が飛んだ。荒木がそちらを睨《にら》みつけ、釘《くぎ》を刺す。

「細かい話は後で。まず、概況を説明するから」ちらりと手帳に視線を移し、話を続ける。「午前六時、このお手伝いさんが家に来た時、応接間で頭から血を流して倒れている被害者を発見、一一〇番通報した」

「凶器は」

「不明」荒木が厳しい口調で言った。「ただし、このお手伝いさんの証言から、大型の花瓶ではないかと思われる。応接間に置いてあった花瓶がなくなっている上、畳が少し濡れていた。犯人が花瓶で堀口さんを殴り殺した後、凶器を持ち去ったと見られている」

冷静な犯人だ、という印象を鷹西は持った。どれだけ大きく重い花瓶でも、所詮は瀬戸物である。相手の頭を一撃すれば、粉々になるはずだ。破片を全て集めて持ち去ったとすると、かなり慎重に行動したのは間違いない。だがその行動に、鷹西は違和感を覚えてもいた。人を殺すのは究極の行為であり、犯行直後に冷静に振る舞える人間はまずいない。それ故どんな現場でも、証拠が残ってしまうのだ。とすると、予《あらかじ》め計画していた犯行だったのか。何度もシミュレーションしているうちに、本番では冷静に行動できるようになることもある。

いや、違うな、と鷹西はすぐに自分の考えを否定した。その場にあった花瓶を使ったのは、発作的な犯行を示唆《しさ》している。相当慌てて後始末したはずだ。

「被害者の状況だが、頭部の外傷の他に、左膝を骨折していると見られる」荒木が説明を続けた。

「それは犯人が？」誰かが訊ねた。

「解剖してみないと何とも言えないが、犯人と格闘して、転んだのかもしれない。七十九歳だから、ちょっとしたことでも骨折するだろう。どういうことかは、現段階では断定できないよ」可能性は認めながら、記者たちが先走らないよう釘を刺した。

「普段はどういう生活だったんですか」手を挙げ、鷹西は訊ねた。

「このお手伝いさんが、毎日午前六時に家に入る。基本的には食事の用意と洗濯、掃除などの世話をしていたそうだ。夕食を用意して、午後四時には家を出る」

「昨日は？」鷹西は畳みかけた。

「昨日も同じ」

「来客の予定はなかったんですか」

「彼女は聞いていない、と言っている。特にもてなす必要があって料理でも作るのでない限り、堀口さんは自分の予定をあまり話さなかったようだな。来客は毎日のようにあったそうだが」

「お手伝いさんが帰った後、誰かが来た形跡はないんですか」

「そりゃ、来ただろうよ」荒木が皮肉に言った。「犯人が、な」

「だから、それは通常の来客を装っていたんじゃないんですか」

「そこはよく分からん。ご覧の通りで、この辺の家はほとんどが別荘だ。普段人が住んでいるのは、堀口さんの家だけだからな。現在近所の聞き込み中だが、まだ目撃証言等は得られていない。かなり難しいと思うよ」

かなり突っこんだ説明だ、と鷹西は思った。荒木は、捜査が早くも難所にさしかかっていると白状したようなものである。こちらを油断させるためかもしれないが……。

「動機は？　怨恨、物盗《ものと》り？」別の記者が訊ねる。

「応接間にあった金庫の扉が開いていた」

記者たちの間にざわめきが走った。荒木は平然とした表情で続ける。

「ということは、中身が奪われた可能性が高いな。だが現段階では、金庫に幾ら入っていたのか、実際に盗まれたのかどうかは分からない。元々空っぽだったのかもしれないからな。だから現段階では、金品強奪が目的ということは推測できるが、実際に被害があったかどうかは不明、ということになる。さあ、この場はこれぐらいにしてくれないか？」荒木が両手を叩き合わせる。「これ以上の詳しい情報は、後で捜査一課長が説明する。たぶん、署で会見をやることになると思うから……目処は十時」

荒木が腕時計に視線を落とす。釣られて、鷹西も自分の時計を見た。七時二十分。死体発見から二時間も経っていない。記事をまとめるのは会見を聞いてからでいいだろうが、それまでにできるだけ情報を集めておかなくては。

しかし荒木の言う通りで、この辺りの家はほとんど空き家も同然である。聞き込みをしようにも会うべき相手などいないはずだし、仮に摑まえることができたとしても、警察と同着になる可能性が高い。

よし、後援会を当たろう。以前の取材で橋渡しをしてくれた後援会――正確には「元」後援会なのだが――の会長、財前《ざいぜん》の顔を思い浮かべる。地元の観光協会の会長でもある財前は、比較的摑まえやすい男だ。それに今でも、堀口とはつき合いがあるはずで、最近の彼の動静を訊《き》くには格好の相手だろう。誰かの恨みを買っていなかったか、トラブルの兆候はなかったか。

質問を頭の中で転がしながら、鷹西は現場を離れた。まだ記者たちに摑まっている荒木が不思議そうな視線を投げてきたが、一礼しただけで駆け出す。公衆電話を探さなければならない。市内の国道沿いで公衆電話がある場所はだいたい把握していた。一番近いのは、この別荘地から下りた場所にあるガソリンスタンドである。連絡するとなると、各社ともそこを狙ってくるだろうから、一番乗りしなければならない。電話を独占することで、他の記者が連絡するタイミングを遅らせることもできる。我ながらせこいな、と苦笑しながら、鷹西は車に戻り、狭い坂道で苦労してUターンし、坂を下りた。早く通信局にも携帯電話が支給されるといいのだが。

ガソリンスタンドに入り、顔見知りの店長――ここはよくガソリンを入れる店の一つだ――に「電話を借りる」と告げて、一台しかない公衆電話に取りついた。周囲の客の目と耳、それにテレホンカードの度数が減るタイミングを気にしながら、当直明けで静岡支局にいる若い記者に原稿を書き取ってもらう。最近は、頭の中で作った原稿を読み上げる「勧進帳」を披露する機会も減ったから、書き取る方は苦労しているようだった。多少苛々させられたが、鷹西は三十行ほどの原稿を送り終わり――実際にこの原稿が使われるかどうかは分からなかったが――今度は支局次席の花田《はなだ》の自宅に電話を入れた。これだけの事件だ、近隣の通信局や支局からも応援をもらわなくてはいけない。

昨夜は遅番だったようで、花田の寝ぼけた声に鷹西は苛立ったが、事情を説明すると彼はいきなり目覚めた。応援を了承し、今後の予定を確認してくる。

「近所は別荘地で、ほとんど聞き込みはできませんから、まず後援会長に会います。怨恨か盗みかもはっきりしませんから、まずトラブルがなかったかどうか、探ってみます」

「分かった。原稿は出てるんだな？」

「取り敢えず、三十行ぐらい送りました。それと、十時から捜査一課長のレクがありますから、それに間に合うように応援をお願いします」

「だったら、沼津から安東《あんどう》を出すよ」

「安東ですか……」鷹西は思わず唇を嚙《か》み締めた。一年後輩の安東は、どうにものんびりした男で、常に緊張感が足りない。それを言えば鷹西も、二十四時間三百六十五日緊張しているわけではないのだが、安東は性格的に、慌ただしい事件取材には向かないのだ。しかし、ここに一番近い通信局は沼津である。そうでなければ横浜支局小田原通信局。県境を越えて、他の支局から応援をもらうわけにもいかないだろう。

「贅沢《ぜいたく》言うなよ。一番近いんだから」

「分かりました。安東には、十時に署で落ち合うように伝えてもらえませんか」

「分かった。おい、逸《はや》るなよ」花田が忠告する。

「別に、そんな……」

「今朝は声が全然違うぞ。勇み足には気をつけろよ。最後にミスはみっともない。きちんと特ダネを狙えよ」

最後とはどういう意味だと確認したかったが、既に電話は切れていた。今はそんなことを気にしている場合ではない。会うべき人間がいて、聞くべき話がある。一秒たりとも立ち止まっている暇はないのだ。

長年堀口の後援会会長を務めた財前は、地元で百年以上続く老舗《しにせ》旅館の当主でもある。経営する旅館の裏手に自宅があることを、鷹西は知っていた。そこを急襲したのだが、何度も取材で顔を合わせている間柄であるにもかかわらず、財前は不機嫌な態度を隠そうともしなかった。鷹西は下手に出て、彼の機嫌を取ろうとした。

「この度は大変なことで……」

「いったい、どういうことなんだ」財前の怒りは引っこまない。

「詳しい事情はまだ分からないんですが、ちょっと話を聞かせていただけませんか」

「今はそれどころじゃないだろう」

巨大な流木のオブジェが置かれた玄関で鷹西を出迎えた財前は、和服姿で腕組みをしていた。既に悲報は耳に入っている様子だ。

「それは分かっています。でも、堀口さんのことで、どうしても話を聞かせて欲しいんです」

「私は何も知らない」

「でも、後援会長じゃないですか」

「後援会は、もう解散してる」

「代議士でなくなったら、つき合いも消えるんですか」

財前の目に怒りの炎が宿ったが、それも一瞬のことで、すぐに怯えた老人の表情が顔を支配した。彼も恐怖に囚《とら》われているのだ、と悟る。知り合いが——それも何十年も親密な関係にあった人間が殺されたのだ、冷静に対応しろという方が間違っている。

だが、財前はこの街で生まれてから七十年を過ごし、数々の要職をこなしてきた男である。これよりひどい経験もあっただろう。新聞記者に怒りと悲しみを撒《ま》き散らしても何にもならないとすぐに気づいたようで、「まあ、上がって下さい」と平静な声で言った。

　応接間のソファに腰かけると、財前がすぐに煙草に火を点けた。釣られて鷹西も煙草をくわえ、彼の顔色を窺う。

「現場に行かれたかと思いましたよ」

「そんなことしたら、警察の邪魔になるだけでしょう」

「これからどうするんですか」

「どうするって……」財前が呆然とした表情を浮かべる。

「葬式とか、大変じゃないですか」

「それはまだ、考えてなかった。まあ、息子さんがいるしね……」

　財前の口調は歯切れが悪かった。堀口の一人息子は跡を継がず、今は関西の大学で刑法を教えている。堀口が無理に息子を政治の世界に引っ張りこまなかった理由は、「世襲は嫌いだから」だ。鷹西本人がインタビューで確かめたのだから間違いない。堀口自身も世襲政治家ではなく、その点を考えれば嘘とは思えなかったし、そのまま書いたのだが、鷹西はどこか釈然としない思いを抱いた。

「連絡はしたんですか」

「いや、まだ」財前の顔が蒼褪《あおざ》める。「こっちから連絡するべきかね」

「警察からも連絡が行くとは思いますが、どうでしょうね……財前さん、息子さんとは面識があるんでしょう？」

「もちろん」

「だったら、少し時間を置いてから電話した方がいいんじゃないでしょうか。警察がもう電話しているかどうか分かりませんから、タイミングを間違えると、財前さんが事件を知らせてしまうことになりますよ」

「それは……避けたいな」

「そうですよね」

沈黙。煙草の煙が、二人の間に白い壁を作る。灰皿の縁で煙草の灰を落としてから、鷹西は切り出した。

「最近、堀口さんはどんな活動をしていたんですか」

「喋るのが中心だな。今月は二回、講演をやってる。静岡と東京と」

「その他には？」

「だいたい、家にいたよ。回顧録の準備をしていたんだ」

「お一人で？　誰か、秘書はいなかったんですか」

「必要ないって言い張ってね」財前が苦笑した。「回顧録を書くなら、資料を集めたり調べ物をしたりする助手が必要でしょうって言ったんだけど、先生、言うことを聞かなくてね。どうやら、ずっとつけていた日記を基に自分で書くつもりだったようだけど、それを他人に見られたくなかったんだろうな」

「最近、何かトラブルはなかったですか」

「何が言いたい?」財前が灰皿に煙草を押しつける。「先生が、誰かから恨みを買っていたとでも?」

「今回の犯行は、まだ動機が分かりません。怨恨の線も考えないといけないでしょうね」

「それはあり得ないな。先生は、人から恨みを買うような人じゃない」財前が腕組みをした。

「建前はいいです」鷹西は意識して挑発的な台詞を選んだ。「人間、生きていれば他人から恨みを買う可能性は幾らでもあるんです。まして堀口さんは、政治という厳しい世界で生きてきた。何もないはずがないと思いますが」

「君、いくら何でもそれは失礼じゃないか」憤然とした口調で財前が非難する。

「すみません。取材の時は遠慮しないように教育されていますので」

財前が鼻を鳴らし、新しい煙草を引き抜いた。火を点ける瞬間に、また質問をぶつける。

「それで実際のところ、どうなんですか」

虚を衝《つ》かれた格好になったのか、財前が咳《せ》きこむ。咳はすぐに治まったが、顔の赤みは引かなかった。人差し指と中指の間で、煙草のフィルターが潰れている。

「いい加減にしたまえ、君」

「どうなんですか」鷹西も引かなかった。すぐに否定しなかったことで、何かあったと疑いを強めている。

「何もないよ。君たち記者さんが、そうやってすぐ事件に結びつけたがるのは分かるが、先生は半分隠居の身だ。最近は訪れる人も少なかったはずだぞ」

「誰かの恨みを買うようなことはない？」

「ない」断言したが、それはひどく形式的に聞こえた。「だいたい君は、少し想像がたくまし過ぎるんじゃないか」

「応接間に金庫があったのは、ご存じですか」鷹西も、この件については必死に記憶の底をひっくり返していた。長時間インタビューをしたのは、まさにその応接間だったのだ。

「金庫？」

「ええ」

「あったと思うよ。それがどうした」

「中には何が入っていたんでしょうか」

「そんなこと、知らんよ」財前が顔を歪める。「人の金庫の中身なんか、知るわけがないだろう」

「後援会長なのに？」

「私は金庫番じゃない！」財前の怒りがついに爆発した。「いい加減にしなさい」

「金庫が開いていたそうです。金を盗まれた可能性もあります。中に何が入っていたか分かれば……」

「いい加減にしなさい」財前が低く押し殺した声で繰り返す。「君はいったい、何が言いたいんだ？」

「こういう場合、動機はほぼ二つしか考えられません」鷹西は努めて冷静さを保った。「怨恨か物盗りか、です。それを絞らないと――」

「君に言うことは何もない」冷たく告げて財前が立ち上がる。「これ以上私を怒らせないでくれ」

自分を見下ろす財前の目を睨みつけて、鷹西はなおも言葉を続けた。

「亡くなったばかりでショックなのは分かりますけど、早く犯人を捕まえたくないんですか？　それが一番の供養になるんですよ」

「犯人を捕まえるのは警察の仕事だ」

「我々が書く記事で、ヒントが出てくることもありますよ」

「君たちは、よくそう言う」財前が嘲笑った。「だがね、実際にそんなことがあったか？　少なくとも私は知らない。君は具体的な事例を挙げて、私を納得させられるかね」

言葉に詰まる。ほれ見たことか、とでも言いたげに、財前の表情に皮肉な笑みが混じった。鷹西は言葉を呑みこみ、ぐっと拳を固めた。ここで言い合っても仕方がない。こういうことは、分かっていれば話してくれるものだ。実際に財前は何も知らないのだろう、と判断する。

「どうも、失礼しました」鷹西も立ち上がった。自分より大分背の低い財前だが、今は怒りで体が膨れ上がっているように見えた。

「まったく、失礼な話だ」

「そう仰られても、これが仕事ですので」鷹西は、最後にもう一度図々しさを発揮することにした。「何か思い出したら、連絡してもらえますか？」

「君に連絡する義務はない」

ぴしゃりと言って、財前が背中を向けてしまう。会話を拒絶する背中に話しかけても何にもならない。鷹西は一礼するに止《とど》め、それ以上は何も言わずに家を辞去した。

　十時に署に着いたが、会見が始まる様子はない。副署長も摑まらなかった。最低限の原稿は送ってあるが、夕刊にはもっと詳しい情報を突っこみたい。副署長席の上の壁にある時計の秒針が進むのをちらちら見ながら、鷹西は警務課長を揺さぶっていた。

「十時から会見だって聞いてるんですけどね」

「こっちも準備はしてるよ。道場を用意した」

「じゃあ、すぐ始めるんですか？」

「そこは何も聞いていないなあ。こっちは言われた通りに準備しただけだから」退職間近の警務課長は、鷹西が少し突っこんだぐらいではびくともしない。

「そんなこと言っても、副署長は十時って言ってたんですよ」

「こっちは時間の指示まで受けてないからね」

「しかし――」

　反論しかけた時、視界の隅に署長の姿が入った。警務課に集まっている報道陣のただ中を、堂々と突っ切ろうとしている。署内では制服の署長がコート姿なのは、今まで現場にいた証拠だろう。鷹西は他の記者を押しのけるようにして、署長に近づいた。

「署長、状況は？」

「後、後」

　鷹西の顔も見ず、つぶやくように言って、署長室に入ってしまう。若い警務課員が、すかさずドアを閉めた。殺到した報道陣が一斉に抗議の声を上げたが、警務課長が間に入って、「まあまあ」となだめにかかる。渋々、報道陣が引き揚げる中、鷹西は署長室のドアを睨み続けた。あのタヌキが……田舎の所轄に来ると、警察官も新聞記者の扱いを大事にする。重大なネタを漏らすことは少ないが、少なくとも愛想はよくなるものだ。お互い田舎で苦労する身だから、できることは協力しよう、武士は相身互いだ、とでも思っているのだろう。しかし捜査二課出身のこの署長は、愛想の欠片《かけら》もない男だった。というより、記者を馬鹿にしきっている。いつか痛い目に遭わせてやりたいとずっと思っているのだが、これまでにチャンスはなかった。

肩を突《つつ》かれ、怒りの形相を浮かべたまま振り返る。安東がびっくりしたような表情で鷹西の顔を見た。

「何だ、お前か」

「どうしたんですか」

「何でもないよ」

鷹西は安東の腕を引っ張って、署の外に連れ出した。いつの間にか、雪でも降らしそうな重い雲が空にかかっている。湿り気を帯びた空気は冷たく、肌を刺すようだった。伊東に来てから、こんな寒い日は初めてかもしれない。ほぼ二年間、自分は温暖なこの街で弛緩《しかん》しきっていたのだと意識する。何しろ、殺人事件はここに来てから初めてなのだ。

「現場、どうだった」

安東が力なく首を振る。

「誰もいないか」

「別荘地ですから、こんなもんですかね」

「会見が終わったら、もう一回聞き込みに行くぞ」

安東がうんざりした表情を浮かべる。相変わらず、やる気なし。頭を一発殴ってやりたいという衝動を、辛うじて抑える。しかし説教ぐらいはしてやろう。

「だいたいお前は——」

「五分後、会見です！」

署内から声が聞こえてきて、鷹西は安東を置き去りにして、慌てて建物の中へ飛びこんだ。よし、とにかく引っ張れるだけ情報を引っ張ろう。この事件は誰にも渡さない——そう考え、鷹西は啞然《あぜん》とした。自分はこんなに張り切るタイプだったのだろうか。この仕事は、作家として一本立ちするまでの腰かけだとばかり思っていたのに。

「だいぶ張り切ってるそうじゃないか」

目の前の老刑事、逢沢《あいざわ》が、眼鏡の奥の目を瞬《しばたた》いた。疲れている。それはそうだ、と鷹西はかすかな同情を覚えた。事件発生から一週間、何度か逢沢に接触しようとしたのだが、ずっと署に泊まりこんでいたので、一度も会えなかった。今日も夜の九時過ぎから、彼の自宅の前で張り込むこと二時間、全身が氷柱《つらら》のようになってしまったかと思った頃、ようやく帰宅したところを摑まえることができたのだった。

相当顔が蒼白くなっていたのだろう、逢沢は何も言わず、鷹西を家に上げてくれた。といっても、狭い2DKのアパートである。静岡市内に家族を残して単身赴任中なのだ。鷹西の親といってもいい年齢で、間もなく定年を迎える。所轄の中では数少ない、本音で話ができる刑事だった。といっても、そもそも今まで事件が少なかったので、突っこんだ会話を交わした記憶はほとんどない。大抵、彼のアパートを訪ねては、とりとめもない雑談をしながら酒を酌《く》み交わす程度だった。鷹西にとっては、彼の料理を食べるのが楽しみ、ということもあった。単身赴任が長い逢沢は、料理を趣味を超えた領域にまで高めている。ほとんど料理をしない鷹西にとって、逢沢の作る料理は、家庭の懐かしさを感じさせるものだった。

「悪いが、今日は食べるものが何もないんだ」申し訳なさそうに言って、逢沢が一升瓶とコップを二つ、持って来た。先にこたつに入っていた鷹西は、少しだけうんざりしていた。車は通信局に置いて来たから酒を呑んでも問題ないのだが、日本酒は苦手である。いつもひどい二日酔いになるのだ。今日は控えておこう、と決心する。だいたい、ここ一週間はずっと睡眠不足が続いており、酒など呑んだらすぐに眠ってしまいそうだった。
逢沢が二つのコップに日本酒を満たした。乾杯もせずに、いきなり口をつけて啜る。
ほうっと溜息を漏らし、こたつの中で背中を丸めた。
「あんた、観光協会の会長を怒らせたんだって？」面白そうに言って、煙草を取り出す。
ライターが見つからないようなので、鷹西は自分のライターをこたつの上に置いた。こ
れでこのライターは戻ってこないな、と覚悟する。逢沢は何故か、しょっちゅうライタ
ーをなくしている。そして、貸してやると、誰の物か忘れて必ず自分のポケットに入れ
てしまうのだ。そうやって彼の物になってしまった鷹西のライターが、五個ぐらいはあ
る。まあ、百円だし、気にすることもないのだが。
「そうでしたかね」
とぼけたが、逢沢はにやりと笑って話を続けた。
「いきなり容疑者扱いしたんじゃ、怒るだろう。素人じゃないんだから、その辺気をつ
けないと」
「別に容疑者扱いしたわけじゃありませんよ」鷹西はすかさず反論した。「堀口さんが
最近誰かの恨みを買っていなかったか、それと金庫について知らなかったか、その二点
を訊いただけです」
「かなり厳しく、だろう？」

「まあ、それは……」

「観光協会としても、あいつの取材はもう受けないって息巻いてたそうだよ」

「それはないでしょう」鷹西は思わず笑ってしまった。伊豆の最大の産業は観光である。だからこそ、観光協会には大きな力があり、マスコミとは持ちつ持たれつの関係を保っている。大きく記事を書いてもらって、さらに多くの客を呼び寄せる——そのために、協会側から積極的に記事の材料を提供する機会も多い。そういう背景があって、財前ともしょっちゅう会っていたのだが……事件となるとやはり別、ということか。

「あんた、今回の件ではずいぶん熱心だね」

「事件が事件ですから」

もどかしい。久しぶりの殺人事件取材で得た思いがそれだった。捜査が遅々として進まないため、記事にできる材料が少ない。こんな大事件なのに、実際に書いた原稿はほんのわずかだった。支局からの応援も最初の三日間だけで、その後は鷹西一人で現場を這《は》いずり回っている。これは同時に、捜査の本筋取材が県警記者クラブに移ったことを意味する。ありがちな話だが、現場の記者が何も知らないうちに、本部詰めの記者が幹部から情報を得て記事を書いてしまうことも少なくない。一線では情報漏れを警戒して口が堅くなる一方、本部ではあまり気にしないこともあるからだ。ただし今回の事件に関しては、本部詰めの記者もまったく情報が取れていないようだった。捜査陣の口が堅いというよりは、本当に捜査が進んでいないためだ、と鷹西は読んでいる。

「どうも、ねえ」コップを置き、逢沢が顔をこすった。「何だか、本当に隠居みたいな生活だったようだな、堀口さんは」

「奥さんを亡くしてから、人間が変わったようですね」

「あれだけの人だ、面倒を見る人ぐらい、いそうなものだけど」

「そういうのも拒否していたようです。身の回りの世話だけは頼んでいて……お手伝いさんがいたでしょう？」

「お手伝いさんは、何もないよ」逢沢が即座に否定した。

「分かってます。俺も話を聞きましたから」

「ええ？」逢沢の顔が蒼くなった。「接触したのか」

「第一発見者に話を聞かないと、どうしようもないでしょう」

「参ったなあ」逢沢が白くなった髪をかきあげる。「あんまり掻《か》き回さないでくれよ、頼むから」

「普通に話を聞いただけです。それに、書くほどの材料はなかった」

「本当に？」

「警察だって同じでしょう？　何回も事情聴取してますよね。でも堀口さんには、前の日も特に変わった様子はなかったし、訪ねて来た人もいなかったそうですよね」

「そうなんだよ。だから、怨恨の線が追いにくいんだ」

「現職時代のトラブルっていうことはないんですか」

「ないと思うよ。それは政治家だから、何もないってことはないだろうけど、命のやり取りに発展するような問題はなかったはずだ」

「はずだって、確認したんじゃないんですか」

「そう突っこむなよ」逢沢が苦笑する。「堀口さんの議員時代の所行を全部洗い上げろっていうのか？　そいつは無理だ。まあ、いろいろやってはいるが」

「何も出てこない？」

「残念ながら、な」

それから二人は、堀口の交友関係についてあれこれと情報を交換した。だが、半分隠《いん》遁《とん》生活を送っていた堀口には、最近は濃い人間関係はほとんどなく、話はすぐに手詰まりになってしまったが。

「回顧録を書こうとしていたようですね。原稿は見つかったんですか？」

「ああ。原稿用紙で四百枚ぐらいあった」

「四百枚？」鷹西は思わず目を剝《む》いた。記者ではなく、小説を書く人間として、四百枚の重みはよく理解できる。新聞記事は長くても、せいぜい原稿用紙三枚から四枚程度。だが小説は、短編でも五十枚にはなる。それを書くだけでも相当の気力と体力を必要とすることは、身を以て分かっていた。回顧録となると、また違うのだろうが……ネタには事欠かないのだから。

「それがぐちゃぐちゃでね。書いたり消したりで、読み進めるのが大変なんだ。直しは赤字で入れれば分かりやすいのに、全部黒でね。それも太い万年筆で書いてるから、とにかく読みにくい」

「逢沢さんが直接読んでるんですか」

逢沢の説明は、読んだ者にしか分からないものだ。思いきってぶつけると、逢沢の顔が歪む。

「あんたには、迂闊《うかつ》に物も言えないね。すぐ言葉尻を捉えるんだから」

「こういう事件だから、何でもやりますよ」

「観光協会の会長を怒らせることとか?」

「あれは、また別です」

逢沢が噴き出し、釣られて鷹西も笑ってしまった。それから会話はさらにスムーズになり、逢沢は回顧録の内容を教えてくれた。ただし、身の回りのことはほとんど書かれていないようだった。自分が政界入り——三十二歳で県議に初当選した時から始まる——してからの長い歳月の、公的な記録に過ぎないという。本人の生活や私的な交友関係を明かすような内容とは言えず、鷹西が行ったインタビューと同じようなものらしい。

「なかなか難しいですね。党内で衝突したライバルが、今になって殺しに来るとは考えられないし」

「それは、小説でもあり得ないぞ」逢沢が馬鹿にしたように言った。「小説って言えば、最近書いてるのか」

鷹西は途端に耳が赤くなるのを感じた。酔った勢いで、一度打ち明けてしまったことがある。

「いや、全然……今はこの事件に集中、ですしね」

「そうだよな。分かるよ」逢沢がうなずく。「この事件は絶対挙げたいよ。俺にとっても、刑事としての総仕上げになるんじゃないかな」

「寂しいこと、言わないで下さい」

「いや、実際定年が近いんだから。思うんだが、この事件をきちんと解決できなかったら、俺は死ぬまで後悔しそうな気がする。何十年も経験を積んできたのが、全部無駄になるようなものじゃないか」

「逢沢さん……」

「だから、あんたも利用するよ」急に真剣な目つきになる。「何か分かったら、俺にも教えてくれ。それが捜査の役に立つことだったらいつでも会うし、話も聞く」

「すみません、今のところは何とも」これでは立場が逆だと思いながら鷹西は頭を下げた。刑事が記者からネタをもらおうとするなど、前代未聞とは言わないが珍しい。

「分かってる。だがな、俺はそれだけ本気なんだよ。頼んだぜ」

逢沢が頭を下げる。本気を感じ取り、鷹西は体が熱くなるのを意識した。だが、本気ということではこちらも負けていない。これだけの事件には、滅多に遭遇できないのだ。負けたら、俺の記者としての人生は終わるという恐怖。どうしても特ダネにしたいと逸る気持ち。鷹西は、二年間の怠惰な生活で忘れかけていた記者の本能を、はっきりと思い出していた。


「一日からですか？」

「そう、四月一日から。お前もちょうど、静岡で五年だからな」

「そう、ですか」

受話器を握り締めたまま、鷹西は言葉を失ってしまった。電話の向こうで、支局長の高野《たかの》が訝っている様子が伝わってくる。

「何だ、嬉しくないのか」

「そういうわけじゃないですけど……」我ながら歯切れが悪い、と思った。静岡での生活にはいい加減うんざりしていたし、一刻も早く本社に上がりたいとずっと焦がれていたのは本音である。だが今は……大きな事件を抱え、真相に辿りつく目処も立たないまま仕事を放り出すのは、正直気が進まなかった。

「いろいろ忙しくなるから、早めに準備しておけよ。お前、実家は東京じゃないよな」

「ええ」

「だったら家を探す必要もあるな。そのために一日休みを出すから」

「引き継ぎはどうしますか？　後任は誰なんです？」

「津川《つがわ》をやるよ」

二年目の記者で、静岡市政担当だ。鷹西が伊東通信局に異動になった後に入社してきたので、ほとんど面識がない。頼りになる奴……この事件の取材を任せて大丈夫な人間なのだろうか。いずれにせよ、みっちり話しておかねばなるまい。

「引き継ぎは、あいつと直接話していいんですか？」

「もちろん。電話してやってくれ。お前の都合のいい時に、そっちに呼んでいいから」

「分かりました」

電話を切り、鷹西は溜息をつきながらソファに腰を下ろした。前任者が使っていてそのまま置いていった物で、かなりの年代物だ。合成皮革は罅割れ、クッションもへたっている。これは置いていくべきだろうな、と考え、そう考えてしまった自分に嫌気が差す。余計なことを気にせず、最後の最後まで、この事件の真相を追うべきではないだろうか。

しかし、異動まであと二週間。引っ越しを伴う異動なのに、それしか間がないというのもずいぶん急な話だ。果たして二週間で何ができるだろう。首を横に振り、鷹西はゆっくり立ち上がった。家を探し、引っ越しの準備。仕事を引き継ぐ津川には、引き合わせなければならない人間が何人もいる。伊豆半島全体を担当する伊東通信局は、守備範囲が非常に広い。担当する自治体は、実に十九。他の新聞社のように、下田にも通信局を置いてくれれば楽になるのだが……取材用の車の走行距離は、年間で二万キロを軽く超える。引き継ぎで全部の自治体を訪れるのはまず無理だから、伊東、熱海、下田と大きな市を引き回し、後は警察、観光協会、温泉の関係者……大きな企業がないのは救いだが、一気に全部紹介するのは無理だろう。主だったところだけ挨拶回りをし、後はリストを渡して、自分で回ってもらうしかない。

よく走り回ったものだ。だからといって、自分を褒める気にはなれなかったが。適当に、慣れだけで取材をこなし、肝心の小説は一行も書かず、怠惰な日々を送っていただけである。

最後ぐらい、きちんと締めるか。

そう思ってはみたものの、手持ちの材料がない。一つ溜息をつき、鷹西は車に乗りこんだ。何もなければ、走って探すしかない。そう自分に言い聞かせたが、エンジンをかければかけたで、五年乗り続けて走行距離が十万キロを超えた愛車の処理はどうしよう、と考え始めてしまうのだった。

「バブル経済」という言葉が使われるようになったのはいつだっただろう。終わってしまった後に、あの好景気を指して言うのは、どこか筋が違うような気がする。

鷹西が社会人になった一九八九年は、今振り返ればまさにバブルの絶頂期だった。しかし鷹西本人は、好景気の影響を受けた記憶がまったくない。入社したてで給料も安かったし、先輩たちに奢ってもらうにしても、高い店に行くことはなかった。新聞記者は酒呑みが多いのだが、高い店で呑まないというのは、長年の伝統のようだった。高い店に行くのは、たまに会う大学時代の友人たちとで、それは一種の見栄だった。

東京は今、どうなっているのだろう。これだけ近いのに、なかなか行く機会はない。バブル後の不景気の中で沈滞しているのか、それとも依然として、あの街だけが馬鹿馬鹿しく光っているのか。久しぶりに東京で暮らすことを考えると、少しだけ居心地が悪い。新しい生活に馴染めるか、心配でもあった。

潮風は既に、春の暖かさをはらんでいる。三月二十九日、鷹西は伊東を離れる。三十一日まで休みを貰っているが、その間に引っ越しを済ませ、新しい生活の準備をして、と考えるとまったく余裕がない。

結局車は地元の中古車ショップに売り払い、荷物も発送して、手持ちはデイパック一つだけ。鷹西は駅まで歩いて行くのに、わざと少しだけ遠回りした。最後に伊豆の海を見ておきたい。柔らかな春の陽射しが降り注ぐ今日は、海を見るのにいい日だ。国道一三五号線に出て、砂浜に下りる。夏は海水浴客で立錐《りっすい》の余地もなくなるが、この季節は地元の人たちが散歩しているぐらいだった。海のすぐ側《そば》まで山が迫っており、そこに張りつくように別荘や旅館が建っている。歩きにくい湿った砂の上で無理に足を運びながら、いつかこの光景を懐かしく思い出すことがあるのだろうか、と訝った。住みたかったわけではなく、特に愛着もない街だったが……。

陽光を浴びて、穏やかな海は銀色の鱗《うろこ》をまとっている。潮の香りが全身に満ち、時の流れが緩やかになる。確かに、こんなところ、長くいるものじゃないな。この街で緊張感を持って仕事をしろというのは無理だ。

鷹西はすぐに、海岸の散歩を打ち切った。今は想い出に浸るよりも、東京での新しい暮らしを考えるべきである。ここでののんびりしたペースから抜け出せなかったら、痛い目に遭う。

一三五号線に戻った途端に、逢沢に摑まった。

「何してるんですか」

「あんたが海岸にいるのが見えたんだよ。お別れの儀式を邪魔するつもりはなかったから、待ってた」

「別に、儀式じゃありませんけどね」

「何だか寂しそうだったが？」

「だとしたら、取材が中途半端になってしまったせいですよ」

二人は並んで歩き出した。逢沢がわざとゆっくり歩いているのに気づく。この交差点から駅までは二百メートルほどしかなく、数分で別れの時を迎えることになる。彼の方で、その瞬間を引き延ばしたがっているのだ。

「何だよ、まったく……」逢沢は無愛想に愚痴を零した。「こんな時期に異動はないよな」

「サラリーマンなんで」自分の言葉が空《むな》しく胸に響く。

「そりゃそうだ。まあ、気にするなよ。あんたは特に、ご栄転なんだからな」

「でも、残念です。きっちり終わらせて異動したかったですね」

「俺は諦めてないからな」逢沢が立ち止まる。眼鏡の奥の目を細め、鷹西の顔を凝視した。「この犯人は絶対に捕まえる。俺の最初の感触ではな、簡単に解決するはずだったんだよ。それがここまで、何の手がかりもない。自分のふがいなさにむかつくんだ」

「俺も同じです」

「それであんたは、どうするんだ」

鷹西は口をつぐまざるを得なかった。これから社会部でサツ回りの記者になる。おそらく、伊東通信局での暮らしが天国に思えるほど、忙しい日々になるだろう。だがそういう日々に追われて、この悔しさを忘れていいのか……。

「何とかします。もちろん、俺の後任もちゃんと取材します」

「だがな、この悔しさを知ってるのは、他の誰でもない、あんたなんだ」逢沢が鷹西の胸に人差し指を突きつけた。「絶対に忘れないで欲しい」

「分かってます」

「それならいい」

うなずき、またゆっくりと歩き出す。激した態度はすっかり影を潜め、足取りはほとんど止まりそうなほどだった。

「逢沢さん」

「ああ?」

「この事件をきっちり仕上げないと、いつまで経っても一人前になれないような気がします」

「そうだろうな」

うなずきながら、気持ちが既に東京に向いている今、自分の言葉はどこまで本音なのだろうと、自問せざるを得なかった。

第4章　1995

予想以上だな、と大江はテレビの前でほくそ笑んだ。朝の情報バラエティ番組の画面の中では、家電量販店に殺到する人たちが、渦を巻いているように見える。その多くが、今までパソコンになど興味も持たなかった人たちだろう。ネクタイに背広姿のサラリーマン、若い女性……今までパソコンといえば、ゲーム用か仕事向けの道具かに両極化していたが、今日からは間違いなく変わる。

画面がスタジオに切り替わり、美紗緒の顔が映し出された。この朝の人気番組のメーン司会で、毎日午前六時から視聴者に愛想を振りまいている。よく知った顔がブラウン管の中にいるのは、どこか奇妙な感じだった。あの娘がね……学生時代の、ひたすら金をかけた派手なファッションが嘘のような、清楚《せいそ》な格好である。化粧は薄めで――実際はかなり濃いのだろうが、テレビだとナチュラルメークに見える――服装も柔らかそうな素材のベージュのスーツ。あの頃に比べると、ずいぶん肩パッドも控え目になった。学生時代、背中の中ほどまであった髪は、肩に届くぐらいに切り揃えられている。

彼女の顔を見ながら、大江は数時間前に秋葉原で体験した異様な熱気を思い出していた。ウィンドウズ95の売り出しは、十一月二十三日午前零時。英語版に三か月遅れた発売だったが、待たされた分、熱気は爆発寸前にまで高まったようだ。知り合いのパソコン量販店の店員に訊いたところ、その店では発売開始前に六百人の行列ができていたという。

「時代が変わりますね」興奮気味に言う店員の顔は、寒さにもかかわらず熱く紅潮していた。

日付が変わると同時に、花火とファンファーレ。オリンピックの開幕式かと思えるほどの派手な演出で、積み重ねられていたソフトのパッケージを覆っていた布が取り除かれた瞬間、異様な歓声が店内に溢れたものである。

ソフト本体だけではない。ウィンドウズをプリインストールしたパソコンも売れに売れ、秋葉原は不夜城と化した。大江は午前二時頃まであちこちの店を見て回り、興奮を抱えたまま会社に戻って来たのだった。そのまま泊まりこみ、今は朝の七時過ぎ。画面の中にいる美紗緒は、今日から世界が変わると分かっているだろうか。

「社長、七時現在のデータ、出ましたよ」

「ありがとう」

大江はテレビの画面を見たまま、左手を後ろに伸ばした。そこに紙が触れる感触がある。摑もうとした瞬間、すっと紙が引かれた。大江は訝しみ、椅子を回して後ろを振り向く。大江が右腕と頼む専務の比嘉《ひが》が、渋い表情で立っていた。

「寝てないんでしょう」

「寝たよ」二時間ぐらいは。デスク脇のソファをベッド代わりに横になったのだが、昨夜は多くの社員が泊まりこんでおり、ざわざわとした気配、それに興奮も相まってほとんど寝た記憶がない。

「少しは気をつけて下さい」比嘉が真面目な表情で苦言を呈した。「一番大事な時なんですよ。倒れでもしたらどうするんですか」

「そんな柔《やわ》じゃないさ」

顔を擦り、立ち上がる。ソファで寝てしまったせいで体が強張っているが、気力は充実していた。体調も悪くない。その証拠に、ひどく腹が減っていた。それを見透かしたように、比嘉がコンビニエンスストアの袋を大江の顔の前に差し出す。

「飯です」

「悪いな」

大江は袋を受け取り、デスクについて、慌ただしくサンドウィッチを頬張り始めた。そのままオフィスの中を見回す。狭いな……渋谷の雑居ビルのワンフロアを借りて去年立ち上げた会社「IAO」は、業務拡大で人員がオーバーフローしていた。そのため現在は、総務・営業部門だけがこのビルに残り、データセンターとサポートセンターは別のビルに移っている。それでも本社のフロアは、人いきれで暖房がいらないほどになっていた。

波に乗るとはこのことだろう。会社を興して一年弱。先見の明のある技術者や営業マンを集めて、事業は順調に軌道に乗っていた。特に、大学の後輩である比嘉の存在が大きかった。大手コンピューターメーカーでプログラマーをしていたのを引き抜いたのだが、技術的な問題に精通しているだけではなく、人間的にも完璧な男だった。言うべき時は言い、引くべきところは引く。タイミングを完全に心得ている上に、でしゃばらない。この男がいなかったら、会社は今ほど順調に成長しなかったはずだと思う。

「データです」改めて、比嘉が一枚の紙を差し出す。

「いいね」一瞥《いちべつ》して、大江は笑みを浮かべた。これまでの契約者数のデータ。既に四千人を超えている。ウィンドウズ95を購入してから、インターネットプロバイダーを探した人たちが電話してきたのである。本格的に動き出すのはこれからだろうから、この数字が五桁に跳ね上がるのは時間の問題だ。

「ほぼ予想通りですね」

「結構」大江は牛乳を一口飲んだ。ここ数か月、会社に泊まりこむことも多く、ビルの一階にあるコンビニエンスストアは、ほとんどＩＡＯの社員食堂になってしまっている。朝食を仕入れてくるのも比嘉の仕事なのだが、この男は絶対にコーヒーを買ってこなかった。「どうせ一日に何杯も飲むんですから、せめて朝ぐらいは牛乳にしましょう」というのが言い分だった。おかげで大江の朝は、いつの間にか牛乳から始まるようになってしまった。

「サポートセンターの方は？」

「概《おおむ》ね問題ないですね。学生のバイトもきちんとやってくれてます。なかなか優秀ですよ」

「問題はここから先だな……」大江はサンドウィッチの包装を丸めてレジ袋に押しこんだ。「今のところは、ある程度分かる人が確認してくるだけだからね」

「素人さんの相手は面倒だと思います」比嘉が応じる。

わずか七時間ほどで、全国でウィンドウズ95を買った人がどれだけいるだろう。こういう人たちは、先遣隊のようなものだ。多くは、昔からパソコンが好きで、新しいソフトやハードが出れば、迷わず金をつぎこんできた人たち。95以前のパソコン業界は、コアなファンを主な消費者としていた。しかしこれからは、パソコンに触れたこともない人たちが主役になるのだ。そうやって裾野が広がっていくはずだが、その代償として大江たちは、面倒なサポート業務を引き受けなければならない。パソコンをインターネットにつなぐ——ただそれだけのことなのに、混乱する人が多いであろうことは容易に想像できた。特に心配なのが年寄りだ。日本のパソコンメーカーは、若い人だけではなく高齢者をターゲットにし始めている。どうせ暇な老後の時間、パソコンで暇潰しをして下さいということなのだろうが、こういう人たちが、基礎的な使い方を簡単に理解してくれるとは思えない。プロバイダーとの契約、実際の接続——パソコンがインターネットの海につながるまでには、何段階ものハードルをクリアしなければならないわけで、その過程をゼロから説明することを考えるとげんなりする。説明用のマニュアルは、四百ページにも及んでいた。

「出張部隊は？」

「まだ出動要請はありませんね。ただ、二十四時間態勢の待機は続けさせます」

「そうしてくれ」

電話では埒《らち》が明かないだろうと、容易に想像できた。そのため、サポートセンターの中でも特に優秀な人間を選んで、契約者の自宅や会社へ出張して接続設定をするために待機させている。彼らがてんてこ舞いになるのも、これからだろう。

「無理させないように、目配りしてくれよ」

「それはまず、社長が率先垂範《そっせんすいはん》してやってくれないと。社長が無理すると、社員も真似します」

「俺は平気だ」

「でも、社長がいつまでも居残ってると、社員も帰れないでしょう」

もっともだ、と思う。人の都合で自分の時間を縛られるのは、疲れる。この会社ではそんなことがないよう、技術者はコアタイムだけを決めてのフレックス制、他の人間はできるだけ残業をしないように指導してきたのだが、ウィンドウズ95発売直前のこの一か月は、そういう原則も崩れていた。

「今日はちゃんと帰るよ」

「是非、そうして下さい」真顔で比嘉がうなずいた。「この状態がいつまでも続いたら、誰かが倒れますからね」

「分かってる。今日は、夜は宴席が一件あるだけだから」

「そうでしたか？」比嘉が疑わしげに言った。大江のスケジュールは完全に把握しているのだが、そこにない予定を持ち出されて困惑している様子である。

「ああ、プライベートだから、会社には関係ない。気にしないでくれ」

「呑み過ぎないように、お気をつけて」

「悪いね、気を遣ってもらって」

「それで給料を貰ってますから」

うなずき、比嘉を解放した。本当に、役に立つ男だ。最初は大学の先輩後輩というだけの関係だったのが、今や完全に会社をコントロールする核になっている。しかも野心がない——少なくとも大江にはそう見えた。急激に膨張し、大量の資金が回るようになった会社で全てを掌握する立場に立つと、つい余計なことを考えがちだ。いつか社長を追い落としてやるとか、金を懐に入れるとか……しかし比嘉は、そういう気配をまったく見せなかった。トップに立つ人間をサポートするのが自分の役割だと心得、そこに全力を尽くしている感じである。いつまでも手元に置いておきたいのだが、将来のことは何も分からない。この業界は動きが早いのだ。一年後には、信頼できるスタッフもかなりが入れ替わってしまうであろうことは想像に難くなかった。それも仕方がない。優秀な人材が流出すれば、より優秀な人材を引き抜いてくるだけだ。勢いのある会社では、人集めは難しくない。

誰もが憧れる会社を作らないとな、と大江は気合を入れ直した。IAOで働きたい、と言われるような会社を。

「どうもよく分からんのだが、えらく盛り上がっているようじゃないか」そう言う藤崎の口調には、戸惑いが感じられた。

「そうですね。間違いなく日本は……いや、世界は変わります」

「それほどの話なのか？」藤崎が目を剝いた。

この男は、必ずしも新しい物にアレルギーを持つ人間ではないが、今回のウィンドウズブームは、理解を超えているかもしれない。おそらくこの年代の男にとってパソコンは、専門家が使う、何か訳の分からない道具、という印象しかないはずだ。元民自党幹事長にして、現在は公民党代表、そして死んだ父親の盟友。数か月前から何度か会っているが、誘ってくるのは毎回藤崎だった。

「間違いないですね。五年……十年以内には、いろいろなことが大きく変わります」

「イメージできんね」巨体を揺するようにして、藤崎が首を傾げる。「俺も古い人間ということか」

「何でしたら、私の方で代表のパソコンのセットアップをしてもいいんですが」

「よしてくれよ」団扇《うちわ》のように大きな手を振った。「俺は、あんなものには触《さわ》れん。キーボードにはアレルギーがあるんだ」

「そうなんですか？」

「ワープロが出始めの時に触ってみたが、まったく身につかなかった。ああいうのは、得手不得手があるんじゃないか」

「そんなこともありませんよ。誰でも使えるのが今のパソコンです。いろいろなことができますし……」

「まあ、ややこしい話はいいじゃないか」

苦笑して、藤崎がワインの瓶を取り上げる。大江はグラスを両手で持ち、彼の方へ差し出した。料亭の広い個室に二人きり。差しつ差されつの世界にワインは似合わないのだが、最初に宴席を一緒にした時から、藤崎はワイン一本やりだった。「日本酒は悪酔いするものでね」と言う彼は、政治の世界では異端のタイプかもしれない。

「先生は、ワインはお詳しいですよね」

「今日はカリフォルニアワインだが、どうかね」

「爽やかですね」酒の味がほとんど分からない大江は——一年前までは滅多に酒を口にしなかった——無難な台詞を返した。あながち外れた感想ではあるまい。「カリフォルニアワインをお好きなんですか？」

「地元の連中には悪いがね」

藤崎は山梨が地元なのだ。「甲州ワイン」は、世界でも名の知れたブランドであり、そこが地盤の政治家としては、宣伝に努めて然《しか》るべきだ。しかし今日、藤崎が選んだのはカリフォルニアワイン。フランス産でもイタリア産でもないのが意外だったが、藤崎は宴席の最初に「ヨーロッパワインだけがワインではない」と一くさり蘊蓄《うんちく》を傾けたものだった。カリフォルニアにもチリにもいいワインがある。しかも値段が安い、と。だったらもっと安価な甲州ワインでもいいのではないか、と大江は皮肉に思った。

藤崎がワイングラスを軽く揺らし、わずかに黄みがかった液体を灯りに照らして眺めた。満足そうな呻き声が唇から零れる。

「乾燥した土地柄だと、こういう味わいになるそうだね。あんた、アメリカ留学中はカリフォルニアには行かなかったのか？」

「ええ、ずっと東海岸でした。さすがに、官費留学では遊んでいる暇はありませんでしたから」

「真面目だねえ」藤崎がにやりと笑う。「その辺、オヤジ殿によく似ている」

「オヤジは、いろいろご迷惑をおかけしたんじゃないですか？」

「ああ、迷惑だった」体を揺すって藤崎が笑う。この年代の男にしては大柄——身長は百八十センチを軽く超えており、恰幅《かっぷく》もいい——なので、そうすると空気が震えるようだった。「真面目一方でね。あんなに融通が利かない人間は滅多にいない」

「そうですね」同調して、大江は苦笑せざるを得なかった。確かに、あれほど仕事のことばかり考えている人間もいなかっただろう。しかも頭が固い。金ではなく心と言葉で人を説得できると信じていたのだろう。だからこそ電話魔になったのだし、あれだけ借金も残したのだ。要領のいい人間なら、政治活動を続けながら蓄財までできるだろう。金回りのいい人間が、自然に周りに集まって来るのだ——藤崎のように。

「だが、俺にとっては間違いなく盟友だった」かすかに赤くなった藤崎の目が潤む。

「あんなに早く……冗談じゃないよ」

「残念です」

「もっと残念なのは、あんたがすぐに地盤を継いでくれなかったことだ」

「申し訳ありません」あれこれ言い訳するよりもと、大江はさっと頭を下げた。やはり、政治家と会うには料亭だな、と思う。これがイタリア料理やフランス料理の店だったら、こんな風に頭を下げても格好がつかない。畳の部屋だからこそ、相手に誠意が伝わるのだ——本当に誠意を持っているかどうかは別にして。

「まあまあ、頭を上げてくれ」

お約束のやり取り。大江は半分笑ったまま、しばらく頭を下げ続けた。十分だろうと思う時間よりもさらに数秒長く、額をテーブルに押しつける。顔を上げると、藤崎がテーブルの上にぐっと身を乗り出していた。

「とにかく、食べながら話そうや。せっかくの料理が冷める」

藤崎が刺身に手をつけた。山葵《わさび》を全部醬油《しょうゆ》に溶かしこんでしまい、たっぷりと刺身をつけこんでから口に運んだ。あれだと即席の「漬《つ》け」になってしまうだろうな、と大江は苦笑する。山梨出身のせいだろうか、この男はやけに濃い味を好む。何度か食事を一緒にしているが、いつも席に醬油差しを用意させるのだった。吸い物の味が薄いといっては醬油を足し、せっかくの料理をぶち壊しにする。

「いただきます」

大江も料理に取りかかった。普通に食べれば美味《うま》いのだろうが、こういう席では味わっている余裕もない。だいたい、料理が一気に運ばれてきたので、温かい物は冷え、冷たい物は温《ぬる》くなってしまっている。話の邪魔をしないようにとの配慮なのだろうが、だったらそもそも、こんな場所で会合を持たなければいいのだ。食事は食事、話し合いは話し合いと、分けて考えるべきである。

ふと、留学時代のことを思い出した。ボストンで、十九世紀から続くという古いレストランに冷やかし半分で行ってみたことがあるのだが、座った瞬間、「この席にはケネディがよく座っていた」と店員に教えられた。こんな店で政治的な密談をしたのだろうか、と訝ったのを今でも覚えている。あるいは単に、名物のシーフードを食べに来ただけで、策謀を巡らせるのは別の場所だったのか。

ひとしきり、亡くなった父の想い出話に花を咲かせる。食事が終わるタイミングを見計らって、大江は小さな手提げ袋を取り出し、卓の横から畳の上を滑らせて藤崎の方に押しやった。藤崎が怪訝《けげん》そうに大江の顔を見やる。

「これは？」

「どうぞ、ご確認を」

藤崎が袋に手を突っこみ、中身を引っ張り出す。ウィンドウズ95のパッケージだ。

「ほう、結構重い物なんだね」藤崎がパッケージを振る。何の音もしなかった。

「本当はもっと軽いんです。中身はフロッピーディスクとマニュアルだけですから」

「そう、か」藤崎がパッケージを袋に戻す。「あんたは今、橋を渡ったぞ」

「承知してます」大江は頭を下げた。パッケージの中には、百万円の札束が五つ、仕込んである。

「この橋は、一度渡ると引き返せない」

「それも分かっています。とにかく、先生のお役に立てていただければ光栄です」

「あんたの覚悟を聞いておこうか」

「今現在、覚悟はありません。決めていることがあるだけです」

「それは覚悟ではないのか」

「将来の予定を今の段階で喋っても、覚悟とは受け取っていただけないのでは？」

大江自身、確固たるスケジュールを敷いているわけではないのだ。政治の世界もビジネスの世界も、時々の状況によって大きく揺れ動く。決め打ちで色々な予定を詰めておくと、いざという時に対応できなくなるのだ。そして人や金を無駄にしてしまう。それよりも、できるだけ身辺を身軽にしておいて、いざという時に迷わず動けるようにしておくのが賢いやり方だ。

「よく分からんが」

「では、お話しします」頭の固いあんたにも分かるようにな、と大江は皮肉に思った。

「私は将来、政治の世界に進むつもりです」

「将来、では遅い」藤崎の目が真剣になった。「次の選挙に出なさい。今なら、オヤジ殿の地盤を継いで確実に当選できる。党としても、全面的にバックアップする」

「お言葉ですが、党にも地盤にも頼らず、自力でやってみたいんです」

「気持ちは分かる……あんたも若いね」ふと藤崎の表情が緩む。「若い頃は、何かと自分の実力を試したくなるものだ。権威にも伝統にも寄りかからず、やってみたいとな。だが、政治の世界に進むなら、そういう一本気な気持ちは捨てた方がいい。利用できる物は何でも利用すべきだ。オヤジ殿の名前も、俺の力も。こっちは、若い野心家の踏み台にされるのは、むしろ望むところなんだから」

「とんでもない」大江はまた、思い切り頭を下げた。そのまま、押し殺した声で言う。「先生を踏み台などと、罰が当たりますよ」

「冗談言っちゃいかん」藤崎が、空気を震わせるような大声で言った。「俺たち年寄りを上手く利用して乗り越えていかないようじゃ、政治家としては大成できないぞ」

「私はまず、自分の足で立ちたいと思います」大江はゆっくりと頭を上げた。ここで藤崎に頼れば、選挙には勝てるかもしれない。だがそれでは、一生藤崎の庇護から抜け出せなくなる。誰かの下について、顔色を窺いながら生きていくのはごめんだった。「この世界でやりたいこともあります。間もなく革命が起きるんですよ？　それを現場で見届けたいんです」

「革命とは、穏やかじゃないな」藤崎の反応は敏感だった。この男は今年六十歳。言葉としての「革命」が大好きだった六〇年安保世代よりも、もう少し年上なのだが……。

「緩い革命です。人の意識が変わる革命です。それが経済や政治に影響を与えるかどうかは分かりませんが、世界中の人と人が直接つながる時代がきます。私は今、その最先端にいるんです。この状態が今後どうなるか、どうしても見極めておきたい」

「それがインターネットの世界なのか？」どうにも合点がいかない様子で、藤崎が首を捻る。

「私はそう信じています」

「分かった……あんたは今すぐ選挙に出る気はない、それは了解した。こういうのは、しつこく繰り返す話でもないからな。だったら、この箱はどういう意味だ」

「先行投資です」

「ほう」

「私の将来を藤崎先生にお預けする、と考えていただけないでしょうか。先生は、私にとって銀行です」

「なるほど」藤崎が鼻で笑う。「金利は大して高くないぞ」

「元本割れしても構いません。いつか先生のお力を借りるために、今の私にはこれぐらいのことしかできないんですから」

「そうか」藤崎が手提げ袋を引き寄せる。「あんたは若いのに、ずいぶん政治の世界の機微が分かっているようだね」

「近くにいい教師がいました」

「オヤジ殿か……」藤崎が遠い目をした。「あんたのオヤジ殿は、こういうことをしない人間だったぞ」

「承知してます。だから借金だけ残して死んだんです」

「あんたは、そんな風になる心配はなさそうだな」

「そうです。私は自分で立ちます」

そのために必要なのは、何よりもまず金だ。インターネットで世界が変わるなどと、本当は信じていない。だがこの技術が自分に金をもたらし、経済的基盤を作ってくれるのは間違いない。後は、余計なことに手を出して失敗さえしなければ、将来は開ける。藤崎にもずっと元気でいてもらわなくては困る。この男の影響力は、今や政界でナンバーワンといって過言ではないのだ。彼の発言や行動が政局に大きな影響を与えているのは間違いない。

「あんたほどしっかりした男なら、問題はなかろう。預金は、俺が確実に運用して増やしておくよ」

藤崎がにやりと笑った。凶暴な面相なので、笑うとかえって怖くなる。強面《こわもて》のままでいてくれた方がいい、と大江は思った。

「よろしくお願いします」

「一つ、忠告しておく」

「何ですか」

「いつまでも金儲けの世界にいたら駄目だぞ。ああいう世界のしきたりや考え方は、政治と馴染まないことも多い。染まらないうちに、こっちへ来なさい」

「承知しました」

「十年……五年だな」藤崎が巨大な右手をぱっと広げる。「十年先は誰にも読めない。俺も、衰えているかもしれない。だが五年先なら、あんたに確実に手を貸せる。恥をかかないで、選挙で戦えるようにしよう」

「よろしくお願いします。それまでは、定期的に預金させていただく、ということでよろしいでしょうか」

「来る者は拒まず、だ」

藤崎が豪快に笑う。下品なその笑顔を見ながら、大江は不快感が徐々に湧き上がってくるのを感じていた。こういう男に頭を下げ続けなければならないのか……だが、個人的な感情などに惑わされたら、政治の世界ではやっていけないだろう。ひたすら低姿勢で恭順の意を示す。こういう男は、それで満足するはずだ。

自分が本当に、俺の踏み台になることなど、想像もしていないだろう。

帰宅した時も、妻の敦子《あつこ》はまだ家に戻っていなかった。九時半……まだ早い時間だが、少し気になる。このところずっと、帰りが遅いようだ。大江自身、会社に泊まりこむことも多いから、ずっと妻の動向を見ているわけではないのだが、そういうことは何となく分かるものである。結婚して一年も経たないうちに浮気もないだろうが、さすがに少しは不安になる。

コートを脱いでクローゼットにかけ、背広姿のままソファに腰を下ろす。ネクタイを緩め、ワイシャツの一番上のボタンを外して一息ついた。藤崎との会食では、やはり緊張を強いられたのだと意識する。政界の実力者相手に一対一の勝負。勝ち負けは関係ないが、いつの間にか相手の大きさに呑まれていたことは認めざるを得ない。金を渡したこともよかったのか悪かったのか……誰か信頼できる部下、それこそ比嘉を同席させるべきだったかもしれないが、あの男を巻きこむわけにはいかないという気持ちもある。仕事とそれ以外のことは、分けておかなければならない。比嘉はあくまで仕事のパートナーであり、政治の世界にはかかわらせたくなかった。公私混同したらけじめがつかなくなる。だから今回の金も、完全に大江のポケットマネーから出していた。

喉が渇いたな……あまり好きではないワインを無理して呑んだせいか、喉の奥から胃にかけて、しつこい酸っぱさがしがみついていた。水か、それともきついエスプレッソを飲んで洗い流したい。だが、酔いは意外と深く回っており、立ち上がるのさえ面倒だった。

ドアが開く音が聞こえる。敦子か……出迎えたいところだが、何だか体が動かない。ソファでだらけているうちに、彼女の慌てたような足音が近づいて来た。

「ごめん、帰ってたの？」

「ついさっきね」

ようやく体を起こし、上着を脱ぐ。敦子が素早く受け取ろうとしたが、大江は首を横に振った。左手にバッグ、右手に紙袋をぶら下げているから、上着は渡せない。何とか立ち上がり、寝室に向かう。クローゼットに上着をかけてしまうと、キッチンに行って水を飲んだ。流しの横では、敦子が太いベルトのついた茶色いナイロンコートを着たまま、薬缶を火にかけている。

「コートぐらい脱げば？」

「コーヒー飲みたそうな顔、してたから」

「ああ」大江は両手で顔を擦った。睡眠不足、それに極度の緊張を強いられた藤崎との二時間を改めて意識する。「着替えて来いよ。火は見てるから」

「ごめんね」

敦子が紙袋とグッチの小さなバンブーリュック——彼女が持っている数少ないブラン

ド物だ——をダイニングテーブルに置き、寝室に消えた。紙袋を覗きこんでみると、ケーキの箱が入っていた。土産か……こういう土産を買ってくることなど、ほとんどないのだが。やはり浮気していて、その罪滅ぼしかアリバイ作りのつもりだろうか。こんなことで騙《だま》されるわけにはいかないが、問いつめるのも時間の無駄だ。世の中の夫婦は、多くがこんな感じなのではないだろうか。わざわざ確認することで、関係が壊れるのを恐れる。そうやって互いに口をつぐんでいるうちに、全てが手遅れになってしまう、とか。

湯が沸き立つ音で現実に引き戻された。自分でコーヒーの準備をする気にはならず、ガスの火だけを止める。そのタイミングを見計らったように、敦子が戻って来た。丈の長い、淡いピンク色のケーブルカーディガンに、最近凝っているスカーフを緩く首に巻いている。

「これは？」紙袋を指差す。

「ああ、母から」

「お義母《かあ》さん？」

実家へ行っていたのか。珍しいこともあるものだ。敦子が里帰り——同じ都内なのだが——した時も、親から手土産など持たされたことなどないのに……やはり、どうにも臭う。いつもと違う行動をするのは、後ろめたいことがある証拠ではないか。

「珍しいな」

「そうなのよ。でも、お祝いだから」

大江は振り返り、彼女の背中を見詰めた。ひどく真剣な様子で、コーヒーの準備をしている。かぐわしい香りが広がり、少しは精神安定剤の役目を果たしてくれたが、疑念が消えるわけではない。

「お祝いって、何の」

「それは、今話すわ」

まさか、ウィンドウズ95発売記念じゃないだろうな……それなら俺に対してではなく、マイクロソフトを相手にすべきだ。ビル・ゲイツが日本のケーキを喜ぶかどうかは分からないが。

コーヒーの用意ができた。敦子が二つのカップに注ぎ分け、ダイニングテーブルに置く。このテーブルは六人がけで、狭いマンションにはいかにも大き過ぎるので、二人で食事を取る時はいつも、角を挟んで座る。大江はいつもの定位置に腰を下ろし、鼻の下でいい香りを立てているコーヒーを見詰めた。お祝いとは何だろう。もしかしたら妊娠した？　それはそれでいいのだが、だとしたら、こんな時間まで出歩いているのは、母親になる人間として自覚が足りない。

敦子が袋を引き寄せた。箱を取り出して蓋《ふた》を開けると、バターと砂糖の香りがコーヒーに混じる。

「ケーキじゃないのか」

「箱だけよ。中身は、母の手作りのクッキー」

「お義母さん、クッキーなんか作るんだ」

自分は敦子の家族についてほとんど知らないのだ、と意識させられる。彼女と結婚したのは、単なる愛からではないと自覚している。父親が通産省の審議官だと意識しないことはなかった。次期次官の最有力候補であり、今後も通産省の中で大きな影響力をふるっていくのは間違いない。後ろ盾は、何枚あってもいいのだ。だから、本当はもっと積極的につき合わなければいけないのだが、何となく苦手意識もある。

「いいことがあった時だけ。この前作ったのは、私の結婚が決まった時ね」

「それは、いいことだったんだ」

「何言ってるの」敦子が苦笑する。若々しい目尻に少しだけ皺《しわ》が寄った。彼女はひどく童顔で、自分と同い年、二十八歳には見えない。「いいも悪いも、私たち、夫婦じゃない」

「どうも俺には、お義父さんもお義母さんもあまり喜んでいるようには見えなかったけどね」

「父はそうだったかもしれないけど……」

敦子の声が消え入りそうになる。大江はうなずき、「別に悪く思うことはない」と無言で彼女に伝えた。結婚の挨拶に行った時の妙な緊張感は、今でも忘れられない。大江は大蔵省を辞めたばかり。父親の借金を何とか返済し終えた後で、財布の中はほとんど空だった。向こうはそういう事情を知っていたわけで、とても前途洋々たる青年には見えなかっただろう。同じ官僚として、早々と役所の仕事に見切りをつけたのも、納得いかないことだったかもしれない。官僚は、役所が違っても、妙な一族意識に支配されている。官庁を横断するような形で学閥もあるのだ。そして義父からすれば、大江は同じ学閥の遠い後輩に当たる。

「金もないのに夢ばかり語っているような男は、親としては信用できないと思うよ」大江は自虐的に認めた。今は、金だけはあるのだが。

「でも、会社は順調でしょう」

「何とかね。今日もフル回転だった。サポートセンターの連中は、今夜も徹夜だろうな。俺も泊まりこむつもりだったんだけど、比嘉に無理矢理帰された」

「比嘉さん、大事にしなくちゃ駄目よ」敦子が釘を刺す。「あの人、あなたのことを本当に尊敬しているし、支えたいと思ってるんだから」

「分かってる。あいつには世話になりっ放しだから。金の面でもフォローしてるよ」

「それならいいけど」ようやく敦子の表情が緩くなる。義父の存在も大きかったが、この笑顔に惚《ほ》れたのが結婚する最大の理由だったな、と思い出す。花が開く様子を早回しで見せられるようなものだった。華やかな笑顔は、いつでも大江を和ませる。

結局愛もあるわけだ、と大江は苦笑した。そんなものにこだわっていたら、いつか足を引っ張られることになるかもしれないが。

敦子が箱からクッキーを取り出し、大江に勧める。甘い物は好きじゃないんだけど、と思いながら受け取る。テーブルに置きっ放しのティッシュ箱から一枚取って皿代わりにし、クッキーを二つに割る。チョコレートを混ぜこんだマーブル柄で、割ると甘い香りはさらに際立った。口の中がもさもさするんだよな、と思いながら半分食べ、コーヒーで甘さを洗い流す。

「で、今日は何のお祝いだったんだ」

「父を説得したわ」

「どういうことだ」事情が分からず、大江は妻の顔を凝視した。

「将来的にあなたが選挙に出ること……そのための資金作りとして、しばらくは事業を進めること。今まで何度も話してたんだけど、いつも渋い顔だったの。今日、やっと認めてくれたのよ」

「勝手なことするなよ」大江は頭に血が上るのを感じた。「何も、今言わなくてもいいじゃないか。実際に選挙に出る時に、説明すればいいだけの話だ」

「父は、あなたが選挙に出ること自体に反対しているわけじゃない。でも、出るなら今しかないって、いつも言ってたわ」

「そんなこと、話してたのか？　もしかしたら最近、実家によく行ってた？」

「そうね。暇がある時は、大抵」

何が浮気だ。馬鹿馬鹿しい。いや、浮気よりも悪いかもしれない。こっちが知らない間に、何を勝手なことを……選挙に出るのは自分である。敦子の父親は利用しがいのある男だろうが、実際に選挙になる前には、できるだけ関係ない振りをしていたかった。

「何でそんなことしたんだよ」

「黙って聞いて」

敦子の声が硬くなった。こうなるとこちらの言うことなど聞かないのは、経験から分かっている。大江はコーヒーを一口飲み、彼女の次の言葉に備えた。

「父は、あなたのお父さんのこともよく知っている。選挙区の事情も分かっている。当然、あなたが国政に打って出たがっていることも知っているわ。でも、やるなら今しかないっていうのが口癖だった。お義父さんが亡くなって、その記憶がまだ熱いうちに……こんな言葉は使いたくないんだけど、弔い合戦をすべきだと思っているの。今なら後援会もそのまま引き継げるし、古くからの支持者も応援してくれるからって」

大江は黙ってうなずいた。藤崎と同じだ。少しでも政治に関心のある人間なら、同じように考えるだろう。利用できるコネは利用しろ、と。

「父が一番心配していたのは、経済的な問題なのよ」

「だろうな」

自信はあったが、素人に説明してもなかなか分かってもらえないのがこの世界である。大江はアメリカ留学中にコンピューターの世界に触れ、間違いなく世界は変わると確信した。だがそれをどうビジネスに結びつけ、金を生み出させるかを人に説明するのが難しい。通産省で、あらゆる業界に精通している義父でさえ、コンピューター絡みで話題にするのは八〇年代の産業スパイ事件、それに日本製のコンピューターの輸出が振るわない現状についてだった。これからは国境に関係ないビジネスが始まる、と何度も説明したのだが、本当に理解していたかどうかは怪しい。次期次官の最有力候補と言われるぐらいだから、「超」がつくほど優秀で視野も広い人のはずなのに、大江の話についてこられなかった。しかし、パソコンとインターネットの普及は、これまでの常識では測れないような動きを生み出すだろう。大江自身、このビジネスがどのような地点に着地するかは想像もできていない。最後に勝つのが誰か、も。

「でも、昨日からの騒ぎがチャンスだったのよ」

「ウィンドウズ95？」

「役所でもずいぶん話題になっていたみたい。それで、あなたの会社がやっているインターネットビジネスに関しても、一気に見方が変わったのよ。これは将来性がある、通産省としても何とか育てていかないと、っていう話ね。今日は朝からずっと、このニュースで持ち切りだったでしょう？　私、チャンスだと思って父に話しに行ったのよ」

「そんなこと、わざわざしてくれなくてもいいのに」大江は少しだけ気持ちが緩み始めるのを感じた。

「私がしたかったの」敦子が真っ直ぐ大江の顔を見た。「とにかく、父もやっと、あなたの先見性を認める気になったのよ。これで力を蓄えて、将来に備えるのは悪くないって」

「俺の説明より、NHKのニュースの方が信用できるってわけか」

「それが普通の人の感覚でしょう……ねえ、余計なことしたと思ってる？」敦子が探りを入れるように訊いた。

「いや。お義父さんの賛同を得られて、力を借りられるなら、こんなにいいことはない。でも、君が無理をすることはないんだ。これは俺の計画なんだから――」

「私には、神輿《みこし》を担がせてくれないの？」

　敦子の目に涙が滲《にじ》む。大江は言葉をなくした。これが代償行為に過ぎないことは分かっている。だが、自分には責める権利がない。それで彼女が落ち着きを取り戻せるなら、悪いことは何もないではないか。

二人の結婚生活には、最初から暗雲が漂っていた。結婚前、一通りの婦人科検診を受けた敦子は——彼女の母親がどうしても、と勧めた——子どもができにくい体質だ、と知らされた。大江は「気にする必要はない」と彼女を慰めた。実際、子どもがいると、何十年か後に世襲の問題で頭を悩ませることになるし、自分の人生は自分だけの物として完結すべきだと思っていたから、さして気にもならなかったのである。しかし敦子にとっては、大江家の跡継ぎを産めないのは深刻な問題だった。結婚をやめると言い出し、大江が一笑に付すと、「外で子どもを作ってもいい」と泣きながら言った。戦国時代じゃないんだから、と笑いそうになったが、あまりにも真剣な敦子の様子に、大江は言葉を失ってしまった。

結局敦子を納得させたのは、大江の開き直りだった。子どもを産むために結婚するわけじゃない。子どもに費やす時間を、自分の夢のために注ぎこんでもいいじゃないか。子どもができないことで誰かに文句を言われたら、俺のせいだということにしておけばいい。養子を迎えてもいいんだし——。

敦子が納得するまでの一か月間は、静かな地獄だった。しかし彼女は、いつの間にか自力で開き直ったのだ。

「あなたのために、私も何かしたいから」

「無理しなくていいんだ」

「やらせて。いつも、あなたを一番理解している人間でありたい」

「そんなこと、わざわざ言わなくても分かってるよ」

大江は手を伸ばし、彼女の小さな手を包みこんだ。顔に広がる優しい笑みを見ながら、心が解《ほど》けていくのを感じる。気持ちが爆発して暴走さえしなければ、敦子は自分の一番の味方、戦力になってくれるだろう。だったら頼ってもいい。

愛が人生を助けてくれることも、あるかもしれない。


夢は常に、手の感覚から始まる。巨大な花瓶を頭に打ち下ろした瞬間の、鈍い感覚。次の瞬間には、目の前に頭を砕かれた老人が倒れている。

大江は吐き気をこらえながら、花瓶の破片をかき集めた。死体には触れないように気をつけながら……不思議と、そうやっていると気持ちが集中して、吐き気が消えていく。死体の下になっている破片があるかもしれないが、それは諦める。下手に動かさない方がいい。現場を荒らせば、手がかりを残してしまう。

いつの間にか、大江は完全に冷静になっていた。台所から大きなゴミ袋を何枚も持ち出し、集めた破片を入れて、何重にも重ねて補強した。雑巾でざっと水を拭き取り、さらにティッシュに吸わせて、いずれもゴミ袋に入れる。持ち上げるとがちゃがちゃと嫌な音を立てたが、慎重に持ち運べば何とかなるだろう。

最後に、開いたままになっている金庫に目を向ける。乏しい灯りを頼りに中を覗きこむと、札束がまだごっそりと入っていた。全部出さない限り、どれほどあるかは確認しようもない。鼓動が速くなったが、大江は冷静さを失わなかった。もう一枚ゴミ袋を持ってくると、それで手をカバーしたまま、札束を取り出した。焦るな、冷静に……一度車に戻って、何か金を入れる物を持ってこようという考えは捨てた。何度も往復していると、誰かに見られる恐れが出てくる。人気《ひとけ》はないはずだが……。

無理はできない。無理をする必要もない。先ほど取り出した金と合わせてある程度の額があれば、それを元手に何でもできるのだ。

大江はトレンチコートを着こみ、ベルトをきっちり締めた。少しオーバーサイズなので、胸のところにかなりの隙間ができる。そこに札束の入ったゴミ袋をいれ、ボタンを首のところまで留めた。胸が膨れ上がって動きにくいが、車に乗ってしまえば、後は何とでもなる。

右手にゴミ袋を持ち、金を落とさないよう、玄関に向かって慎重に歩き出す。紐靴《ひもぐつ》なので履くのが面倒臭い。仕方なく、踵《かかと》を履き潰すようにして外へ出た。爪先立ちになりながら、何とか車まで歩いて行く。トランクを開け、ゴミ袋を中に入れて第一段階終了。両手で胸を押さえ、金が落ちないように気をつけながら運転席に腰を落ち着ける。ドアをロックすると、思わず安堵の吐息が漏れた。グローブボックスを開け、札束を一つずつ入れていく。七……八……二十ある。二千万円。人生の第二ステージをスタートさせるには十分な額だ。

グローブボックスをきちんとロックする。コートのベルトを外して、深呼吸した。首筋にべったり汗をかいているので、掌で拭い、そのままハンドルに擦りつける。エンジンをスタートさせ、考える間もなく車を発進させた。再び吐き気がこみ上げてきたが、喉を這い上がる苦い液体を何とか飲み下し、必死で運転に集中する。急坂、急カーブの連続なので、余計なことを考えていると車を脱輪させそうだ。

それがよかった。

別荘地を抜け、国道一三五号線に出る頃には吐き気も治まり、汗も引っこんでいた。窓を細く開け、冷たい外気を車内に導く。

大したことはない。あの男は、古い世代の代表でしかないのだ。素直に俺たちにバトンを引き渡すべきなのに、何だかんだと理屈をつけて金を出し渋った。だから、こんなことになるのだ。何か勘違いしていたのではないだろうか。自分はまだ権力と影響力を持ち、人を自由に動かせるとでも……あんたの時代は終わった。これからは俺の、俺たちの時代だ。あの金庫で腐るだけだった金を、俺が生きた形で使ってやる。むしろ感謝されてしかるべきだ。

フロントガラスに、突然堀口の顔が浮かび上がる。殴りつけた後は一度も顔を見ていないのに、血塗れで、赤く染まった頭蓋骨が露出したその姿はあまりにもリアルだった。悲鳴を上げ、襲いかかる死に顔を避けるために急ハンドルを切る。車の鼻先は、ガードレールを突き破って海へ向いていた。

——夢はいつも、そこでかき消える。そして呻き声とともに目を覚ますのだ。

大江は額に滲んだ汗を拭い、暗闇の中、隣で寝ている敦子を見下ろした。よかった……今日は気づかれなかったようだ。一緒に暮らし始めた頃、大江が夜中に頻繁に目を覚ましてしまうのを心配して、医者に診てもらったらどうだと進言してきたことがある。昔から眠りが浅いんだ、と言い訳したが、大江は知らぬ間に寝言で余計なことをつぶやいているのではないかと不安になった。だが今のところ、敦子は何かを言い出す様子はない。

気づかれるわけにはいかない。だが、夢は自分ではコントロールできないのだ。あれはどうしても必要だからやったこと、正当な行為だったと何度も自分に言い聞かせているし、これまで捜査は進んでいないようだから、最早《もはや》心配もないはずだと確信している。

それでも、一抹の不安を消すことはできない。

季節は晩秋から冬へ。年が変わろうとする頃に、契約者数は二十万人を超えた。予定よりやや多い、順調な数字である。

大江はデータを確認して満足気にうなずき、比嘉に笑みを向けた。

「よく頑張ってくれたな」

「死人が出なくてよかったですね」本気なのか冗談なのか、比嘉が真顔で言った。

「そろそろ、きちんと休みが取れるようなローテーションを取ろう。ぼちぼち落ち着くと思うから」

「そうですね」

比嘉が、社長席の横にあるソファに腰を下ろした。慎重に浅く腰かけ、背中を真っ直ぐ伸ばしている。

「忘年会、どうしますか」

「そんな季節か……」

「一応、ここで一段落ということにしておかないと。だらだら続けていたら、士気が上がりませんよ」

「そうだな。よし、ホテルを取ろう」

「ホテル？」もっとささやかな忘年会を想像していたのか、比嘉が顔をしかめる。

「そう。宴会場を借り切って、できるだけ社員を集める。バックアップ要員を残して全員となると、二百人かな。それぐらいの会場は必要だろう」

「だけど、いいんですか？　金もかかりますよ。これからいろいろ物入りになる時期なのに……」

「金は、ある時に使わないと駄目だよ。それに、そこで使った金はすぐに回収するぐらいの気持ちでいないと」

「そうですね。ちょっと調べてみます。今からだと、クリスマス前後でいいですかね」

「そうだな。でも、クリスマスイブは外してくれよ。家族持ちや恋人がいる人には、大事な日だろう？」

「社長も」比嘉が悪戯《いたずら》っぽく笑った。

「俺はどうでもいいよ。とにかく、気持ちよく酒を呑んでもらって、イブは大事な人と過ごすことにした方がいい」

「分かりました。手配します」

比嘉が自席に去って行った。一息つく間もなく、目の前の電話が鳴り出す。

「大江社長」

「よせよ」相手が鷹西だと気づいて、大江は苦笑した。「何だよ、いきなり。元気なのか？」

「お前に心配してもらうようなことはない。今日は仕事の話なんだ」

大江は一瞬、胸がずきりと痛むのを感じた。鷹西は伊東通信局から本社に異動してきて、社会部にいる。まさか、あの事件のことで何か感づいたのでは？　だいたい、事件が起きた時、あいつは伊豆にいたのだ。取材もしていただろうし、もしかしたらまだ、追いかけているのかもしれない。

だが大江の不安は、すぐに解消された。

「経済部の同僚から橋渡しを頼まれてさ。ほら、俺たち新聞記者から見ると、お前らは得体の知れない人種に見えるんだ」

「何だよ、それ」大江は苦笑した。

「パソコンとかインターネットとか、俺たちにはあまり縁のない世界でね。でも、今やお前は時代の寵児《ちようじ》だろう？　俺が知り合いだって言ったら、是非紹介して欲しいってさ」

「インタビュー？」

「ああ。そこへ電話させていいかな」

「構わないよ。こっちも宣伝になるし、大歓迎だ」

「じゃあ、今日のうちには連絡を入れさせるから」

「おいおい、久しぶりに電話してきてそれだけか？　たまには会おうぜ」

「そうだな」乗り気でない様子で鷹西が言った。「まあ、時間が調整できれば」

「そんなに忙しいのか」

「下っ端だから、自分の自由になる時間なんて、ほとんどないんだ。休みだってずいぶん長いこと取ってない」

「そういうの、平気なのか？　小説を書いてる暇もないのか」

「ない」あっさりと鷹西が断言した。「今のところ、どうしようもない。日々、ヘマをしないように気をつけてるだけだよ」

ずいぶん弱気になっている、と大江は思った。やはりこいつには、新聞記者など向いていなかったのだ。もっと楽な仕事を選んで、暇な時間に小説を書いている方が、よほど鷹西らしい人生を歩めたはずなのに。

何とか時間を作れよ、とごり押しした。鷹西は時間ができたら連絡すると言って電話を切ったが、大江は、この約束が守られることはないだろうと、何となく予想していた。

第5章　1996

鷹西は、新大阪から東京行きの新幹線に乗った瞬間に眠ってしまった。次に目が覚めたのは、名古屋。一時間にも満たない浅い眠りは、かえって疲労感を増幅させた。ぼんやりしたまま、久々に訪れた神戸に思いを馳《は》せる。大震災から一年を経て、あの街は間違いなく復興しつつあったが、どうしても震災直後の様子が頭から消えない。一種のPTSD（心的外傷後ストレス障害）だと思う。今でも、浅い眠りの中でよく夢を見るのだ。それはねじ曲がって倒壊した高速道路だったり、街全体が燃えてしまった場所を歩き回った時に足底に感じた熱だったりするのだが、人が一人も出てこない。人が消えた街。阪神・淡路大震災で被災した神戸は、鷹西の目には人のいない街に見えた。

実際には、そんなことはなかったのだ。地震の直後も、あの街では多くの人が踏ん張って、生き延びようとしていたのだから。飢えや寒さと隣り合わせでいながら、それでも冗談を飛ばし合っていた関西人の強さ、したたかさを、鷹西は一年前に目の当たりにしていた。多くの人と話をし、知り合い、その後も連絡を取り合っている。記者と取材対象以上の関係になれたと信じていた。

なのに何故か、夢の中に出てくる神戸は無人である。

震災の時は、発生二日後に大阪経由で神戸に乗りこみ、被災地で一週間、取材に駆け回った。一度帰京して、一週間後に再び神戸へ。結局、神戸での取材は計三回、二十日以上に及んだ。当時の上司は、「大阪へ転勤するか？」と冗談めかして言ったものだ。鷹西は笑って受け流したが、今になれば、首を縦に振ってしまうべきだったかもしれないと思う。発生直後に、「現場へ入れ」の一言で飛んで行ったのだが、ああいう経験は二度、三度とできるものではない。

結局そういう人事は発動せず、震災から一か月後、鷹西は東京本社社会部の遊軍という、本来のポジションに戻った。特定の担当を持たず、何か事あらば、身軽に取材に回る。神経をすり減らすことも多いし、腰が定まらない感じで落ち着かなかったが、仕事は仕事だ。遊軍で一番下っ端だったから、自分の意思で取材などほとんどできなかったが、それでも構わなかった。静岡時代、ほとんど事件も経験せずにのんびりしてしまった精神を、改めて毎日叩き直しているようなものだった。

一九九六年一月。鷹西は「震災から一年」の企画に参加したいと、自ら申し出た。大阪本社の社会部主導で、長期連載をすることになったのだが、そのスタッフに加えて欲しいと、東京の社会部長に直談判したのである。震災時に、東京本社の記者として、神戸滞在の最長記録を作っていたこともあってか、この申し出はすんなり認められた。

車内販売でコーヒーを買い、ブラックのまま飲んで何とか意識をはっきりさせてから、パソコンを開く。バッテリーの持ちが心配だったが、今朝、大阪のホテルを出るまで充電しておいたから、東京までは持つだろう。車中なので通信はできないが、何となく、以前のメールが読みたくなっていた。

「孫《そん》」の名前をつけたフォルダを開け、ずっとスクロールして、最初のメールに辿《たど》り着く。

「お元気ですか」という件名のメールを、被災地で取材した人から受け取った時の衝撃は忘れられない。

阪神・淡路大震災後、鷹西の新聞社でも希望者にメールアドレスを持たせたのだが、鷹西は取得したにもかかわらず、ほとんど使っていなかった。一週間以上もメールの確認をしないのも珍しくなかったが、ある日、懐かしい――懐かしくなるにはまだ記憶が生々しかったが――人からメールが届いているのに気づき、それ以来、頻繁にチェックするようになった。

件名：お元気ですか

鷹西仁様

神戸ではお世話になりました、孫正樹《まさき》です。

お元気ですか。

今日は嬉しい知らせがあります。まず、こうやってメールを使い始めました。パソコンを譲ってくれた方がいたので、何の役にたつかと思いつつ、あれこれいじっているうちに、メールのやり方を覚えました。そのお陰で、いろいろな人と連絡が取れるようになり、気持ちもずいぶん楽になりました。

もう一つ、幸い、新しい店を出せる場所が見つかりました。震災でも無事だった、丈夫なビルの一階です。補強工事が済んだ後、店の内装工事などをして、秋にはオープンできる見込みです。

今まで、狭い屋台でしか商売できず、お馴染みのお客様にもご迷惑をおかけしてきましたが、これで何とか、たくさんの人に料理を食べてもらえます。

鷹西さんも、是非食べに来て下さい。この前食べてもらったのは、私の本当の料理ではありません。新しい店では、長年続けてきた味をもう一度出せるよう、誠心誠意、頑張らせてもらいます。

豚まんオヤジより

数週間前にこのメールを読んだ時、鷹西は口中にはっきりと、一杯の中華そばの味が蘇るのを感じた。

あれは、二度目に神戸入りした時だった。鷹西は朝から何も食べずに、瓦礫《がれき》の片づけが行われている街を歩き回っていた。ふらふらだった。被災地に入る時は、非常食として、すぐに食べられるクッキーやチョコレート、それにペットボトルの水を必ず一本持って行ったのだが、その時に限って、備蓄が底をついていたのである。それでも取材は続けなければならない。あちこちを歩き回って話を聞き、午後四時。朝からまったくカロリー補給をしていない身にはきつかった。いつの間にか足がふらつくようになり、目《め》眩《まい》さえ覚えて、鷹西は思わず瓦礫だらけの道路にへたりこんでしまった。取材したネタを抱えて、これから大阪まで戻らなければならない。だが、そのためにはもう少し歩かなければならず、果たして体力が持つかどうか分からなかった。

「兄さん、兄さん」

声をかけられたのは、空腹と疲労のあまり、意識が途絶する寸前だった。顔を上げると、風に乗ってラーメンのいい匂いが鼻先に漂ってくる。空腹を強く意識すると、また目眩がしてきた。

目の前に、季節外れの青いＴシャツ姿の、でっぷり太った男が立っている。年の頃、四十歳ぐらい。Ｔシャツの腋《わき》の下《した》には、汗染みができている。頭に白いタオルを巻き、何故か柄杓《ひしゃく》を持っていた。

「腹減ってるんちゃうか？」

「いや……」反射的に否定した。料理人？　それも中華か。

「顔色悪いよ。俺、そこでラーメン作ってるから、食べていきなよ」

「地元の方ですか？」

「あんた、記者さんやろ？」逆に質問してくる。鷹西が肩からぶら下げたカメラに気づいたようだ。

「東京から来ました」

「そりゃえらいこっちゃ。東京から来たお客さんを飢え死にさせたら、神戸の恥だよ。

食っていきな」

「そういうわけにはいきません」

この男が、こんな状況の中でも店を開けているのだ、ということはすぐに分かった。被災者にとっては、貴重な食料の補給場所になっているだろう。それを余所者《よそもの》、しかも取材で来ている自分が奪っていいわけがない。

「ええから、ええから。腹が減ってると何もでけんよ。食べて元気を出して、この街の様子をちゃんと伝えてくれんと。俺たちは生きてるって」

結局男に腕を摑まれ、拉致されてしまった。連れて行かれた場所は、鷹西がしゃがみこんでいた場所から十メートルと離れていないテントだった。背後には、窓ガラスがすっかり落ちてしまったビル。建物自体は何とか無事だったようだが、どうにも危なっかしい。それでもテントの前では、大勢の人が丼を抱えてラーメンを啜っていた。一斉に立ち上る湯気が、冷たい冬の空気を暖めている。

ラーメンを準備する間、男が早口で事情を喋った。地震で店は半壊し、料理はできなくなってしまったが、調理器具や食器は何とか持ち出すことができた。店の前で、焚火《たきび》を使って湯を沸かし、ラーメンだけ出しとるんや、と。本当は、うちの店は豚まんが自慢なんやけど、それを出すにはもうちょっと時間がかかる。いつも使ってる材料が入らなくなって、等々。関西人らしい、開けっぴろげな物言いだが、それに加えて、異常にテンションが高いようにも見えた。あまりにも衝撃的な事態を目の当たりにした時、テンションを高くすることで精神状態を平静に保つ人もいる。興奮状態が収まった後には、無力感に襲われ、本当に体調を崩すこともある。

少し塩辛いラーメンは、鷹西の体を内側から温めた。マスコミの人間が被災者から食事を奢ってもらったらおしまいだな、と思いながら、とうとう丼の底が見えるまで汁を飲み干してしまう。

「美味かったです」

正直に言うと、孫が相好を崩す。

「そう言ってもらえるのが、一番嬉しいわ。日常が戻ってくる感じかなあ。腹が減ってるから美味い、なんて言わんといてや」

鷹西は思わず笑ってしまった。それで急に緊張が解け、ラーメンを振る舞う孫に、きちんと取材することができた。

「負けへんで　被災地　希望のラーメン」

夕刊社会面のトップに載った記事は、その内容よりも、孫の人懐っこい笑顔を写した写真が印象的だった。こういう表情を見ただけで勇気づけられる人もいるはずだ、と鷹西は考え、逆に自分の文章の拙《つたな》さに苦笑した。上手く伝え切れなかったのではないだろうか。だが記事を読んだ孫は、「売り上げが伸びたわ」と破顔一笑してくれた。記者になってよかった、と初めて思った瞬間だった。

その孫からの、「神戸に来ないか」というメール。鷹西は一も二もなく誘いに乗り、新しい店でもう一度ラーメン、それに孫自慢の豚まんを食べた。工事が遅れて、オープンは秋ではなく十二月になっていたが、既に軌道に乗っているようで、壁は赤い短冊のメニューで埋め尽くされていた。そこでもう一度、今度は連載用に取材をし、夜は孫と呑みに出かけた。

「ホント、メールがあって助かったわ」少し余裕が出て来たのか、頬に一層肉がついた孫は、しみじみ言ったものである。「あれで、いろんな人と連絡取れるようになって、仕込みもえらく楽になりましたわ。肉屋のオヤジと、『肩ロース十キロ、バラ五キロ』なんてやり取りしてるの、何や変な感じがしますけどな。向こうも、キーボードなんか使えそうにないオッサンやのに」

去年辺りから、インターネットはじわじわと普及し始めているようだ。あまりそれを実感することのなかった鷹西だったが、孫とメールをやり取りし始めた結果、自分もいつの間にか引きこまれていたのだった。

懐かしい人とのやり取りを思い出しながらメーラーを閉じようとした瞬間、鷹西はそれまでほとんど気にしていなかった孫のメールアドレスにふと目を留めた。これは……そうか、何だか見たことがあると思ったら、大江の会社じゃないか。孫はあそこをプロバイダーに使っているのか。

大江は、きっちり社会にコミットしているな。

鷹西は時折、記者の仕事の意味が分からなくなる。阪神・淡路大震災の時は、こういう緊急時こそ、新聞を出し続ける意味があるのだと確信していた。被災地で、食事も取れない、着替えもできない人たちが、貪《むさぼ》るように新聞を読んでいた光景が忘れられない。非常時ではあるが——いや、非常時だからこそ、人間は情報がなければ生きていけないのだと、つくづく実感したものである。

しかし一段落して日常が戻ってくると、やはり記者の社会的な役割が分からなくなってくる。被災者や事件の被害者に話を聞く時の辛《つら》さ……毎回、胃が痛くなるのだ。紙面にはそういう声が必要だと教育されてきたのだが、それを読んだ人が「どうしてこんな時に、無神経に取材なんかするんだ」と批判する声も耳に入ってくる。最近、マスコミに対する風当たりもきついのだ。

パソコンを閉じ、無意識のうちに胃の辺りを擦《さす》った。ここのところ、ふいに鋭い胃痛が襲うことがある。市販の胃薬を呑めば一時的には治まるのだが、その後も二、三日は不快感が続く。最初にこの痛みを感じたのは、初めて孫のラーメンを食べた日だったかもしれない。限界に近い空腹の中で、きりきりするような痛みに襲われていた気がする。あの時は、空腹がいき過ぎたのか、精神的に参っていたせいだろうと思ったのだが、美味いラーメンを食べた直後に痛みが引いたので、放っておいた。

その後は繰り返しである。寝こむほどではないし、市販薬でも取り敢えずは治まるから、医者へは一度も行っていない。この仕事を続けている限りは無理だろう。新聞記者の仕事にかすかな疑問を抱きつつも、何故か遮二無二《しゃにむに》働いてしまう。休みもほとんど取らず、私生活などないに等しかった。

何やってるのか……俺は小説を書きたかったんじゃないか。新聞記者なんて、小説が売れるまでの腰かけだったはずだ。自分のことは自分が一番分からないのだなと思いながら、鷹西は胃薬を一粒、水なしで呑み下した。

何の因縁か、鷹西は今も東田《ひがしだ》の下にいる。鷹西が赴任した時に静岡支局のデスクだった東田は、本社に復帰した後、社会部のデスクになっていたのだ。取材の指示を出し、原稿をまとめるアンカー役。鷹西が社会部に上がってきた時、「腐れ縁だな」と苦笑されたものだ。

社に戻ると、今は遊軍を束ねる立場でもある東田は一言、「お疲れさん」と言っただけだった。まあ、大した仕事をしてきたわけじゃないし、と思いながら、鷹西は軽く挨拶を返した。

社会部には、それぞれの記者の机がない。自分の机を持っているのは、部長と一部のデスクだけ。他の記者は、空いている机を適当に使って原稿を書く。ただし、基本的に社に詰めていることが多い遊軍の記者には、個人用のロッカーが支給されていた。

自分のロッカーを開けた瞬間、雪崩《なだれ》が起きて、鷹西は慌てた。一週間ほど空けていただけなのに、郵便物が大量に届いている。昔取材したことのある企業からのプレスリリース、署名記事に対する読者からの投書、ずっとつき合いを続けている国立国語研究所からのセミナー開催のお知らせ。

床に散らばった郵便物を拾い上げながら、鷹西はやたらと立派な字で宛名が書かれた封書が一通あるのに気づいた。見覚えのある字に、何故かどきりとする。逢沢。

最後に話したのは、彼が警察を退職する前の日である。こちらから電話をかけて長年の労をねぎらったのだが、向こうが照れてしまい、まともな話はできなかった。近いうちに会いに行かないとな、と思いながら、ドタバタに巻きこまれて、その願いは果たせずにいる。

それにしても、立派な字だ。ベテランの警察官には、何故か字が上手い人が多いのだが、逢沢もその例に漏れない。黒々と達筆で書かれた自分の名前を見ていると、人格のランクが二レベルほど上がったように感じた。

空いている席に座り、逢沢の手紙を開く。便せんに、ブルーブラックの万年筆で丁寧に書かれていた。

鷹西仁様

大変ご無沙汰しております。その後、お変わりなくお過ごしでしょうか。当方、定年後は相変わらず呑気な日々を送っております。

さて、本日お手紙しましたのは、住所の変更をお知らせするためです。私ども夫婦はこの度、伊東市に引っ越しました。長年静岡市内で借家住まいをしてきましたが、定年を機に、終《つい》の住処《すみか》を購入することを検討して参りました。その結果、気候も温暖な伊東市に移り住むことに相成ったのです。

私としましては、警察官生活の最後を送った街でもあり、まだそれほど懐かしい感じはしておりません。が、妻には、新鮮な魚が嬉しいようです。遅まきながら女房孝行ができるのではないかと、密《ひそ》かに喜んでおります。

つきましては、どうぞ一度、拙宅へお越し願えれば幸いです。最近は暇に任せて料理ばかりしておりますので、腕が上がりました。特にイタリア料理に凝っています。伊東の魚をあちら風の味つけで食べるのも、なかなかオツなものかと存じます。

また、機械が苦手で、新しい物に中々手を出さない私が、この度インターネットを始めました。慣れないこと故、おっかなびっくりではありますが、次第に利便性を実感し始めている次第です。メールアドレスを書いておきますので、お暇ができましたら、是非一度、ご連絡下さい。

何だ、あの逢沢さんまでメールか。鷹西は微苦笑した。テレビ番組の録画もろくにできなかったあの人がインターネットを始めるとはね……そのうち、六十歳以上の人がパソコンを使うのも、当たり前の光景になるかもしれない。

メールでも送ってみるか……定年で暇を持て余しているとしたら、すぐに反応してくるかもしれない。しかし、何と書いたらいいのだろう。こういう自筆の手紙とメールとは、明らかに異質なコミュニケーション手段だ。逢沢のように馬鹿丁寧な文章でメールを書くのは、何だか間抜けな感じもする。本来、ずっとカジュアルな物ではないだろうか。

それより何より、この申し出をどうしたものか。文面を見る限り、逢沢は呑気で自由な毎日を送っているようだ。趣味の料理は、そのうち商売ができる域に達するかもしれない。

だが、どうして伊東なんだ?

理由は一つしか考えられない。逢沢は、あの事件を忘れていないのだ。まだ捜査本部は生きているはずで、現役の刑事たちが捜査をしているから首を突っこむわけにはいかないだろう。それでも、現場の雰囲気から離れたくない、とでも思っているのではないだろうか。

これが刑事と記者の違いかもしれない。刑事は、死体と直接対面する。その時感じた怒りや悲しみを原動力に、犯人逮捕に向けて走り始める。しかし記者は、間接的に情報を得る場合が多い。どうしても、曇りガラスを通して真相を見ているようで、事件当初の激しい情熱は長続きしないものだ。

お前はあの事件を忘れていないか? 日常の雑事にかまけて、大事な事件をほったらかしにしていないか?

丁寧な文面からは、鷹西をなじる本音が立ち上ってくるようだった。

二日だけ休みを貰った。伊東へ行くためではなく、正直、へばっていたからだ。前年の十二月からやたらと事件が多く、若手の遊軍としては、「休みたい」とはとても言えなかった。千葉の中学生がいじめを苦に自殺、高速増殖炉「もんじゅ」のナトリウム漏《ろう》洩《えい》事故。

しかも、よりによって十二月三十一日は泊まり勤務で、正月休みもほとんどなかった。その後の「震災から一年」での関西出張は自分の意思で行ったものだが、どうにもだるさが取れない。東田が「顔色が悪い」と言い出し、無理に二十日、二十一日と土日に休みを与えられたのだ。

土曜日、一人暮らしのマンションで目覚めたのは十時過ぎだった。よく寝たつもりなのに体がだるく、すぐにはベッドから抜け出せない。掃除も洗濯も面倒臭くなるほど疲れていたが、すぐに異変に気づいた。

胃が痛い。

今までとは違う、刺すような痛み。気づくとあっという間に激しくなり、脂汗が滲み出てきた。とにかく病院に行かないと——何とか着替え、財布だけを握り締めて家を出る。駅の近くに総合病院があったから、そこまでたどり着けば……しかし、家を出てから五十メートルほどで、歩けなくなってしまった。電柱にもたれかかり、何とか体を支えようとしたが、それも間に合わずに膝をついてしまう。膝がアスファルトにぶつかる衝撃が、脳天にまで突き抜けた。それで一瞬胃の痛みを忘れたが、今度は唐突に強い吐き気がこみ上げてくる。我慢する余裕もなく、鷹西は歩道に吐いた。胃の中に何も入っていないので、胃酸が喉を焼く。それがさらに吐き気を呼び、体を丸めたまま、何度も吐いた。それでも吐き気は止まらない。まさか血を吐いているんじゃないだろうな、と鷹西は恐れた。こんなひどい吐き気、生まれて初めてだ。

「どうしました？」

誰かが声をかけてきたが、返事ができない。鷹西は今や歩道の上で丸まり、額がアスファルトにくっつきそうになっていた。

「救急車、呼びますか？」

別の声が訊ねる。反応すらできず、鷹西は次第に意識が朦朧《もうろう》としてくるのを感じた。まさか、こんな簡単に人は死ぬものだろうか。新聞記者として多くの人間の死に直面してきたが、自分の身にこんなことが起きるとは……冗談じゃない。まだ死ぬわけにはいかないんだ。俺は大江とは違う。あいつみたいに順調な人生なら、突然死ぬことになっても悔いは残らないだろうが、俺はまだ、何一つ成し遂げていない。

死にたくない。絶対に死にたくない。

誰か、救急車を呼んでくれたのか？　頼む、誰でもいいから早く呼んでくれ。薄れゆく意識の中で、鷹西は虚空に向けて手を伸ばした。

気づいた時には、ベッドに寝ていた。自宅のベッドとは違う、張りのあるシーツに柔らかい掛け布団。そしてかすかに漂う消毒薬の臭い。いつもの癖で、反射的に左手を上げ、腕時計で時刻を確認しようと思ったが、手が動かない。いったい何が……まだ全身から力が抜けたままだと気づき、ゆっくりと深呼吸する。じわじわと力が戻ってくる感じがしたが、目を開けるのが怖い。かといって、このままだと、自分が置かれている状況さえ分からない。意を決してもう一度深呼吸し、薄目を開けた。見覚えのない、白い天井。鼻で息をすると、臭いで吐き気がこみ上げそうだったので、口を薄く開けて酸素を確保する。辛うじてだが、体の中に生気が漲《みなぎ》り、視界がはっきりしてきた。

だが、まだ呼吸をし、目を開けているだけで精一杯で、何もできない。体が少し痺《しび》れている感じが抜けなかった。何か薬でも投与されたのか。それにしても静かだった。個室に入れられたのか……金がかかるだろうな、と余計なことを考えてしまう。

記憶をひっくり返してみる。家を出て、すぐに立っていられないほど気分が悪くなって、吐いた。喉を焼く胃酸の記憶は鮮明で、未だにいがらっぽい感じが残っている。酒を呑んで吐いたことはあるが、あれはむしろ心地《ここち》好い。体中のアルコール分が一気に抜けて、正気に戻る感じがするのだ。しかし今回は……痛みは消えていたが、胃の中に何か重い物を呑みこんだような違和感が消えない。

左手を布団から抜いた。相変わらず力が入らないが、何とか顔の前まで上げて時刻を確認する。三時。窓の方を見ると、カーテン越しに柔らかい陽射しが入りこんでくるから、昼間だということは分かる。いや、待てよ……この時計には日付の表示機能がない。もしかしたら、既に倒れた翌日、あるいは数日が過ぎてしまったのではないか？

それにしても、腕時計か。あんなに苦しんでいたのに、時計をつけることだけは忘れなかったわけだ。習慣は恐ろしいもので、どんな時でも財布と時計、それにメモ帳とペンを忘れたことはない。財布の中には常時五万円。それだけあれば、急にどこかへ飛ぶことになっても、国内なら何とかなる。時計は、何かあった時にすぐ時刻を確認するためだ。

上げた左手をそのまま額に下ろし、目を覆う。薄い闇の中にいると、ぼんやりとした不安が溢れ出すのを感じた。大丈夫なのだろうか。何の病気か分からないことには、この先の予定も立たない。医療担当の先輩にでも話を聞いてみるか……いや、病院なのだから医者に直接確認すればいい。

頭が混乱している。

腕を布団に突っこみ、溜息をつく。次第に体の感覚が戻ってきていたが、どうにも頼りなく、雲の上に寝ているような気がする。とにかく医者を呼んで話を聞くべきだろうか。だが、頭の横でぶら下がっているナースコールのボタンを押す気になれない。何の病気か聞くのが怖いだけなのだ、とすぐに気づく。まさか、癌とか？　スキルス性の癌だったら、年齢に関係ない、という話もある。しかも進行が速く、気づいた時には手遅れという話も……新聞で読んだだけの生半可な知識が恨めしい。

怖がらずに説明を聞かなくては。ナースコールに手を伸ばそうとした瞬間、病室のドアが開いた。背中の曲がりかけた白髪の医師と看護師が入って来る。医師が穏やかな笑みを浮かべていたので、少しだけ安心する。今すぐ死ぬようなことはないだろう。鷹西は両手を使って何とか体を起こした。

「起きられるなら、大したことはないね」医師の口調は穏やかでゆっくりとしていた。

「何なんですか？」

「お仕事は何を？」医師は鷹西の質問には直接答えず、逆に訊き返した。

「新聞記者です」

「ああ、それじゃストレス、溜まるでしょうな」

「人並みには」何がストレスなのかは分からないが、焦燥感があるのは確か。一つ一つの仕事には達成感があるが、自分が生きている目的はこんなことではないと、相変わらず思っている。小説を書かなくてはいけないのだ。それなのに日々の仕事に追いまくられて……小説を書かない言い訳に、仕事を使っているようでもある。それは小説に対しても、記者の仕事に対しても失礼だろう。

「胃潰瘍《いかいよう》だね。かなり前から痛みがあったんじゃないですか」

「そう、ですね。一年ぐらい前から」

「我慢してないで、早く病院に来ないと」

「暇がなかったんです」

「それがストレスになるんだよ」諭すように医者が言った。「痛みを堪《こら》えているだけでストレスは溜まるんだから。痛い時にはすぐに医者に行く。我慢する必要なんかないんですよ」

「……すみません」説教に反論する気にもなれず、鷹西は頭を下げた。痛い思いをして、さらに説教されるのはたまらなかったが、反論する元気もなかった。

「とにかく休養。今は薬で何とでもなるから、少し休んでじっくり治療するんだね」

「そんなに長くは休めませんよ」

「皆そう言うんだよね。自分がいないと仕事が回らないとか、会社が潰れるとか。そんなことはないから。たとえ社長だって、急にいなくなっても、会社は潰れないんですよ」

「だけど――」

「あなたね、一昔前なら間違いなく手術だよ。胃を切らなくちゃいけなかったの。かなりの重症だったんだから、甘く見ちゃ駄目だ」急に医師の口調が厳しくなった。「とにかく、しばらく入院です。会社の方には連絡を取って、きちんと休暇を取らないと駄目だよ」

その言葉は死刑宣告のように思えた。二十代なのに、もう世の中の動きから降りろ、と言われたような気分だった。

「お前、こんなに神経が細かったのかね」東田がからかうように言った。

「すみません、ご迷惑をおかけして」

「俺は別にいいよ」

東田は夕刊当番の勤務明けで病院に来てくれたのだった。ここへ運びこまれて初めて会社の人間に会ったので、少しだけ気持ちが落ち着く。

「で、どれぐらい入院しそうだ?」

「まだ分からないんです。落ち着いたら胃カメラで確認して、それから判断するようですけど」

「胃カメラね」東田が顔をしかめた。「あれはきついぞ。医者によって上手い下手もあるしな。上手い医者に当たるといいが」

「東田さん、胃カメラ呑んだこと、あるんですか」

「人間ドックでね。何ともなかったけど、胃カメラのせいで病気になるんじゃないかと思ったよ」

「そんなに？」

「ま、何事も経験だから、頑張ってみろよ。何だったら生活部に頼んで、『胃カメラ体験記』の記事を載せてもらってもいいぞ」

「そんなの、誰も読みたがらないでしょう」

軽口を叩いているうちに、少しだけ気分が楽になってきた。

「まあ、仕事の方は何とか調整するから、少し休め」東田が真剣な表情になった。「原稿より健康だからな」

新聞社なら、どこの職場でも昔から使われているジョークだ。もちろん、「健康よりも原稿」が優先される現状を逆説的に言い表したものに過ぎない。

「お前、着替えとかどうするんだ」

「考えてませんでした」

「実家には？」

「まだ連絡してません」

「電話ぐらい、できるだろう」

鷹西は肩をすくめた。名古屋の実家とは最近、疎遠になっている。忙しさにかまけて連絡が途絶えるうちに、両親と話すのが何だか面倒になってしまったのだ。

「そういえば妹さん、東京にいるんじゃなかったか？」

「ええ」

「じゃあ、面倒見てもらえばいいじゃないか」

「まだ摑まらないんですよ」

立てるようになってから、何度か電話はしてみた。しかし学校――まだ大学生だ――に行っているのか遊び回っているのか、自宅の電話に出ない。留守番電話にメッセージは残しておいたのだが……。

「こっちから連絡しておこうか？」

「いや、そのうち連絡がくるでしょう。それに、一日や二日着替えなくても、死ぬわけじゃないから」阪神・淡路大震災の被災地の人に比べれば。瓦礫の中で呆然とし、避難所で膝を抱えて震えていた人たちの苦しみを考えれば、清潔で暖房の効いた病室にいる自分の苦しみなど、いかほどのものだろう。

「分かった。じゃあ、何かあったら俺に連絡してくれ。明日は朝刊の当番だし、本当に困ったら家の方に電話してくれてもいい」

「ご迷惑はおかけしませんよ」

「こういう時だからな」うなずいて東田が立ち上がった。「とにかく無理しないで、ゆっくりしろ。今無理したら、かえって長引くんじゃないか」

「すみません」頭を下げ、こんな風に謝罪することでもストレスは溜まるのだろうか、と考えた。

東田が帰った後、テレビを点ける。画面に、美紗緒の顔がいきなり大写しになってびっくりした。そういえば、年明けから夕方のニュースのメーンキャスターに抜擢《ばってき》されていたのだった。アナウンサーだからテレビに映るのは当たり前なのだが、違和感は拭えない。

ふと、ひどく侘《わ》びしい気分になった。美紗緒は、卒業と同時に夢を叶え、自分たちのはるか先を突っ走っている。女子アナは、倍率千倍とも言われる狭き門で、彼女はまさに選ばれた人間だ。同じマスコミの人間といっても、自分はしがない記者。一方、画面の中の美紗緒は輝いて見えた。彼女にはとうてい追いつけない。まだ何事も成し遂げていない自分が、情けなく思えてくる。リモコンをテレビの方に向けたまま、鷹西は動けなくなった。

確か彼女、プロ野球選手と噂《うわさ》があるんだよな……ありがちなパターンだけど、女性としてはどう考えているんだろう。憧れの職業で活躍してちやほやされ、金持ちを摑まえて、今後の生活も万全。自分たちの先頭を走り続けている彼女は、今はどんな夢を持っているのだろうか。

入院は二週間に及んだ。病院に運びこまれた二日後に胃カメラを吞み——東田が指摘したように地獄の苦しみだった——胃の中に瘢痕《はんこん》が幾つも発見された。医師の説明によると、潰瘍ができては自然に治った痕《あと》だという。

「結構危ない状態だったね」と脅された後で、毎日何種類もの薬を呑まされることになった。

痛み自体はすぐに消えていた。病院にいることによる安心感もあったかもしれない。妹は三日に一度着替えを持って見舞いに来てくれたが、忙しそうなのであまり無理も言えない。間もなく四年生になるので、就職活動が大変なのだ。不景気で企業側が採用人数を絞っており、鷹西たちの時のように、会社を選び放題というわけにはいかないのだという。

「数年違うだけで、大変な違いだよね」と、病人を前にしても不機嫌な様子を隠そうとはしなかった。それ故、自宅からパソコンを持ってきて欲しいと頼んだ時には、露骨に嫌そうな表情を浮かべたものだ。ノート型で軽いのだが、それでも荷物になるのは間違いない。

ゆっくり休んでいるべきだと思った。何も考えず、本でも読んで時間を潰し……しかし鷹西は、これが一つの転機になる、と直感していた。胃潰瘍は、取り敢えずは治るかもしれないが、ストレスが溜まれば再発する可能性もある、と医者に脅されたからだ。だったら記者の仕事は諦めて、そろそろ本当に好きなことをやるべきではないだろうか。

ろくに貯金もなく、小説を書いても金になる保証もないし、書くことで新たなストレスが生まれるかもしれないが……このまま記者生活を続けていく自信が揺らいでいる。

　伊東通信局にいる時に買ったワープロは、ほとんど使わないまま押し入れで眠っている。パソコンは、社会部に来てから自腹で買った物で、出先で使うために通信機能がついたものを選んだ。しかし実際には外で活躍することもなく、ずっと自宅のデスクで休眠状態だった。メールは、会社から支給されたパソコンでしかチェックしていない。

　病室ではインターネットにつなげないので、パソコンはただのワープロだった。しかしその分、集中できる。小さい画面を見詰めていると吸いこまれそうになり、余計なことを考えずに済んだ。もっとも、画面に集中できていることと、物語が浮かぶこととは別問題だが。

　いつの間にか、小説の書き方を忘れてしまったのかもしれない。出だしの一文が素直に出てこないのだ。こういう時は、文章が出てくるまで頭の中でこねくり回すのではなく、とにかく何でもいいから書き出してしまう手もある。物語が動き出せば、その後で、すっと頭に入る出だしに書き直せばいいのだ。

　そんなことは、学生時代に必死に小説を書いていた経験から分かっているのだが、何故か今は、その手が使えない。すぐに物語に入っていける素直な一文、あるいはがつんと頭を叩いて読者を麻痺《まひ》させるような出だしが浮かばないと、一行も書けない……。

口をすぼめて息を吐き出し、鷹西はベッドを抜け出した。歩く分にはさほど苦労しなくなっていたので、少しだけ病院内をうろつくつもりだった。一行も書いていないのに息抜き。思わず苦笑してしまう。

ロビーまで出ると、久しぶりに人に会ったような気がした。ここに運びこまれてから一週間、胃の痛みは既に引いていたが、何だかふらふらする。ほとんど食べていない上に、寝過ぎだと分かっていた。会社に入ってから、こんなに長時間の睡眠を貪ったことはない。あまり眠らない生活に体が慣れてしまい、その結果疲労が体に蓄積されていたのだろう。今はその疲労がゆっくりと抜ける過程で、体のリズムが狂っているのだ。元には戻るはずだが、今までと同じように取材して記事を書いて、ということができるか、不安になる。

人の多さに圧倒された。年寄りが多いのは、どこの病院でも同じなのだろうが……ここにいる人のほとんどが病気を抱え、苦しんでいる。もしかしたら何年も。あるいは病院に来ることさえできず、自宅で我慢している人もいるだろう。

何だか、な。鷹西は空いたベンチに腰を下ろし、ロビーを行き交う人をぼんやりと見詰めた。病み、苦しむ人たち。自分も病んでいる。しかしこんな痛みは薬で抑えられるし、小説が書けないことはない。

そう、指一本動けば原稿は書ける。もしかしたら記者としての現場復帰は難しくても、座ったまま、俺は世界を描ける。

病室に戻り、窓を開ける。冬の寒気があっという間に暖房を押し流していったが、今の鷹西には厳しさが必要だった。

ベッドの上で胡座《あぐら》をかき、背中を丸めてパソコンに向かう。

俺の前には世界がある。

一行。

そこから全てが始まる、はずだ。

「胃潰瘍だって？」逢沢が苦笑した。「若いのに、だらしないね」

「すみません」謝る場面ではないと思いながら、鷹西はつい頭を下げてしまった。すぐに思い直し、言い訳を始める。「いろいろ気を遣うことも多いんですよ。そういうストレスが積み重なったのかもしれません」

「ご活躍の様子だからね。あんたの書いた記事は、よく読んでますよ。阪神大震災の時は大変だったんじゃないの？」

「あの辺から、体調がおかしくなっていたんだと思います。すぐに地下鉄サリン事件があったし」

「ああ」逢沢の表情が暗くなった。「あれはな……俺たち警察官でも、予想のできない事件だった。日本で、あんな形のテロが起きるなんて、誰も考えていなかっただろう」

鷹西は黙ってうなずいた。逢沢が「俺たち警察官」という言葉を使ったことが引っかかる。彼はまだ、現役のつもりなのだろうか。

湯呑みを引き寄せ、お茶を口に含む。さすが静岡というべきか、新茶の季節でもないのに香りが高かった。無意識に、部屋の中を見回す。まだ真新しい家は広く、今いるリビングルームだけでも二十畳はありそうだ。ダイニングルームとの境は低い段差になっており、立体感が生じている。ただのだだっ広い空間にしてしまうよりも、この方が広く感じられるのだろう。斜面に建てられているせいか、窓からの眺めがよく、晴れた日には海が望めるはずだ。一日こんなところにいたら、ぼうっとしてしまって何もできないだろうな、と思う。

「さすがに、少し痩せたな」

「そうですね」鷹西は頬を撫でた。入院中、最初の一週間はほとんど何も食べられず、残りの期間も消化のいい物を少量しか口にしなかったので、体重は一気に五キロも減った。危機的に痩せたわけではないが、それでも退院した直後はふらふらして、会社へ行くだけでも、途中で何度か休まなければならなかったほどである。

それでも退院から一か月……三月になって、ようやく普通に仕事ができるようになっていた。今は泊まり勤務のないローテーションで、さほど労力の要らない連載企画の取材をこなしている。全力の半分以下という感じだが、無理をしてはいけない、と自重している。

代わりに、小説に意識が向いていた。一度書いた五十枚の短編を破棄してゼロから書き、また半分以上を書き直して……遅々として進まなかったが、その行為にストレスを感じたことはない。相手がいる取材と違って、敵は自分だけなのだ。サボってしまいそうになる自分。「これでいいんだ」と妥協してしまう自分。

「いい家ですね」自分のことに話を振られるのが辛い。鷹西は笑みを浮かべて話題を変えた。「この辺りでこれぐらいの家を建てるのって、どれぐらいかかるんですか？」

「生臭い話、するなよ」逢沢が苦笑する。「大したことはないさ、田舎だからね」

静岡市に比べれば安いが、伊東の土地がそれほど安くないことを、鷹西は取材で知っていた。特にバブル期、大規模なリゾートマンションやホテルの開発が進んでからは、一気に地価が高騰した。今は少しは落ち着いているのだろうか。

「でも、家が立派だから」

「立派かどうかはともかく、好きなように造れたからね。終の住処としては、満足だよ」

「夫婦二人じゃ、広過ぎませんか？」

「ところが、孫たちが、月に一回は遊びに来るんだ」

「五人、でしたっけ？」逢沢には、息子と娘が一人ずつ。それぞれ三人と二人子どもがいたはずだ。

「ああ。一番上がまだ小学校二年生だからね。皆元気で、元気で」逢沢の表情が綻《ほころ》ぶ。

「ここに来る度に走り回ってるから、狭いぐらいだよ」

「賑やかでいいじゃないですか」実家とすっかり疎遠になってしまった自分には縁のない世界だ。時々、このまま一生、狭い部屋の中で一人きりで生きていくのではないかと考えることがある。怖いわけではないが、寂しいのは間違いない。

　立ち上がり、鷹西は窓辺に歩み寄った。少しもやがかかっているが、市街地はよく見える。数年前まで暮らし、毎日歩き回った街。旅館やホテルが建ち並ぶ隙間に、民家がぽつぽつと建っている。二階建てのアパートの多くは、宿泊施設の従業員寮だ。

　いつの間にか、逢沢が横に立っていた。後ろ手を組み、ガラスに顔をくっつけるようにしている。その視線は、右の方に向いていた。

「あっちの方だ」

「分かります」

　緊張しながら鷹西は答えた。事件現場。ここから直接望めるわけではないが、当時の現場の様子をはっきりと思い出していた。行き方も分かる。伊東の市街地に入る手前、国道一三五号線が二股に分かれるところを右へ——海側を走ると渋滞に巻きこまれる可能性が高い——折れて、カーブの多い道路を南へ走る。途中、事件当時に支局へ一報を入れたガソリンスタンドを通り過ぎた後で、一碧湖《いっぺきこ》へ向かう細い道へ右折して、だらだらと続く坂道を上がって行くと、別荘地に出る。その中の一軒……季節外れで人気のない別荘地の様子を思い出すと、身震いした。

「あれからちょうど二年だよ」

「ええ」

そう、三月だった。半月ほど必死に駆け回って取材した後で、突然言い渡された異動。

「あんたも俺も、途中で落ちたな」

「そうですね」

「宮仕えの悲しいところだ。俺も、定年には勝てなかったよ」

「俺も同じです」

「事件のこと、今でも思い出すか？　それとも、大きな事件の取材ばかりしてると、あの程度の事件は忘れちまうもんかね」

鷹西は返事をしなかった。この街を出る時、逢沢に言われた言葉を思い出す。「絶対に忘れないで欲しい」それに対して自分は、どう答えたか。「この事件をきっちり仕上げないと、いつまで経っても一人前になれないような気がします」

嘘だ。

逢沢の言う通りで、次々に起きる事件の取材に引っ張り回されているうちに、過去を振り返っている暇はなくなった。地下鉄サリン事件の取材に参加した時には、あれだけ熱い思いを抱いた阪神・淡路大震災の取材ノートを開くことは一度もなかったぐらいである。

「人間、いつまでも同じ思いを持ち続けることはできないのかもしれないな」

逢沢が寂しそうに言った。自分に向けられた非難だと思ったが、続く言葉で、自分自身を揶揄しているのだと分かった。

「俺がこの家に引っ越したのは、あの事件のことがあったからだ」

「ええ」やはりそうか、と鷹西は緊張した。

「ここへ来れば、またあの事件を追えるかもしれないと思った。もちろん何の権限もないが、話を聞いて回ったりすることはできる。それで何か情報が出てくれれば、警察に通報すればいいんだからな」

「実際に聞き込みをしてるんですか？」

「いや」首を横に振り、逢沢が窓に背を向けた。「そんなのは空想の世界だった」

「どういうことですか」

「勘違いしてたんだな。俺は気力、体力とも充実してる。毎日、この辺のきつい坂でジョギングしてるんだぞ。聞き込みで一日中歩き回ったって、何てこともない。だがな、俺にはもう、警察手帳がないんだ。現役時代は、話を聞きに行けば、皆素直に喋ってくれたよ。でもそれは、俺に対して喋っていたわけじゃない。警察手帳に向かって喋ってたんだ。手帳のない警察官はただの人だよ」逢沢が肩をすくめる。

「そんな……」

「いや、これは本当だ」逢沢がうなずく。「あんたも、名刺なしで仕事をしてごらん？誰も話してくれないから。話してくれるかもしれないけど、相手を納得させるには、えらく時間がかかるだろうね。事情を説明して、相手を話す気にさせて。新聞記者だと分からせることができれば、そういう前段を一切省ける」

「そうかもしれません」

だからお前が取材しろ、と言いたいのか。確かに名刺の威力はあるわけで、今の逢沢よりはよほど動きやすいだろう。だが彼は、そんなことを切り出しはしなかった。ダイニングルームに向かい、無垢《むく》の白木のテーブルにつく。少し距離があったが、声は聞こえそうだったので、鷹西は窓辺から離れなかった。

「俺も、無理を言ったな」

「何がですか？」

「あんたに、『絶対に忘れないで欲しい』って言ったよな。覚えてるだろう？」

「ええ」

「そんなこと、無理なんだ」逢沢が寂しそうに否定した。「あんたは東京の社会部の記者で、毎日忙しくしてる。あの事件は、俺にとっては人生で最大の事件だったが、あんたにとっては、生涯で経験する多くの事件の一つに過ぎないんだろうな」

「そんなことはありません」否定したが、声に力がないのは自分でも分かった。

「いや、そうなんだ」逢沢の声には強い確信があった。「地下鉄サリン事件より大変か？　阪神大震災と比べられるか？」

黙るしかなかった。東京の真ん中で毒物を撒かれたり、何千人もの人の命が一度に奪われる大震災。元代議士が犠牲者というのは、殺人事件としては超一級だが、鷹西がこの一年ほどで経験したことに比べれば……比較すべきではないかもしれないが。

「しょうがないことなんだと思う。事件は、現役の連中に任せるしかないんだよ。それにあんたは、体のこともあるんだから、無理しちゃ駄目だよ」

「体は大丈夫です」大丈夫ですと言うことで、自分を鼓舞《こぶ》しようとした。

「それならいいけど、とにかくあまり気にしないことだ。俺たちにできることは限られている……忘れることもできないんだけどな。ここへ引っ越して来たことは、結果的に俺を追いこむかもしれない」

「どういうことですか？」

「ずっと事件の亡霊に取りつかれてるような気分になるよ。捜査するならしろ、しないなら出て行けって感じでさ……ちょっときついな」

「そうですか」

「でも、それが自分の運命だと思うよ。現役時代にあの事件を解決できなかったんだから、こういう罰も受けないと……」

逢沢が口をつぐんだ。ドアが開く音がする。買い物に出ていた妻が戻って来たのだと、鷹西も気づいた。逢沢が急に軽い口調になり、話題を変える。

「ところで小説の方はどうなんだい。忙しくて、書いてる暇もないんじゃないか」

「書き始めました。入院している時は、時間が有り余ってましたから」

「そうか」

逢沢が微笑したが、笑顔は少しだけ寂しそうだった。本当なら、「小説なんか書いている暇はない。あの事件を追う」と言って欲しかったのかもしれない。それを確認して安心するために、俺をここへ呼んだのかもしれない。

「ちょっと待ってくれ。渡したい物がある」逢沢が立ち上がり、姿を消した。手持ち無沙汰になり、鷹西はまた外の光景を眺めた。

「これだ」

振り向くと、逢沢が段ボール箱を床に下ろしたところだった。何事かと近寄ったが、箱には何も書いていない。単なる、静岡名物のみかんの箱だった。

「開けていいんですか？」

「ああ、お前さんにあげるつもりだから」

訝って逢沢の顔を見たが、彼は何も答えようとしない。仕方なく、床に跪《ひざまず》いて、ガムテープを引き剝がした。途端に、中から大量の書類が顔を見せる。封筒に入ったもの、バインダーに綴《と》じこまれたもの……鷹西の目は、一番上の封筒に書かれた、逢沢の几《き》帳面《ちようめん》な文字に吸い寄せられた。

「元代議士殺人事件　捜査資料」

「逢沢さん、これは……」

逢沢は無言でうなずいた。自分で調べろ、ということか。

中の書類を一つ一つ確認していく。まさに捜査資料だった。死体検案書、現場の鑑識報告。他の袋を確認すると、関係者の調書や、殺された堀口に関する調査のメモなどが出てくる。サツ回りだった頃なら、喉から手が出るほど欲しい書類だった。捜査機密にかかわる書類など、新聞記者は簡単に目にすることができないのだから。

まず頭に浮かんだのは、逢沢はこれをどこで手に入れたのか、という疑問だった。おそらく、密かにコピーしておいたのだろう。本当は規則違反だが、こういうことをする警察官が意外に多い、という話は鷹西も聞いたことがある。捜査資料を精査するため、コピーして家に持ち帰るのだ。逢沢もそんな風にして資料を溜めこんでいたのか、あるいは退職する時にまとめて持ってきたのか。

「どういうことなんですか」訊ねる声がかすれるのを意識する。

「どうだい。貴重な資料だろう」

「それはそうですけど……」

「どこから持ってきたかなんて、訊くなよ。もちろん、違法だ」逢沢がにやりと笑う。

「あんたにも、それを持っていて欲しい。あの事件を忘れないためにな。気にしないでいいよ、それは全部コピーだから」

俺に、またあの事件を調べろと？

逢沢はそれ以上、何も言わなかった。言わないでも分かるだろうと言いたげに、鷹西の顔を真っ直ぐ見詰めてくる。

帰途、鷹西の荷物は増えていた。

第6章　1997

「金儲け、したくないですか」

「金儲けが嫌いな奴はいないな」

向かいに座った出口賢《でぐちけん》がにやりと笑った。大江は真面目な表情を保ったまま、うなずく。

「じゃあ、革命を起こしたくないですか」

「革命？　今時？」

出口が鼻を鳴らす。それが大江には意外だった。この男は、今年ちょうど五十歳。団塊の世代のど真ん中で、学生運動華やかなりし頃に大学生活を送っている。本人がかなり過激なセクトで活動していたことは、公然の秘密だった。逮捕歴こそないものの、暴れ回っていたのは間違いない。

彼の熱病は、大学卒業と同時にすっぱり治癒した。銀行から証券会社と金融畑を渡り歩き、四十歳の時に独立して、投資顧問会社を設立。その筋では辣腕《らつわん》で知られている。現在は六本木のビルのワンフロアに事務所を、別のフロアに自宅を構えていた。ほとんど表へ出ることがないので、正体を知る人間は少なく、接触するのは難儀だが、大江は大蔵省時代の伝《つて》から彼に辿りついた。

金の世界では伝説の男……彼が自ら仕掛けた企業買収劇も少なくないと聞く。だが、目の前にいる出口は、小柄で冴《さ》えない男だった。ゆったりした一人がけのソファに座っていると、実際よりも体が小さく見える。髪の毛はすっかり薄くなり、服装もくたびれたワイシャツにジーンズだ。まさか、この格好で商談をするわけではないだろう。若僧向けの、カジュアルな対応ということか。一番上等なスーツを選んで着てきたのが、馬鹿らしく思えてしまう。

煙草が手放せないようだった。通されたのは、会社の一角にあるスペース——読書室というのだろうか、三方の壁は天井まである本棚だった——で相当広いのだが、煙草の臭いが染みついている。彼一人でこの臭いを染みつかせたとすれば、相当なヘヴィスモーカーである。天井まである窓から西日が射しこみ、室内を淡いオレンジ色に染めていた。その空気を、紫煙がくすませる。

「で、金儲けとは？」

「ベンチャーキャピタルを作ろうと思います」

「それは、あなたの会社、ＩＡＯとは関係なさそうだな」

「金を作るという意味では、同じです」

「金に関しては素人じゃない、と言いたいんだな」出口が火の点いた煙草の先を大江に突きつけた。距離があるとはいえ、何となく嫌な感じがする。

「金のことは分かっていますが、金の儲け方が分かっているとは言えませんね」

「ご謙遜を」出口が皮肉に笑った。「元大蔵官僚、インターネット時代の寵児が何を仰いますやら」

「たまたま、波に乗っただけです。こういうことは、永遠には続きません」

「まあ……」出口が煙草を揉み消した。巨大なガラス製の灰皿は、既に吸殻で一杯になっている。「確かに企業の全盛期は、二十年か三十年しか続かないと言うけどね。あなたのところは、まだできたばかりじゃないか」

「この世界は、流れが速いんです。ムーアの法則、ご存じですか?」

「半導体の集積密度は、十八か月から二十四か月で倍増する」

にやりと笑いながら、出口がすらすらと答えた。IT業界では、絶対的な真理として、三十年も前から言い伝えられていることだが、一般にはそれほど知られていない。この男は、IT業界のこともよく勉強しているようだな、と大江は警戒した。適当なことを言って丸めこむのは不可能だろう。

「仰る通りです。これが、いろいろとアレンジされて使われていましてね。極めて斬新だと思われた技術も、一年も経つと古くなるんです。IT業界のトレンドは、二年持ったら奇跡ですよ」

「あなたは上手くやってるようだが」

「うちは一種のバックボーンですから、簡単には廃《すた》れません。でも、いつ駄目になるか、分かりませんよ」

「自信がない人は、好みじゃないんだがね」出口が目を細める。そうすると、ひどく凶暴に見えた。

「根拠もないのに大口を叩いている方が、馬鹿みたいじゃないですか？　それに私は、自分の会社だけが大事だと思ってるわけじゃない」

「ほう？」

「この業界全体の底上げをしなくちゃいけないんです。ＩＴ業界は、間もなく四兆円の規模になりますが、そこからは先行き不透明です。知恵があっても金がない人が多い」

「そういう連中に投資しようというわけか」出口が新しい煙草に火を点け、頬杖《ほおづえ》をついた。「回収できるのかね」

「できないようなら、日本のＩＴ業界は伸びません。ここまでですよ。元々ＩＴ技術は、純粋にアメリカ生まれです。言葉の壁もなくなってきていますし、このままだと近いうちに、アメリカ資本に牛耳られますよ。日本がアメリカの奴隷になります。しかも悪いことには、誰も自分が奴隷になっていると気づかない」

「どういうことだ？」出口はにわかに興味を惹《ひ》かれたようだった。かつての学園紛争の闘士は、やはり「奴隷」とか「資本」という言葉に敏感に反応するのだろうか。

「話が長くなりますが、よろしいですか」わざとらしく腕時計を見る。

「ああ、いいですよ」軽い調子で出口が言った。「面白そうな話はいつでも歓迎です。コーヒーでも？」

「いただきます」

ということは、挨拶を交わしてから十分、飲み物もなしで話してきたことになる。この男は、その十分で俺を見極めようとしたのかもしれない。お茶を飲みながら、ゆっくり話すに値するかどうか、と。

出口が、脇の丸テーブルに置いた電話を取り上げ、低い声でコーヒーを持ってくるよう命じた。薄い笑みを浮かべて煙草をふかし、大江の顔に視線を据える。

「で？」

「インターネットでは、誰でも情報発信できる、とか言いますよね」

「それが謳《うた》い文句《もんく》みたいなものだね」

「そうかもしれませんが、所詮は人の掌の上で踊っているようなものです。誰かがそういう舞台を準備したからこそ、できるわけで。そういう舞台を準備しているのは、ほとんどがアメリカの企業なんですよ」

「それを認めるのは、あなたにとって自己否定にならないのか？」面白そうに出口が訊ねた。

「実際我々は、アメリカの真似《まね》をしているだけです」大江は肩をすくめた。「これからもいろいろなサービスが出てくると思います。それによって、新たな出会いが生まれたり、まったく新しい文化が生じる可能性もありますよね。でもそれは、薄っぺらい。どんなに目新しいことでも、二年も経つと飽きられます。それがネットの世界です。永遠に続くものは何もありません」

「それとベンチャーキャピタルと、どういうつながりが？」

「永遠に続かないということは、常に新しいサービスが出てくるということです。ぱっと目立って一年か二年で消えて……短期的に投資を続けるには、最高の業界ですよ。見極めは大変ですが」

「綱渡りだろうね」出口がまた鼻を鳴らす。

コーヒーが運ばれてきたので、会話が途切れた。濃く淹れたコーヒーを味わいながら、大江は次の切り出し方を考える。金だ。この男は、目の前に金をぶら下げてやれば、必ず動く。出口はゆっくり煙草を吸いながら、こちらの出方を窺っているようだった。

「今のところ、ネットの世界はネットの中で完結しています」

「そこから金が生み出されることはない、と」

「これまではそうでした。でも、新しい流れが出てきています。例えば、ネットで物を売る……ネットが現実社会でも役立つようになり始めているんです。既にこのビジネスを始めている会社がありますが、しばらくは、この動きに注目したいですね。流通革命になりますよ。店舗を持たず、誰でも物を売れる。人がたくさん入ってくれれば、面白い商品が出てくるでしょうね。ただし、スケールメリットを上げなければ、意味がありません」

「というと？」

「例えば、原宿辺りで古着屋を経営している人がいたとします。その人がネット上に店をオープンしても、誰も来ない」

「だろうな」

「でもそういう店が幾つも集まれば、人目を惹きます」

「一種のデパート、か」

さすがにこの男は理解が早い、と大江は満足した。頭の回転が速い人間と話すのは楽だ。これからは、こういう人間とでないと、ビジネスはできない。一度持ち帰って、などという人間は問題外だ。

「専門店が無数に入ったデパート、ですね。自分の欲しい物を見つけにきて、隣の店の品物がつい気になって買ってしまう、という相乗効果も期待できます。もう一つは、証券でしょうね」

「ネット上での売り買いだな」

「株式売買委託手数料の自由化が議論されています。これは間違いなく、実現すると思いますよ。一年か二年先……その時に、本格的なネット証券会社が生まれるでしょう。これは、巨額の利益を生み出す可能性があります。今まで株という言葉に抵抗を感じていた人も、飛びつくかもしれません。ネットの世界の最大の特徴は、気軽さなんです。そして運営する側からすると、そこに金が生まれます」

「さすが、よく勉強されている」

大江は真剣な表情でうなずいた。もう一押し……出口の気は惹いていると直感していたが、実際に金を出させるところまでは、まだ壁が高いはずだ。

「アイディアを持っている人間はたくさんいます。起業家精神を持った若者も出てきています。誰かに使われるよりは、自分のアイディア一本で勝負をかけたい、会社を作って、自分の世界を築きたいと考えている若者は、少なくないですよ。私も仕事柄、そういう若者と話す機会は多いんですが、皆、なかなかしっかりしています。二、三年後には、起業が一つのブームになるかもしれませんね。そういう人たちに、金を出して育てたいんです。能力も志もあるのに金がない、というのが若い人の特徴でしょう？」

「そういうあなたも十分若い」

大江は苦笑した。三十歳……密度の濃い二十代を過ごしてきて、とうとう大台に乗ってしまった。この世界では、年寄りの部類に入るといっていいだろう。

「ＩＴ業界では、三十歳はもう一線を退く年齢ですよ。そろそろ若い人のバックアップに回るべきだと思います」

「なるほど」

「これから起きる革命は、薄く広く、です。しかもさりげないものでなければいけません。ニーズに応じて、様々な規制緩和も行われると思います。そして気づいた時には、何もかも変わっていますよ。ネットが社会のインフラになり、政府は小さく、弱くなります」

「そういう抽象的な理想論は――」

「理想論で終わるかどうかは、私たちにかかっているんです」大江は出口の揶揄を遮った。「やってみませんか？　若い人たちの可能性に賭けてみませんか？　本当の革命は、これから始まるんです」

「どうでした？」

会社に戻ると、比嘉がすっと寄って来た。腰も下ろさないうちに……大江はネクタイを緩めながら、社長室のドアを開けた。会社の規模が拡大し、ＩＡＯは半年前に、六本木——出口の会社が入るビルとは、目と鼻の先だ——に移転している。今度はビルの四フロアをぶち抜いて借りた。一応社長室も作ったのだが、ガラス張りなので、皆とデスクを並べていた時代とほとんど変わらない。

解いたネクタイをソファの上に放り出し、音を立てて腰を下ろす。七月にネクタイはきつい……この業界、スーツにネクタイ姿の人間は変人扱いされるのだが、大江は常にきちんとした格好をしていた。ただし部下、特に技術系の人間には強要しない。マシンルームに詰める連中は、長袖のTシャツ——サーバーのために冷房が効き過ぎているのだ——にジーンズがユニフォームのようなものだ。

大江は両手で顔を擦り、深く溜息をついてから、比嘉に向かってにやりと笑いかけてやった。

「疲れた」

「お疲れ様です」間の抜けた答えを返しながら、比嘉が大江の横に立った。「で、どんな具合ですか？」

「分からない。のらりくらりでね。ああいう人は扱いにくい。あの人だけなのか、あの年代特有なのか……話はするんだよ。話し出すと止まらないぐらいだ。でも、結論は出ない。というか、出さないのかな。議論をしていれば、それで一仕事終えた、みたいな感じなんじゃないかな」

「団塊の世代はそういう感じだって、よく聞きますよ」

「向こうにすれば、ちょっと金を持ってるだけの若僧、っていう印象なんだろうな」

大江は勢いをつけて立ち上がり、デスクから一枚の紙を持ってきた。B4判のその紙には「将来計画　1999」とタイトルが打ってある。中身は組織図——二年先の組織図だ。目の前のテーブルに置くと、比嘉が向かいに座る。

現在、IAOはプロバイダーを中心にした、様々なネット系サービスを提供する会社である。契約者数は順調に増えていたが、これがいつまでも続かないのは、大江には分かっていた。これから十年で、ネット環境は大きく変わる。今は企業でしか使われていないような光ファイバー網が、一般家庭にも広がるだろう。そうなった時、今のようなビジネスの形態は萎《しぼ》む。その頃には、会社は自分には関係なくなっているはずだが、ここまで一緒に来てくれた仲間を路頭に迷わせるわけにはいかない。

持ち株会社を設立し、様々な分野のビジネスを傘下に置く。現在のIAO自体も、単に「ネット部門」として傘下に置く予定だ。組織図には、今後立ち上げる各会社について記してある。「証券（金融）部門」「投資部門」「調査部門」。

「まだ一つしかないですね。先は長いです」

比嘉が苦笑した。大江がこの男を右腕と頼む最大の理由は、はっきりした批判精神である。絶対にイエスマンにはならず、まずいことはまずいとはっきり指摘する。今もそうだった。冷静に指摘されると、大江は自分が少し浮かれていたのに気づく。出口との面倒な面会を終え、それでミッション完了、という気分になっていた。

「一つできれば、後は時間の問題だと思う。一番金になりそうな投資部門を、先に立ち上げたいな。そこで金が回り始めれば、後は何とでもなるよ」

「それで、出口さんの反応はどうだったんですか」

「読めないなあ」大江は頭の後ろで両手を組んだ。「金を出して下さいって頼んで、すぐにOKする人もいないだろうけど……結局、結論めいたことは一言も言わない。簡単には言質《げんち》を取らせないんだ」

「そうですか……もう一度、お会いになりますか？」

「粘り強くいった方がいいだろうね」ひどく疲れているのに気づき、大江は暗い気分になった。何とか会うことはできたが、向こうが本音で話していたとは思えない。多少は興味を持ってくれたと思うが、実際に金を出すことはまた別問題だ。「とにかく少し間を置いて、もう一度接触してみるよ……それより、第一クオーターの決算の件なんだけど——」

スーツの胸ポケットに入れた携帯電話が鳴り出した。ちょっと待て、と目線で比嘉を制してから電話に出る。見慣れぬ電話番号が表示されていた。

「もしもし？」

「ああ、大江さん。出口です」

「出口さん」

繰り返すと、比嘉が大きく目を見開いた。が、すぐにすっと目を細め、小さく首を横に振る。警戒しろ、のサインだ。

「先ほどはどうも、失礼しました。貴重なお時間をいただいて……」

「三億までなら出せる」せかせかした口調だった。

「はい？」

「三億」一発で理解されないのが鬱陶しいようで、出口の声には苛立ちが感じられた。

「それこそ、私からあなたへの投資だ」

「ずいぶん決断が早いようですが」

「あなたの話は分かりやすい。可能性を感じたよ。ただし、一つ条件がある」

「何でしょう」

「ベンチャーキャピタル……あなたは、原理はよく理解されていると思う。元大蔵官僚としては、当然でしょうが」

「そのつもりです」

「だが、実務は分かっていないはずだ。分析、見通し、適当な額の投資と引き揚げ時の見極め。一つでも間違うと、金をどぶに捨てることになる」

「はい」

「うちには、金に関するノウハウがある。すぐにでもこの事業には乗り出せる」

「どういう意味でしょう」

「うちと組まないか？　あなたの行動力と私のノウハウがあれば、必ず成功できる。三億は、新しい会社を興すための資金だと思ってくれればいい」

いきなり、話が想定外の方向に流れ出した。出口には、いろいろと芳しくない噂もある。財務局からの処分を受けたことこそないが、泣き寝入りしている顧客も少なくないようだ。塀の内側に落ちるようなヘマはしないだろうが、出資してもらう以上のことは期待していない。むしろ危険だ、と思っていた。

「ありがたい話ですが、即答はできません」いつも即断即決の自分らしくない、と思いながら大江は言った。

「あなたが何を心配しているかは、分かってる」出口の声は真剣だった。それは、ビジネスに対する熱心さ以上の何かを感じさせた。「私はいろいろ、危ないこともやってきた。客を泣かせたこともある。だが、投資の世界というのは、元々そういうものだからね。最後は自己責任なんだ。決めるのは私じゃなくて顧客だ」

「仰る通りです」

「そういう仕事をずっと続けてきて、金も残した。これからも儲かるだろう。だがね、人生、それでいいのか？」

会っていた時とは、まったく態度が違う。達観した口調は、先ほどまでとはまるで別人のようだった。どうも、嫌な予感がする。大江は、ズボンの腿で掌を拭った。

「人が死ぬ時残すのは、金だけではない。組織やノウハウを残した方が、ずっと社会貢献になるんじゃないかな」

「仰る意味は分かりますが……」

「あなたも意外に鈍いな」

出口がからからと笑った。馬鹿にされている感じはない。むしろ、事情を知らないことで不安になった。

「どういう意味でしょうか」

「会っていて、気づかなかったかね」

「何にですか？」

「死期……人が死ぬタイミングだよ。こんなことは身内の人間しか知らないが、私は一年後には確実に死んでいる。たぶん、数か月後には、まともな社会生活からは引退だろう。今はもう、人生の幕引きの時期に入っているんだ」

「病気なんですか」大江はかすれた声で訊ねた。

「癌だ」打ち明ける出口の声は淡々としていた。「これぱかりはね……どんなに医学が進んだといっても、どうにもならないことはある。余命一年を宣告されてるんだよ。まあ、死ぬことは怖くはないが、遣《のこ》り残しはしたくない。後悔しないで死にたいんだ。そのために、自分の持っているノウハウを誰かに伝えたい。あなたに、直接投資の勉強をして欲しいと言ってるわけじゃないよ。あなたは、そういう器には納まりきれない人だろうから。ただ、ノウハウを残す場所としての会社を作って欲しい」

「ご自分の会社があるじゃないですか」

「ここは個人商店みたいなものだ。私が死んだらばらばらになる。それよりも、新しい器を用意して、そこに必要な人間が移った方がいい。あなたなら、まとめられるはずだ。私が死んだら、その後は好きにしていい。もちろんあなたのことだから、自分の理想をどんどん実現させていくだろう。そういうのを天国から見させてもらえれば、私は満足だよ。地獄かもしれないがね」出口が乾いた声で笑った。

電話を切った後、大江は思わず固まってしまった。立ったまま、窓に目をやる。十七階の窓からは渋谷がよく見渡せ、一時ぼんやりとリラックスするのに最高のシチュエーションなのだが、今日ばかりは景色も目に入らなかった。

「どうしました？」比嘉が不安そうに訊ねてくる。

「あ、いや……」自分らしくないなと思いながら、大江は胸騒ぎを抑えられなかった。

自分の転機には、全て人の死が絡んでいる、と自覚する。大蔵省を辞めて実業の世界へ転身したのも、父の死がきっかけといえた。もしも死ななかったら、まだ大蔵省にいたかもしれない。父の借金を圧縮しつつ、出馬準備を進めていたのではないだろうか。

そして今回。ビジネスの第二段階へ足を踏み入れようとした瞬間、パートナー――金を引き出す相手――にできればと夢想していた人間から、死期が近いことを知らされた。まるで俺が何かしようとすると、人が死ぬような……そんなことがあるわけがないが、どうにも釈然としない。

大江は振り返り、比嘉と向き合った。比嘉は心配そうに唇を噛み締めている。それはそうだ。俺がこんな風にぼんやりすることなど、滅多にないのだから。

「チャンスだ」

「はい」事情がつかめぬまま、比嘉が相槌を打った。

「チャンスだが、ピンチかもしれない」

「社長、どういう――」

「出口さんが死ぬかもしれない」

「どういうことですか」

「本人がそう言ってるんだ。でも、本当かな……出口さんに関しては、伝説が多過ぎる。いろいろ知ってるだろう？」

「ええ」

運用成績でいえば、バブル以降の時代であることを考えると驚異的な二十パーセントのリターンを十五年以上続けているとか、資産の八十パーセントを自ら作った慈善団体に寄付したとか——これには節税対策では、との指摘がある——金で顧客を黙らせるようなことを平気でするとか、実は現在でも過激派に資金援助を行っているとか。

これらの噂は、多くが嘘だろうと大江は思っている。表に出ない人間は、とかく噂を立てられがちである。今日初めて会って、大江はその思いをさらに強くした。どうも彼は、人が勝手に自分のイメージを作り上げるのを、上手く利用している感がある。いろいろ言われているが、投資家としては頼りになる男——そんなイメージが定着して、彼が開催するセミナーは常に満員になる。参加費十万円を取ることもあるというのだが、賢者の言葉にはいくら金を払ってもいいということなのだろう。

「調べてみようか」

「今の話が本当かどうか、ですね」比嘉がうなずいた。「しかし出口さんは、私生活を晒《さら》さない人ですよ」

「今までは、本気で調べようとする人がいなかっただけだろう。探偵でも何でも使えばいい。尾行すれば、病院に行っているかどうかも分かるよ」

「そこまでしますか?」比嘉が眉を吊《つ》り上げた。「金は出すと言っているんだから、それは信用できるでしょう。もしも周りを嗅《か》ぎ回っていることが分かれば、態度を一変させるかもしれませんよ」

「だったら、ばれないようにやろう」自分に言い聞かせるように大江は言った。「こっちも、リスクを背負い込むわけにはいかないんだ」

第二のステップ。これから数年が、金儲けの最大のチャンスだ。それを、想定外の問題で潰してはいけない。


一か月に及ぶ調査で、出口の言うことは裏づけられた、と大江は確信した。間違いなく、三日に一回は病院に通っている。それに加え、突然一週間の入院。どうやら検査入院だったようだが、自分がいなくても会社がちゃんと回るよう、既に手配しているらしい。その間も、業務は滞りなく行われていた。

そして一月ぶりに出口の会社で対面した時、大江は病の怖さを思い知った。出口ははっきり分かるほど痩せ、シャツが一回り大きくなった感じで、顎の線も細くなっている。そのせいか、元々大きい目がさらに大きく見えた。見た目の年齢も、十歳ほど老けた感じがする。

ただし、本人は意気軒昂《いきけんこう》としており、話しぶりに病気の影響は感じられない。それに合わせ、大江もさりげなく話を切り出すことにした。

「遅くなってすみません。こちらからお願いしておきながら……社内調整に手間取りました。結果から申し上げれば、先日のお話、受けさせていただきます」

「結構ですね」出口が筋ばった手を組み合わせた。「では、早速手続きを進めましょう。こういうことは、スピードが肝要だ。これからの時代、大きな仕事をするにも、身軽にいかないと」

「仰る通りです」

「で、私が本当に病気だと確信できましたか？　調べていたんだよね？」

出口がにやりと笑った。ハゲタカをイメージさせる眼光の鋭さだったが、大江は一歩も引くまい、と決めた。ばれてしまっているなら、下手に隠さない方がいい。ただし、出口のことを調べさせた探偵に払う金は、さっ引かないと。気づかれてしまうようでは、プロの仕事とは言えない。

「申し訳ありません。わが社にとっては、社運を賭けた事業になりますので」

「結構、結構」出口が乾いた笑い声を上げ、膝を叩いた。「それぐらい慎重にいかないと、大怪我《おおけが》するからね。で、納得していただけたわけだ」

「はい」

「癌は厄介でねえ」手のかかる息子の不満を口にするようだった。「これでも健康には気を遣ってきたつもりだったんだが……あなたも、若いからといって、気を抜いたら駄目だよ。人間ドックは、やっておいた方がいい」

「年二回、行ってます」

「それは用心し過ぎだと思うが」出口が眉をひそめた。

「父が、糖尿病だったんです」

「大江輝義さん……立派な人だったね」

「志半ばで亡くなりました。私は、そんな風にはなりたくありません」

「そうですか」一呼吸置いて、出口が煙草に火を点ける。大江が非難がましい視線を向けてくるのに気づき、悲しげに笑った。「今さら、ねえ……医者も見捨ててる。煙草も酒も好きにして下さいって言われましたよ。控えたって、その分長生きできるわけじゃないから。さあ、あなたの計画を聞かせてもらいましょうか。この前、全部話したわけじゃないでしょう」

気を取り直し、大江は用意してきた組織図を広げた。持ち株会社の下に四つの会社を作り、単なるＩＴ系企業から脱すること。ＩＴはあくまで利用するだけで、総合的な会社に育て上げたいと説明する。

「本業は何になるんだろうね」

「それは、世間で考えてもらえばいいことです。それぞれの事業に均等に力を入れていきますから」

「結構」出口がうなずく。「私も、できる限りのノウハウを提供します。最後の大仕事になるな」

「それで、ご相談なんですが、持ち株会社の代表になっていただけませんか。代表権のある会長に」

「どうして」

「私はまだ、世間では無名の存在です。あなたの名前があれば、信用度が一気に高まる」

「上手く利用しようと？」

「正直に申し上げれば、そういうことです」

出口が声を上げて笑う。煙草の煙で少しむせたので大江は焦って身を乗り出したが、出口は手を伸ばして大江の動きを制した。

「私の名前など、大したことはない……しかしあなたも、率直な人だな」

「大きな仕事をするつもりです。遠慮してはいられません」

「分かった……ただし、デメリットもあることは検討したんだろうね？　私に関しては、悪口を言う人間も多い。そのほとんどが嘘だが、世間の人はそうは見ないかもしれない。あの得体の知れない人間と組んで何かやろうとしている、と勘ぐられるかもしれないよ」

「それは、ビジネスの結果で解消します」

「もう一つ」やけに節くれだった人差し指を立て、出口が指摘した。「私は死ぬ。近い将来、間違いなく死ぬ。代表権のある会長が、会社を立ち上げてすぐに死んでしまったら、いろいろ問題が生じるよ。株主が騒ぐかもしれない」

「ですから、会社を立ち上げる時に、病気のことも公表していただきたいんです」大江はぐっと身を乗り出した。今や、尻がソファの端に引っかかっているだけである。「自分は間もなく死ぬ、最後の仕事としてこれを選んだ、と」

出口が呆気《あっけ》に取られたように口を開ける。だがほどなく、その顔に笑みが広がってきた。

「同情を引こうというわけか」

「それもありますが、最初にはっきり公表しておけば、世間は納得すると思います」

「大胆な……大胆過ぎるやり方だな」

「嘘をつくわけではありませんから、問題はないと思います。失礼なことを言っているのは承知していますから、後は出口さんのご判断次第です」

重苦しい沈黙が流れる。大江は右手を拳に固め、次の言葉を待った。

「参ったね」苦笑しながら、出口が残り少ない髪をかきあげた。「あなたみたいに新しいタイプの経営者が出てくるんだから……世の中も変わったもんだ」

「実際、変わっているんです。出口さんの時代ほどドラスティックではないかもしれませんが、あの時代と同じぐらい——いや、それ以上に変わっていますよ」

「ただし、紹介されるサービスを使いこなしていることで、自分は変わった、と勘違いしているようじゃ駄目だ。サービスを提供する方、仕組みを変える立場に立たないと」

理解の早い男だ。こういうことは、年配の——四十代以上の人に話しても、なかなか分かってもらえないのだが。

「掌の上で踊って喜ぶんじゃなくて、掌になるんだな」

「仰る通りです」

「結構、結構。では、我々は、十分理解し合えたわけだな」

「そう考えます」

うなずき、出口が煙草を灰皿に押しつけた。鶏ガラのようになってしまった体をぐっと乗り出し、険しい表情で告げる。

「あなたには、お礼を言わないといけない」

「何のですか?」

「死ぬ間際まで、面白い仕事ができそうだ。感謝しますよ」

「一つ、教えてもらえませんか」

「何なりと」

「どうして私の申し出を受けてくれたんですか?」

「私に向かって、一緒にビジネスをしようと言ってくる人間はほとんどいなくてね」

本当だろうかと訝り、大江は首を傾げた。それを見て、出口がにやりと笑う。

「イメージが先行してるんだろうね。人と組んで仕事をするようなタイプじゃない、と。実際にはそんなことはないし、こちらからパートナーシップを持ちかけて成功したことだって少なくないんだが、世間は私に、一匹狼のイメージを持たせたいんだろう。あなたは、あっさり切りこんできた。こいつはどんな奴なんだろうな、と思ったよ」

「よほど事情を知らないか、怖いもの知らずなのか」

「いや、私を呑みこんで利用しようとするほど、大きい人間だろうと思ったね」


大きい人間、か。

自分のスケールは自分では測れない。もちろん、妄想の世界でなら、どんな人間でも世界征服ができる。ただし、実際にそのための一歩を踏み出す手段が分からないのだ。

自宅のマンションに戻って遅い夕食を済ませ、大江は一息ついていた。妻の敦子が紅茶を淹れてくれる。今日は出口のところで、コーヒーを何杯も飲んでしまったので、何だか胃が重い。

「上手くいったよ」食事中は出さなかった話題を持ち出した。

「そう」敦子の顔にぱっと笑みが広がる。「じゃあ、これからまた忙しくなるわね」

「今までとは質が違うと思うけど。これまでは、自分が先頭に立って、必死で引っ張ってくればよかった。頑張った分、直接跳ね返ってきたけど……これからは違う。一歩下がって、全体を見るようにしないと。君にもまた、迷惑かけると思う」

「私はいいわよ」敦子がまた大きな笑みを浮かべた。「ちょっと忙しいぐらいが調子いいし」

「四年でいい」大江は指を四本立てた。「会社のことでばたばたするのは、あと四年だ」

「じゃあ……」真剣な表情で敦子がうなずく。「四年後に選挙?」

「まあ、選挙はいつあるか分からないけどね」こればかりは、自分ではコントロールできない。現在の衆院議員の任期は、二〇〇一年まで。今のところ、そこまでは選挙がない可能性が高い。「四年あれば、十分な準備ができる。三年後だったら、まだちょっときついかな」

「でも、会社の規模を拡大して、それと同時に選挙の準備はきつくない?」

「だからそこは、君にお願いしたいんだ。正式な物じゃないけど、事務所を立ち上げたい」

「分かった」一切の疑問をさし挟まず、敦子がうなずく。しかし一転して、弱気な態度を見せた。

「でも私、選挙のことは何も分からないわよ。土下座しろって言われたら、土下座ぐらいするけど」

「そんなのはまだ先の話だ。それに君は、にこにこしていてくれるだけで票が増える」

敦子が苦笑した。控え目な女なのだが、大江は自分が言ったことが大袈裟ではない、と確信していた。

都市部では、固定的な票の取りこみが難しい。人口が流動的で、特に若い層の動向が摑めないためだ。ただ、ずっとこの土地に住んでいる人もいるし、古くからの父の支持者も少なくない。そういう人たちを確実につなぎとめておくために、敦子の魅力は強力な武器になるだろう。清楚《せいそ》だが芯の強さを感じさせるルックスや態度は、年配者にも受けがいいはずである。

「藤崎さんに挨拶に行こう」

「こんなに早く？」

藤崎と大江が何度も会っているのは、敦子も知っている。基本的に大江は、妻には一切隠し事をしない。

「早く決断を伝えた方がいい。藤崎さんも、気が長い方じゃないんだ。最初に会った頃も、出るなら早い方がいいって言われたからね」

「問題は、どこを選ぶかよね……」敦子が顎に手を当てた。

その問題については、大江もずっと頭を悩ませている。選挙で自分の後ろ盾になる藤崎は、与党の民自党を割って出て、現在は公民党の代表である。だが公民党そのものは、キーストーンになるほどの規模ではない。今はじっと、機会を窺っている状況だ——二大政党制の実現による、政界再編のタイミングを。

「正直、読めないな」大江はカップを両手で包みこんだ。紅茶ではなく水がよかったな、と思う。真夏の夜、部屋には快適に冷房が効いているが、やはり冷たい水がありがたい。

「どうなるのかしらね」

「今はキーマンがいないから」

「藤崎先生は？」

「昔とは違う。藤崎さんは古いタイプだし、周りの動きも鈍い。皆、迷ってるんだろうな。下手な動きをすると、貧乏くじを引くかもしれないから」

「嫌ね、政治家って」敦子がわざとらしく顔をしかめた。

「何言ってるんだよ、君はこれから政治家の奥さんになるんだぜ」

「そうだけど」自分の言葉の矛盾に気づいた敦子が硬い表情を崩す。「でも、私があれこれ言っても仕方ないわね。あなたが決めたことについていくだけだから」

「君にもいろいろ言ってもらった方がいい。君が一番頼りになるんだから」

実際、二人はよく話す。大江は相変わらず忙しく、毎朝七時には家を出て、帰って来る頃には日付が変わってしまうこともしばしばだ。それでも敦子と話さない日はない。

何でもいいのだ。下らない話でも、仕事の愚痴でも、将来の夢や不安でも。敦子は大江にとって精神安定剤であり、人生の指南役であり、時には厳しく尻を叩いてくれるコーチのような存在だった。

「あんまり期待しないでね」敦子が苦笑する。「でも、これからはもっと忙しくなるわね」

「その先のことを考えていかないと」紅茶を一口。敦子の淹れる紅茶は常に完璧だ。「会社の方も潰すわけにはいかないし、任せられる人間を育てないとね」

「比嘉さん？」

「今のところ、選択肢はあいつしかないんだけど……選挙に出る時には、キーマンになって欲しいんだ。あんな風に、献身的にやってくれる人間はいない」

「秘書に引っ張る？」

「頼りになるから。君以外だったらあいつしかいない……でも、そうしたら会社の方が、ね」

「いろいろ難しいわね」

そう、難しい。だからこそやりがいがあるとも言えるのだが。理想が高ければ高いほど、邪魔になる壁は高くなる。自明の理だ。

大江は控え室の鏡の前に立ち、ネクタイを直した。濃い紺色のスーツに真っ白なワイシャツ、薄いパープルの無地のネクタイ。服は敦子の見立てだ。その彼女は、グレーの地味なスーツ姿で、傍らで控えている。一緒に壇上に上る比嘉は、やや緊張した面持ちで直立不動の姿勢を取っていた。

振り返り、笑いかけてやる。

「ネクタイ、曲がってるぞ」

慌てて比嘉が胸元に手を伸ばす。「嘘だよ」と笑うと、肩を上下させて息を吐き出した。

「そんなに緊張するなよ。別に、被告席に座らされるわけじゃない」

「でも、こんな大舞台に立ったこと、ないですから」

新しい会社の設立会見に準備したのは、新宿のホテルのコンベンションルームだった。二百人入れる、とホテル側は保証してくれたが、先ほど確認したところでは、席はほぼ埋まっている。それだけ、自分たちのビジネスに対する関心が高いということだ、と大江は高揚感を覚えていた。

「専門的な話になったら任せるから。あとはこっちが話すよ」

いよいよ会社が生まれ変わる。持ち株会社「ＩＡＯインターナショナル」の設立。同時にベンチャーキャピタルの「ＩＡＯインベストメント」、金融部門の「ＩＡＯ証券」、これまでのＩＡＯの仕事を直接引き継ぐ「ＩＡＯネット」の三つの会社が新たに誕生した。「調査部門」だけは出遅れているが、これも年明けには「ＩＡＯ総研」として立ち上げる予定になっている。比嘉は、「ＩＡＯネット」社長の肩書きを与えられた。大江本人は、「インターナショナル」の社長になり、グループ企業全体の業務に目を光らせることになっている。

「私の方では、あまり話すこともないでしょうけどね」比嘉が言った。「これまで通りの仕事をするだけですから」

「ああ」

「出口さん、大丈夫なんでしょうか」顔をしかめ、腕時計を見た。「そろそろ会場入りしている時間ですよ」

「大丈夫だろう。時間を間違えるような人じゃない」

「体調のことなんですが」

「今朝話した時は、元気そうだった」

ただし、何があってもおかしくない状況ではある。七月に初めて会ってから四か月。あの時に「余命一年」と言われていたのだが、最近は急激に体調が悪化していた。今も入院中で、今日は無理を押して病院から駆けつける予定になっている。

出口は、記者会見の始まる十分前になってようやく登場した。ますます小さくなり、車椅子の中で丸まった姿を見ると心が痛む。車椅子のまま壇上へ出てもらわなければならないのが申し訳なかったが、今日の会見への出席は、出口本人が強く願ったものだった。それを、大江は一種の覚悟と読み取った。

大江は跪き、出口と同じ目の高さを保つようにした。途端に出口の顔が皮肉に歪む。

「年寄りを相手にするような態度はやめてくれ」声はかすれ、ひどく聞き取りにくい。「癌が全身に転移して、車椅子で移動するだけでもきつい状態のはずだ。「ちょっと喋るだけじゃないか。大した話じゃないよ」

「出口さんはこういう形では人前に出ないから。緊張して倒れないようにして下さいよ」

出口が、喉の奥から絞り出すように笑った。そうするだけでも大変そうな感じがする。

「心配無用だよ。実は、早稲田雄弁会出身だから」

「そうなんですか?」初耳だった。

「別の活動が忙しくなって、一年で辞めたけどね」また喉の奥で笑ってから、急に真顔になった。「さあ、行こう。せいぜい、あなたを売りこまないと」

十分後に始まった会見で、出口は驚くべき精神力を見せた。壇上までは車椅子で移動したものの、冒頭、「IAOインターナショナル」会長として挨拶する時には、杖にも頼らず立ち上がったのである。内心、大江は何かあったらどうすると動揺したのだが、出口の挨拶は堂々としたものだった。普段取材にも応じない不義理を詫《わ》び、次いで「自分は癌だ」と告白したのである。

「余命はあと数か月もないでしょう。その時点で私は、大江君と出会いました。彼に、私が得た知識と経験を託す気になりました。もちろん彼がやろうとしていることは、私が今までやってきたこととはまったく違う。インターネットを使って、古い時代とはまったく別の、画期的なサービスを展開しようとしているわけで、正直、私のように時代遅れの人間には理解できないこともある。しかし私は、彼に賭けることにした。そのために、この先長い命ではありませんが、全てを投げ出して会社を軌道に乗せるための努力をすることにしたのです」

静まり返った記者たちの顔を壇上から見て、大江は「勝った」と確信した。普通、こういう記者会見は、通り一遍の挨拶のようなものになりがちである。それがいきなり冒頭で、ある意味「伝説の男」である出口の告白が飛び出した。百戦錬磨の記者たちがそう簡単に感動するはずもないが、確実に心に刻む演出になったはずである。

その後の会見は、つけ足しのようなものだった。会社の概要については、配布した資料で全て説明してある。質疑応答も、想定の範囲内だった。

喋りながら、あるいは他のメンバーの話を聞きながら、大江は終始穏やかで自信に満ちた表情を浮かべていることができた。

スタート——拡大再スタートとしては、極めて順調だ。これで満足してはいけないが、気分はいい。残る二年、あるいは三年、この勢いで突っ走っていくつもりだった。

藤崎は不気味な笑みを浮かべていた。本音は読めない。大江は少し緊張したまま、もぞもぞと膝を動かした。いつもの料亭での、二人だけの会食。藤崎はこのところ、一時凝っていたワインをやめて、焼酎一本やりになっている。大江もそれにつき合っていた。焼酎には「幻の」と冠がつくものが多いようで、今日供されたのもそういう一本だが、大江には味の違いが分からない。

「上手くやったな」

「どういうことでしょうか」

「出口。あの会見の後、すぐに死んだ」

露骨な物言いに、大江はわずかに顔をしかめた。藤崎の言う通り、出口は年が明けてすぐ、亡くなった。結局、会長として在任したのはほんの数か月である。しかし彼がいなくなったからといって、会社の動きが滞ることはなかった。まさに立ち上げのために、人生の余力をふるってもらっただけである。

「分かってて、誘ったのか？」

「誘ってから知りました」

「そうか」

　藤崎がグラスに口をつける。今日も鹿児島かどこかの極めて珍しい焼酎を呑んでいるのだが、それをお湯割りにしてしまっている。これはもったいない呑み方ではないか、と大江は内心首を捻っていた。

「いずれにせよ、すぐ死んでくれて助かったんじゃないか？　少なくとも、もう死期が近くて動きようがない人間をパートナーにしたのは、素晴らしい選択だった」

「藤崎先生……」さすがに、この露骨な言い方にはかちんときた。

「言い過ぎだと言いたいんだろう？」藤崎がわずかに表情を緩ませながら言った。「だがな、一歩間違えればえらいことになってたんだぞ」

「どういうことですか？」

「出口には、捜査の手が伸びていたかもしれなかった」

　瞬時に、顔から血の気が引くのを感じた。捜査……逮捕されていたかもしれない？

大江の顔を見て、藤崎の笑みがますます広がる。

「検察が、詐欺で立件しようとしていたんだ。実際、被害者の証言も集め始めていた。ところが、こういう状況になってね……捜査はしっかり走り出さないうちに潰れた」

「まさか……」

「間違いない。俺の情報網を信用しろ。それと、あんたに対する疑いも潰しておいた」

大江はすっと背筋を伸ばした。説明されずとも、筋書きは簡単に想像できる。捜査の手を伸ばそうとしていた人間が組んだ男。出口から大江への金の流れに関心を持つのは、捜査当局としては当然の動きだろう。

「まあ、これぐらいは借りと考えなくてもいい」藤崎が胸を張って言った。「ただ、少し迂闊だったな。事前に俺に相談してもらえれば、組む相手がどんな人間か、もっと詳しく調べられたんだぞ」

「すみません」大江は素直に頭を下げた。確かに、そこまで気を配っていて然るべきだったのだ。「配慮が足りませんでした」

「この件で痛い目に遭うことはない……ただし今後は、身辺には十分注意した方がいいな」

「気をつけます」

「上手く金も引き出して、面倒なこともなかったんだから、そこは成功したと言っていいがね」

「いえ……一つだけ、言わせて下さい」

「何だ」藤崎の眼光が鋭くなった。

「出口さんは、いろいろ言われていますが、理想主義の人でした。共感してもらって、感謝しています」喋っているうちに、涙が零れてくる。「いい人を選んだと、確信しています」

「あんたは既に、政治家だね」

「どういうことですか？」

「政治家には、表の顔と裏の顔がある。大事な人を亡くした時に泣くのは、表の顔だ。裏では舌を出すこともある。しかし、いい政治家というのは、表と裏の顔が一体化してしまうんだな。相手を利用したと分かっていながら、本気で心配したり悲しんだりもできる。あんたは既に、その域に達しているよ」

それがいいことなのか悪いことなのかは分からなかったが、大江は自分がビジネスの世界から抜け出すのがそれほど先のことではない、とはっきり意識していた。

第7章　1999

「あ、そうですか」

我ながら間の抜けた反応だ、と鷹西は苦笑した。こういう時に備えて、何度密かにシミュレーションしただろう。ガッツポーズをするとか、奇声を上げるとか、人目を憚《はばか》らず泣いてみるとか。しかし待ちわびた電話が実際にかかってくると、素っ気無い返事しかできなかった。ようやく一つの結果が出たのだから、もっと喜んでいいと自分でも思うのだが……ここ何年か、長編、短編といくつもの小説を書いて公募の賞に送り続け、やっと手に入れた出版への道なのに。

冷静に相手の説明に耳を傾けながら、メモ帳を広げる。今後のスケジュールは、いろいろ面倒臭そうだ。ネット上では「新人賞を取った後はこんな風になる」と、受賞者らしき人が説明しているサイトもあり、覚えこむほど読んだものだが、そんな内容は完全に頭から飛んでしまった。授賞式が、十一月十九日。受賞作の出版は年明け早々で、授賞式の前から原稿の直しに入る。ついては、近々お会いしたい、と担当の編集者がまくしたてた。お会いしたいと言われてもな……鷹西はスケジュール帳を開いた。病気が原因で社会部から人事部に異動になっており、仕事が忙しいわけではなかったが、逆に昼間、適当に抜け出すのは難しくなっている。こういうのは、記者時代の方が簡単だったな、と思う。よほどの緊急時でない限り、どこにいるかまで一々上に報告する義務はなかったからだ。

「夜でもいいですか」と言うと、向こうはむしろありがたそうな声でＯＫを出した。では酒でも呑みながら、という話になったのだが、鷹西はその件については答えを曖昧にした。胃潰瘍を患って以来、酒はなるべく呑まないようにしている。絶対に駄目というわけではないが、医者の「できるだけ控え目に」というアドバイスを守っていた。

それに鷹西自身、夢のためには一つぐらい何かを諦めるべきだと思う。煙草がやめられない以上、酒しかない。他にはやめるべき悪癖もないのだ。

電話を切ると、頭がぼうっとしていた。殴られ、その衝撃が抜け切らない感じ。明後日《あさって》の夜には、編集者に会わなければならない。恐らくその後なら、もう少し実感が湧いてくるだろう。自分の書いた小説が本になる……新聞記事を何百万人もの人が読んでいるというのとは、また別の感慨があった。これはまったく自力で、人の助けを借りずにやったことなのだから。

まあ……俺の選択は間違ってなかったんだよな。

まだ時折しくしくと痛む胃の辺りを撫でながら、鷹西は自分に言い聞かせていた。

編集者は二人現れた。一人が、文芸誌「小説平成」の緒方美智雄《おがたみちお》、もう一人が単行本の担当者である永岡悟《ながおかさとる》。受賞の電話をくれたのは緒方で、担当者が二人いることは今日初めて知った。この世界、知らないことばかりだな、と鷹西は少しだけ警戒した。駆け出し記者の頃の気分が蘇る。世の中の仕組みを何も知らず、人にあれこれ訊いては恥をかいた日々。

二人と会った店は、料亭というには俗っぽく、居酒屋にしては高級な店だった。出版社の近くにあるこの店を選んだのは、個室があるからだろう、と容易に想像できる。静かに話ができる場所なら、会社の会議室でも用意してくれればよかったのだが。

酒を呑まないというと、二人が同時に驚いたような表情を浮かべた。

「いかにも呑めそうに見えますけどね」と緒方。

「新聞記者の人って、基本的によく呑むでしょう」と永岡も話を合わせる。

鷹西は苦笑いしながら、体を壊して以来ほとんど酒を断っているのだ、と説明した。

「ああ、じゃあ、もう一生呑まない方がいいかもしれませんよ」少し少年っぽさの残る面持ちの緒方が、気さくな調子で言った。「酒なんか呑んでたんじゃ、小説は書けませんからね。がんがん書いてもらわないと、こっちも困ります」

「ええ」相槌を打ちながら、鷹西は頬が緩むのを感じた。こんな風に期待されているのだから、これからもどんどん書かせてもらえるのだろう。新人賞を取ったものの、一冊本を出しただけで後が続かない、という話はよく聞く。鷹西は、そんな風になるつもりはなかった。書くことで経済的基盤を作り、何とか今の生活から抜け出したい、と願っている。体を壊して、社会部から人事部に異動になった際、この会社にいる意味をほとんど感じなくなっていたのだ。記事の書けない記者など、新聞社には必要ない。今や身分的にも「記者」ではないのだし。

「でもね、すぐには会社を辞めないで下さいよ」永岡が釘を刺した。こちらは大柄で、どこかぼうっとした印象を与える男である。二人の編集者は自分と同年配だろう、と鷹西は見当をつけていた。言葉の端々に、遠慮のなさが滲み出る。

「そうなんですか？」

「軌道に乗るまでは……何を以て軌道に乗ったと言うかは分からないけど、受賞して舞い上がって会社を辞めて、後で大変な目に遭う人は多いんです。売れないというだけならともかく、書けなくなる人も多いので」

永岡の言葉は、鋭い釘になって鷹西の胸に突き刺さった。そんなことはない、と否定したくなる。次の長編のネタだって、もう頭の中にはあるのだから。

ある意味説教とも取れるやり取りが終わった後は、具体的に小説の話に入った。鷹西の受賞作『灰色の罠《わな》』は、新人記者時代に住んでいた静岡市を舞台にしたミステリである。ミステリとはいっても、トリックの妙を競うものではなく、社会派と呼ぶべき作品だ、と自分では思っていた。

「鷹西さん、実際に静岡に住んでたんですよね」料理の皿をどかして空いたスペースに、緒方が分厚いゲラを置いた。ぱらぱらとページをめくる。「その辺のディテールがよく出ているって、選考会で評判になってましたよ」

「静岡市には、三年ぐらいいましたからね」

「書きにくい街じゃないですか？　これといって特徴がないというか……いい所なんですけど、地味っていうか」

「まあ、そうですね」鷹西は苦笑しながら同意せざるを得なかった。「でも、どんな街でも、小説の舞台にはなりますよ」

鷹西は、緒方の手元のゲラをじっと見詰めた。新聞社でも「ゲラ」はあるが、それは大抵紙一枚のものだ。字詰めを揃えて打ち出した棒ゲラか、紙面そのもののゲラ。しかし今目の前にあるゲラは、数百ページに及び、ページごとに鷹西の苦労がびっしりと詰まっている。次はこのゲラを直す作業が待っているのだと思うと、面倒臭いような嬉しいような、複雑な気分になった。

「今、初校のゲラを校閲に回しています。それが出てくるのは十月の前半。十月一杯で戻していただいて、十一月の半ばぐらいには再校が出ます。十二月の頭には校了したいので、再校を手元に置いていただけるのは二週間ぐらいですね。再校なら、それほど手間もかかりませんから」

それなら結構余裕はあるだろう。原稿用紙で五百枚もあるといっても、自分で書いた原稿なのだ、何とでもなる。ただ、緒方の手元のゲラを見ると、やけにびっしりと書き込みがしてあるのが気になった。

「ゲラの直しは、大変そうですか？」

「いや、そんなことはないですけど」緒方が顔を上げた。困ったような笑みが浮かんでいる。「さすがに記者さんだから、文章の基本はしっかりしてますよ」

「そうですか」胸を撫で下ろす。

「まあ、ゲラのことは後できちんとお話ししましょう。とにかく、今回はお疲れ様でした」緒方が小さく笑い、「料理が冷めますから、どうぞ」と勧めた。

それからは、ほとんど雑談のような会話が続いた。酒を呑まない鷹西は、ウーロン茶で料理を食べながら、二人が慎重に探りを入れてきているのを感じ取った。気にしているのはやはり、今後のことのようである。一冊出しただけで終わらず、書き続けるのがどれほど大変なことかは、鷹西も分かっているつもりだったが、二人はもっと心配している様子だった。これから先、どうするか。この会社は、新人の二冊目までは面倒を見てくれる、という評判を鷹西は聞いていたが……。

「で、次の作品なんですけど」それまでほとんど口を挟まなかった永岡が、突然口を開いた。「考えてらっしゃいます？」

「そうですね。まあ、アイディアはありますけど」

「一年以内に何とかしましょう」永岡の口調は、極めてビジネスライクだった。「本が出てから一年じゃなくて、受賞から一年。つまり、来年の九月までが一つの目処になります。そうじゃないと、次の受賞作が決まって、話題がそちらに持っていかれますから」

この男は何を心配しているのだろう、と鷹西は不思議に思った。そんなに焦って本を書く意味があるのか……長編一本を仕上げるのにどれだけ時間がかかるか、分からないわけでもあるまい。仕事をしながらなので、当然書くのは夜だけになる。酒をやめてから夜のつき合いは減っているので、毎日数時間は執筆に充てられるが、一冊の本にできるだけの分量、原稿用紙五百枚から六百枚分を書き上げるには、三か月、ないし四か月はかかる。ということは、来年の九月に本を出すためには……余裕を持って見積もると、来年一月には原稿を書き始めなければならない。それまでに、今持っているアイディアをしっかりブラッシュアップして、と考えると、あまり時間はない。

「何とかなるでしょう」笑ってみたものの、顔は引き攣ってしまった。

「どんな感じの話を考えてますか？」永岡がさらに突っこんできた。「やっぱり、同じような路線のミステリで？」

「基本的には、ミステリが好きですから」

「思い切って、まったく別の話を書いてみるのも手ですけどね」

鷹西は少しむっとして永岡の顔を見た。ぼうっとした表情からは、本音が読み取れない。何となく、自分の書いた小説が評価されていない気がするのだが……不満が顔に表れてしまったのだろうか、永岡が穏やかな口調で話し始めた。

「ミステリは、ライバルが多いですからね。そういう中で厳しい勝負をするか、書いている人が少ないジャンルでやってみるか、考えてみてもいいんじゃないですか」

「例えば？」

「歴史物、ですかね」

「それは……書いたことも読んだこともないですね」突然の提案に、鷹西は戸惑った。

「歴史物、時代物、どっちでもいいんですけど、潜在的に読者は多いんですよ。ただ、今はそんなに書き手がいませんから、供給が需要に追いつかない状態なんです。具体的に言えば、次の池波正太郎さんが出てきてないんですよね」

池波正太郎を引き合いに出されても。鷹西はウーロン茶をぐっと飲み、煙草に火を点けた。急に空腹を覚え、目の前の料理に次々と手をつける。希望が一気に萎み、何だか暗澹《あんたん》たる気分になってくるのだった。

件名：おめでとうございます

鷹西仁様

静岡の逢沢です。この度は、「小説平成文学賞」受賞おめでとうございます。連絡が遅くなって申し訳ない。

新聞で名前を見て、少し取り乱してしまいました。あなたが小説を書いているのは分かっているつもりだったけど、こんな風に大きな賞を受賞して、本当に本が出るのかと思うと、本当に驚きます。まだ実感が湧かないというか、夢のような話ですね。

本が出るのを楽しみにしています。十冊ぐらい買って、仲間たちに配るから。県警の後輩たちにも、二冊以上買うよう、強く推奨しておきます。とにかく静岡県では、たくさん売ります。

逢沢のメールからは、浮き立つような喜びが感じられた。他人のことでこんな風に喜べるとは。鷹西は少しくすぐったい気分を味わっていたが、すぐに顔が蒼褪めるのを感じた。受賞作の犯人は、静岡県警の刑事である。こんなものを読んだら、皆不快になるのではないか。警察官はミステリが好き、とも言われているのだが……まあ、そこはご愛嬌《あいきょう》ということで許してもらおう。

鷹西はすぐに返事を書いた。

件名：Re: おめでとうございます

逢沢様

鷹西です。ご丁寧にありがとうございました。

受賞は、自分でも驚いています。正直、もう少し時間がかかるのではないかと思っていました。これからいろいろ大変になりそうですが、何とか頑張っていきたいと思います。

受賞作ですが、『灰色の罠』というタイトルで、年明けに書店に並ぶようです。もちろん、逢沢さんにはお届けします。ただ、後で怒られると困るので今のうちに言っておきますが、犯人は刑事です。そこのところは、怒らず読んでいただければ幸いです。暑さもようやく和らいできましたが、今年はまだ暑い日が続くようです。今後もお体に気をつけて。

さて、メールの返信もしたし、次の作品の梗概《こうがい》に取りかかるか……静かな自室のデスクにつき、鷹西は腕を組んでノートパソコンの画面を見詰めた。ワープロソフトが立ち上がっているが、画面はまだ真っ白。構想はあるので、何でもいいからメモ的に書き起こして後でつなげればいいのだが、何故か手が止まってしまう。時代物、という永岡の言葉が耳に残っているのだ。読んだことも書いたこともない小説を書けるのか……だいたい、あんなことを言い出したのは、彼が俺のミステリを評価していない証拠ではないか。

まさに平成元年から始まった「小説平成文学賞」は、ノンジャンルの賞であり、自分以外にもミステリが受賞したことはあった。ただ、それが「売れた」という話は聞かない。ミステリにはミステリ専門の賞があり、そちらを受賞した作品は、最初からそれなりの評価を得て、書店でもいい場所に置かれるが、「小説平成文学賞」受賞のミステリはどうなのだろう。よほどの傑作でなければ……これからも直す時間はあるが、根本的に書き直すのは無理である。そう考えると、一つ一つの場面の拙さが頭に浮かんでしまう。もっと書きこめばよかったのではないか。あるいは無駄なフレーズが気にかかる。あそこは削って……それよりも、根本を成すトリック——決してそこに重点を置いたわけではないが——に無理があるのではないか。

まずいよな……この賞は大きなチャンスだが、テイクオフに失敗したら、二度目のチャンスはないかもしれない。毎年多くの新人がデビューし、結果を残さず消えていく世界なのだ。自分も、そんな渦に巻きこまれてしまったら、これまでの苦労が水の泡になる。

とにかく、書こう。本当の勝負は二作目なのだ。『灰色の罠』よりインパクトの強い作品を仕上げて、期待に応えないと……そう考えれば考えるほど、指は動かず、煙草の吸殻だけが増えていく。自分の目が痛くなるほど部屋が白く染まってしまい、鷹西は窓を開けた。十月も近いというのに、真夏のような熱い風が吹きこんできて、エアコンの冷気を追い払った。

灰皿の中身をゴミ箱に空け、新しい煙草に火を点ける。いい加減、喉ががらがらしてきた。ふと思いつき、デスクの隅に置いてあるノートに短い横棒を一本書いた。煙草五本で「正」の字が出来上がる。

二冊目が完成するまでに、「正」は幾つ並ぶだろう。

「鷹西、ちょっといいか」

人事部長の大熊《おおくま》に呼ばれ、鷹西は立ち上がった。窓を背にした彼の席に向かおうとするど、大熊も立ち上がり、「そっちで」と別室の方に親指を向ける。嫌な予感がしたが、逆らうわけにもいかない。

人事部の別室は、倉庫兼打ち合わせ室のような場所で、窓がない。社員がトラブルを起こした際に、ここで事情聴取が行われることを、鷹西は知っていた。社報担当の自分には関係ない世界だが、時折罵声《ばせい》や泣き声が聞こえる度に、暗い気分になるのだった。後で事情を聞くと、さらに陰鬱になる。

狭い部屋で大熊と二人きりになると、嫌な予感が胸の中で広がった。こんな場所に呼ばれる理由は一つしか考えつかない。ちゃんと受賞の報告はしておいたのだが、あれでは不十分だというのか。

人事部長は社内の出世ルートであり、五十歳になるまでにこのポジションに就いていれば、取締役は確実、と言われていた。政治部出身の大熊は四十九歳。上を狙う気持ちも当然あるはずで、敵に回したくはないタイプの強面でもある。鷹西は緊張感を募らせながら、彼の言葉を待った。

「小説の方なんだけどな」

やはりそうか。何を言われるかは分からなかったが、予想していた話題なので、少しだけほっとする。もっとも、今の鷹西に、小説以外の話題はないが。社員としては、死んだも同然なのだ。

「はい」

「本気でやるつもりなのか」

「それは分かりません」

「どういう意味だ？」大熊の目がすっと細くなる。

「こっちが本気になっても、書かせてくれる人がいなければ、本は出せませんから」

「ああ、そういう意味か……仕事の方には支障は出ないだろうな」

「それはないです」これから何がどうなるか分からないが、否定はしておかなければならない。

「それなら結構だが、体調は？」

「最近は、特に悪くないですね」

「胃潰瘍は、この業界では職業病みたいなものだからな。そこはうまく、折り合いをつけてやってくれ」

「ありがとうございます」気合の入らない感謝の言葉。

「まあ、何だよ」大熊が、急にくだけた口調になった。「うちの会社からは、作家は何人も出てるからな。特に昭和三十年代から四十年代は多かった。お前も、そういう先輩たちの仲間入りということだよ」

「そうですかねえ」

「一つだけ、忠告しておく」大熊が真顔に戻った。「古い話だけど、そういう先輩たちは、だいたい会社と喧嘩《けんか》して辞めてる。お前は、そういう轍を踏むな。何も喧嘩することも、辞めることもないんだからな」

「辞めるつもりなんてありませんよ」実際には「辞められない」だ。まだ一冊も本が出ていない状態で辞めたら、明日から路頭に迷うことになる。

「それならいいんだが、何事もほどほどにな。仕事も大事だから」

「そうですね」答えながら、砂を噛むような不快感が全身に広がるのを意識した。今の自分の仕事……社報の制作に何の意味があるのか、まったく分からない。この部署にくるまで、毎月一回配られる社報に目を通したことなどほとんどなかったのだから。喜んで読んでいるのは、OBだけだ。

「ちょっと確認しておきたくてな……上も煩《うるさ》いし」大熊が膝を叩いた。

「上って、どういうことですか」鷹西は顔が蒼褪めるのを感じた。

「上は上だよ」大熊が人差し指を天井に向けた。「変なことを書かれたら困るとでも思ってるんじゃないか？」

「そんなつもり、ないですよ」いったい何を心配しているのだろう……別に、この会社に関して不満があるわけではないのだ。体力的に自信をなくし、記者職から引いてもまだ使ってもらっていることで、むしろ感謝すべきだと思っている。決して安くはない給料を、会社は払い続けているのだから。

「それならいいんだけどな。ま、上には適当に言っておくから」

「変なこと、言わないで下さいよね」半分茶化しながら、鷹西は念を押した。「別に、週刊誌に情報を売ったりするつもりはないですから」

大熊の顔が引き攣る。新聞を叩くことを生きがいにしている雑誌もあるのだ。

「真面目な話、それは絶対やめておけよ。不満があるなら、まず俺に言え」

「特にないですから」

「それならいいが……用事はそれだけだ」

大熊は立ち上がり、さっさと自席に戻ってしまう。鷹西はくたびれたソファに腰かけたまま、自分を取り巻く環境がゆるゆると変わりつつあるのを感じていた。今までは、どことなく緩い空気の中で生きてきたように思う。新聞社という組織は保守的で傲慢《ごうまん》だが、一度中に入ってしまえば、案外居心地がいい。それに馴染みかけたところで、病気になって記者とはまったく別の仕事に替わったのだが……また新たな人生が始まろうとしている。

いったいどうなるのか。人生をきちんとコントロールすることは案外難しい。いや、ほとんどコントロールできないといった方が正しいのではないか。

屋上には、まだ熱い風が吹いている。古い建物で、近隣のビルよりも低いために、屋上にいても谷間に埋もれたような感じになる。常に風は強く吹いて居心地は悪いが、煙草が吸えるので、ここで時間潰しをしている人間は少なくない。

夕闇が迫り、今はほとんど人はいない。鷹西は一人ベンチに座り、立て続けに煙草をふかしていた。漠然とした不安……受賞を告げられた時の高揚感は既に消え、これからどうやって二冊目の本を仕上げようかという焦りに、ずっと背中を押されるように感じていた。押されているのに、前に進めない。大きな壁が立ちはだかっているようだった。これが「ライターズ・ブロック」というものなのだろうか。書けない恐怖。まさか……まだ最初の本も出ていないのに、もう手が動かなくなってしまったのか。

吸殻入れに煙草を投げ捨て、すぐに新しい煙草に火を点ける。もう今日の仕事は終わっているから、人事部の部屋に戻る必要はない。かといって、すぐに家に帰る気にはなれなかった。両足をだらしなく投げ出し、ベンチの背もたれに両腕を預けて、立ち上る煙に目を細める。ここにいても、何もできないのは分かっていたが、体が動かない。煙草を吸うぐらいしか、やることを思いつかないのだ。

「何かお悩みかな」

いきなり声をかけられ、慌てて立ち上がった。笑い声が背中の方から聞こえてくる。振り返ると、同期で文化部の向井田が、にやにやしながら立っていた。

「驚かすなよ」

「驚くようなことじゃないだろう」

向井田がベンチに腰を下ろした。ミネラルウォーターのボトルを傾け、喉に流しこむ。まだ暑いこの時期、水はいかにも美味そうだった。鷹西は彼の隣に、少し距離を置いて座った。

「煙草休憩か？」

「俺は煙草なんか吸わないよ」向井田がボトルを手の中で弄《もてあそ》んだ。「たまに外の空気を吸いに来るだけだ。うちの部屋、冷房がきつくてね」

社屋が古いだけに、冷暖房の細かな調整が利かない。部署によっては、夏冬は仕事ができる環境でなくなる。

「まさか、お前の名前を新聞で見る日がくるとは思わなかったよ」溜息をつくように、向井田が言った。

「俺だって、載るとは思わなかった」

「受賞」の記事は、知らせがあった翌日の朝刊に載った。実名で書いたので「本社社員」の肩書きつきだったのが、どうにも奇妙な感じだった。まるで会社のPRをするように……それ以来、社内で珍しい物を見るような視線を感じることも少なくない。

「お前、小説書いてるなんて一言も言ってなかったじゃないか」

「人に言うような話じゃないから」鷹西は煙草を吸殻入れに投げ捨てた。次の一本は……しばらく休もう。さすがに口の中が気持ち悪い。「昔の文学青年じゃないんだから、そんなこと、堂々と人に言うべきじゃないだろう。恥ずかしいよ」

「おかげで、こっちはぶったまげたけどね」向井田が肩をすくめた。「中身はまだ読めてないんだけど、ミステリ？」

「俺が純文学書いてたら、おかしいだろう」

「別におかしくはないけどさ……でも、いいところからデビューしたんじゃないか」

「何で？」

そんなことも分からないのかと言いたげに、向井田が首を横に振った。

「『小説平成文学賞』は、面倒見がいいよ。受賞して、一冊本を出しただけで、それが売れないと放り出しちゃう出版社もあるけど、あそこはちゃんとやる。少なくとも二冊目までは、絶対に出してくれるから」

「ああ」

「でも、この業界、厳しいぜ」向井田が唇を歪めるように笑った。「毎年何十人もデビユーするけど、そのうち二冊目が出せるのは半分、無事に本が売れて生き残るのは一人か二人って言われてるからな」

「芸能人並みか」

「もっと大変かもな」向井田の顔に広がる笑みがさらに大きくなった。「芸能人なら、選択肢は幾らでもある。歌が駄目でもドラマとか、バラエティとか。でも作家は、小説を書くしかないんだぜ。他に仕事っていってもコラムか講演ぐらいしかないし、そういうのは売れてる人にしか回ってこない」

「なるほど」どういう意味だろう。同期とはいえ、一緒に仕事をしたのは、二人とも静岡支局にいた三年だけだ。入社四年目で鷹西は通信局に出ていたし、向井田は仙台支局に異動になっている。本社に上がった後も、鷹西は社会部、向井田は文化部と、まったく別の道を歩んできた。鷹西には、今も入社当時の頼りない印象が強く、この男の現在の気持ちが読めない。

「大変な道を選んだな。まあ、仕事をやりながらだと、そんなに無理もできないだろうけど。体は大丈夫なのか？」

「何とかな」

「ストレスが溜まるだろうから、気をつけた方がいい。編集者とのつき合いも、いろいろ大変だから」

ないのか。そのとき、これから記者とない。自分の中で結論は出ていた。入社十年、三十三歳。本当なら、これから記者として脂が乗るところである。だが、体の不安は未だに消えなかった。また倒れて、取材が中途半端になるぐらいなら、思い切って現場から完全に離れてしまった方が、自分にとっても会社にとってもいいのではないか。いつか小説だけで飯が食えるようになって、静かに会社を辞める――大まかにだが、そんな将来像を描いていた。しかし何一つ、はっきりしたことはない。小説が売れるかどうかは分からないし、もしも他の部署への異動を告げられたら、どうしたらいいのだろう。取材部署へ戻れば、今よりずっと忙しくなって、小説を書く暇はなくなるだろう。不幸なスパイラルに陥らず、会社の仕事も適当にこなしながら小説を書き続けるにはどうすればいいのか。

中途半端だな、と思った。思い切り書くつもりなら、ここで会社を辞めてしまえばいいのだ。貧乏はするかもしれないが、どうせ気楽な一人暮らしである。金に困れば、バイトの口ぐらいはあるだろう。経済的には苦しくても、本当に自分がやりたいことをやるべきではないか、とも思う。人生は一度きりなのだ。だがその一方で、注文がまったくなく、いくら書いても出版される見込みがないという、最悪の事態も想定しなければならない。その場合はどうする？　必死で持ちこみでもやるか？　それとも他の、もっと大きな賞で受賞を狙う？

何一つ、はっきりしていない。取れる当てもない賞を目指して小説を書いていた時の方が、よほど気分は楽だった。

「まあ、あれだよ」急に気楽な声になって、向井田が言った。「二作目で全力を尽くすべきだな。一作目が売れるかどうかなんて誰にも分からないし、むしろそんなに売れない方がいいんだ」

「どうして」

「いきなり売れると、プレッシャーが大変だぜ。読者も、次はどんなのを書いてくるかって期待するし。それでがっかりさせたら、読者はあっという間に離れる。読む方は、気まぐれなもんだからな。それより、一作目はほどほどで、二作目でぐんと伸びた方が、後々有利なんだ。この世界、一発屋も多いから」

「そんなこと、自分では調節できないけどな。いつでも一生懸命書くしかないんだ」

「ま、そうだろうな」向井田が少し寂しそうに笑う。「俺も、業界の裏事情はよく知ってるけど、所詮部外者だから。本当のところは、分かってないと思うよ」

「いや、何でもいいから教えてくれよ。俺は何も知らないんだから」

「そういうのは、業界にいるうちに自然に分かってくるんじゃないか」どこか冷たい口調で言い放ち、向井田が立ち上がった。「一つ、忠告しておくけど、うちの会社のことは外で喋らない方がいいぞ」

「どういう意味だ?」彼の冷たい口調に、鷹西はぞくりとした。

「記者出身の作家……他の新聞社や週刊誌の連中は、何か喋らせようとするはずだ。うちの会社の悪口とかさ。そういうのに乗って迂闊なことを喋ったら、変な記事が出るかもしれない」

「ああ……そうだな」人事部長と同じことを心配しているわけだ。

「将来、嫌な形で辞めたくないだろう? だから、口はつぐんでおいた方がいい。小説のことならいくら話してもいいけど、その他のことは、な?」

「ご忠告、どうも」

向井田が一度だけうなずき、去って行った。振り向きもせず、手の先ではペットボトルがぶらぶらと揺れている。何なんだろう。あいつは本当は、何を言いたかったんだ? まさか、俺に嫉妬しているとでもいうのだろうか。

古いつき合いの同期の男が何を考えているのかさっぱり分からず、鷹西は不安感を抱えるばかりだった。会社勤めをしたまま小説を書き続けるのは、想像していたよりもずっと難しいのかもしれない。

鷹西は、あがる方ではない。いや、そもそもあがるような体験をしてこなかったというべきか。これまで大勢の人の前で話したりすることはほとんどなかったのだ。今日は思い切り緊張していた。握りしめた掌には汗をかき、鼓動が高鳴るのを意識せざるを得ない。とてもこの場の雰囲気を楽しめなかった。外は木枯らしが吹く寒さだが、額に汗が滲むのを感じている。

ホテルの大きなコンベンションホールで開かれた授賞式。立錐の余地もないとはこのことだ、と鷹西は思った。ステージの上で、会場に向かって右側に選考委員たちが並び、左側に鷹西が一人で座っている。周りに誰もいない状況が、不安感に拍車をかけた。式次第は頭の中に入っている。まずは出版社の社長の挨拶。それから選考委員代表による講評が続き、最後に鷹西が受賞の言葉を述べる手はずだ。賞状と副賞を受け取り、一言喋る。原稿を書いてくるべきだったのだろうが、手元の紙を見ながら喋るのは、ひどくみっともない気がしたので、アドリブで済ませることにしていた。何か気の利いたワンフレーズがあれば、五分ぐらいは喋れるものだろうが、肝心のそのフレーズが何も思い浮かばなかった。まずい……選考委員による講評が続く間もいろいろと考えていたが、結局頭の中は真っ白なままだった。

呼ばれて、演壇に上がる。賞状と副賞の贈呈は何とか終わった。もらうだけだから当然だが。そしていよいよ、挨拶。マイクの前に立った時、鷹西は完全に我を失っていた。

演壇の前には少しだけ空間が空いているものの、その後ろはぎっしりと人で埋まっている。出版業界の人間が多いせいか、服装は自由で、会場全体の色合いはカラフルだったが、そのせいで目がちかちかしてきた。この会場には、何百人の人がいるのだろう。それだけの人数が、自分の言葉を待っているかと思うと、喉から心臓が飛び出しそうだった。いや、もう、これは……冗談じゃない。我ながら肝っ玉が小さいと思ったが、慣れていないことを上手くできるはずもない。

突然、会場の一角が光ったような気がした。何だ？　目を凝らすと、ここにいると期待していなかった相手の姿を見つけ、鷹西はいきなり全身から力が抜けた。大江……招待状は出しておいたのだが、来てくれるとは思っていなかった。何しろ今や、若手経済人のホープであり、選挙への出馬も噂されている。忙しい身で、あいつにとっては場違いな——しかも出席しても何のメリットもない——授賞式に顔を出してくれるとは。

ブラックスーツにきっちりとネクタイを締めた大江が、こちらに向かって軽く手を上げてみせた。今にも笑い出しそうに、唇は薄く開いている。気づいたか……そう確信した瞬間、鷹西は完全に落ち着いた。知らない顔ばかりの授賞式で、あいつの姿が精神安定剤になった。

鷹西は大きく息を吸いこみ、大江にだけ意識を集中させた。言うべきことは一つしかない。

「――昔、一人の友人と約束をしました」

「まさか、あんな所で俺の話を持ち出すとは思わなかったよ」大江が笑いながら言った。ワインはほとんど減っていない。

「俺は、お前が最後までいてくれるとは思わなかった」

「あんなパーティじゃ、まともに話はできないからな。待ってたんだよ。取り巻きを引き連れて、大変だったな」

「取り巻きじゃない」

鷹西はスーツのポケットに手を突っこんで、大量の名刺に触れた。ああいう席は、名刺交換の場みたいなものですから、と緒方が言っていたが、まさにその通りだった。各社の文芸担当者が寄って来て、ひたすら名刺交換と挨拶。それだけで、授賞式後のパーティの大部分が潰れてしまった。おそらく、名刺の名前と顔が一致する人間は一人もいないだろうな、と思う。「ぜひ、うちで連載を」「三冊目の書き下ろしはうちからお願いします」――社交辞令なのか本気なのか、そんな調子のいい話ばかりを聞いたが、今はとにかく疲れていた。さっさと帰ってゆっくり眠りたかったが、せっかく来てくれた大江と話さずに帰るわけにはいかない。大江が携帯電話の留守電にメッセージを残してくれていたので、パーティの終了後、何とか同じホテルのバーで落ち合うことができたのだ。

「お前に先を越されたな」さして悔しそうな調子でもなく、大江が言った。

「十年かかったよ」

「でも、十年でやり遂げた」

「スタートラインに立っただけだよ」鷹西は、ウーロン茶のグラスを傾けた。冷たい液体が喉を滑り落ちた瞬間、パーティではほとんど呑まず食わずだったと気づく。パーティの後、一人で何か食べて帰るのも切ないものがあるが、食べないわけにもいかない。取り敢えずの腹塞ぎにと、目の前の浅いボウルに入ったアーモンドを口に放りこむ。

「しかし、あんな場所で自分のことを話されると、驚くね」大江がにやにや笑いながら繰り返した。

「まずかったか？」実名を挙げたわけではない。単に想い出話として語っただけなのだが……。

「まずくはないけど、想像もしてなかったから、びっくりした」

学生時代に語り合った、今なら生温くも思える夢。だいたい、その頃に語った話など、忘れてしまうものだが、鷹西の頭から消えることはなかった。だからこそ、会社を作り、経済人として認められつつある大江に対して、羨望と引け目を抱いていたのだ。政治の世界と小説の世界——まったく別なのだが、大江をライバルと見ていたのも事実である。

今までは大江が大きくリードしていた。ここで自分が、大逆転で前に出た、というところだろうか。大江の当面のゴールは政界に打って出ることであり、それはまだ果たされていないのだから。

もちろん、本当のゴールはそこではない。自分たちにできること、得意なことで社会を変えたい——そんな青臭い思いに、ゴールはないはずだ。小説も政治も、ここまでやれば満足、という基準はない。

「で、会社は辞めるのか？」大江がいきなり切り出した。

「まさか。まだ本も出てないんだぜ。これで飯が食っていけるかどうかも分からないんだ」

「だったら取り敢えず、会社から搾り取れるだけ搾り取っておけばいいじゃないか。お前の会社、それぐらいの余裕、あるだろう」

「まあ、な」実際、社内では遊んでいるだけの人間も少なくないのだ。自分より先に切るべき人間がいるだろう、とも思う。今のところ、自分の首が危うい感じもしていなかったが。「お前だったらどう思う？」

「何が？」大江が不思議そうに鷹西の顔を覗きこんだ。

「経営者としてさ。社員が小説を書き始めて、それが本になったらどうする？」

「別に」大江が肩をすくめる。「隠れてこそこそやってないで、ちゃんと言ってくれれば問題ないよ。むしろ奨励するかな。会社の宣伝にもなるかもしれないし。本人は嫌がるかもしれないけど、うちとしては、優秀な社員がいるという証明にもなる」

「そんなものか？」

「そうだよ。もしも追い出されたら、うちの会社に来いよ。生活の面倒ぐらい見てやるから、後は好きにやってくれればいい」

「まさか」鷹西は笑い飛ばしたが、それもありかもしれない、と思った。大江に面倒を見てもらうのは気が進まなかったが、今はまだ、自分の足で立てない状態なのだ。経済基盤ができるまで……いや、やはりそれはおかしい。「俺、ＩＴ系は全然分からないから」

「何も、プログラミングをやってくれって言ってるわけじゃない。総務部門もあるし、広報だっていいじゃないか。記者出身なら、取材関係は無難にさばいてくれるだろう」

「マジで言ってるのか？」

「一人遊ばせておくぐらいの余裕はあるから」冗談っぽい台詞を、極めて真剣な表情で大江が吐いた。

「まあ……馘になったら相談にいくよ」

「いつでもどうぞ」余裕たっぷりの表情で、大江が肩をすくめる。

沈黙。一応の目標は達成したものの、俺はまだこいつに全然かなわないのだ、と思い知る。自分の足で立っている男と、そうでない自分。その差は歴然としており、いつまで経っても追いつけないだろう、と思った。そもそも違う土俵で戦っているのだから、優劣をつけることさえできないだろうが。

「それでお前の方は？」

「大丈夫だ」さらりと大江が答えた。

「いよいよか」

「ああ。準備は整った」大江の声には自信が溢れていた。

「会社の方は？」

「信頼できる人間を育ててきた。任せておいても問題ないよ。全て、選挙のために準備してきたんだから」

物凄い自信だ、と鷹西は内心舌を巻いた。大江が会社を興したのは、わずか五年前である。一昨年には会社組織を大きく改編して、今や一大ＩＴコングロマリットだ。経団連にも加入し、若手経済人の中では先頭を走る人間と評価されている。同期の経済部の人間が、呆《あき》れたように言っていたのを思い出した。「ああいう業界は、お遊び的に始めて一発当てるだけの奴も多いけど、大江は本物だ」と。ＩＴ系の仕事は、廃れる恐れがない。昔ながらの製造業が落ちこみを見せる中、ずっと右肩上がりで成長を続けているのだ。確かに泡のようなもので、一瞬だけ金儲けに成功する若いベンチャー起業家は多いが、大江はそういう人間とは一線を画した存在になっている。たぶん、こいつの銀行口座には、俺の全財産の何百倍もの金が入っているだろう。いや、何千倍かもしれない。

「お前なら、楽勝で当選するだろうな」

「そうはいかない」大江の眼光が鋭くなった。「金儲けとは違うんだ。選挙は本当に難しいと思うよ」

「そうはいっても、オヤジさんの地盤はあるわけだし」

「そんなもの、当てにしない」大江が首を振った。「俺は俺の力でやるだけだ」

「……当選したら、こんな風に簡単には会えなくなるだろうな」今でも会うのは年に一回か二回だが、それも難しくなるだろう。

「今より忙しいことはないと思うよ。今は二十四時間、フル回転だから。政治の世界に入れば、逆に少しは余裕ができるかもしれない」

「そうかな」鷹西の知る限り、暇な政治家などいない。静岡時代に取材した代議士たちもそうだった。彼らは平日は東京に、週末は地元に戻って来て、精力的に会合などをこなしている。遊んでいる、あるいは休んでいる時間があるとは思えなかった。

「どんなに状況が変わっても、会おうぜ」大江が真剣な表情で言った。「お前は、友だちでライバルなんだから。遠慮なく話し合える関係の人間なんて、そんなにいないんだ」

「家族以外は全員敵、なんて言うなよ」

「少なくともお前は味方だ」大江がうなずいた瞬間、彼の携帯電話が鳴り出した。舌打ちして電話を取り上げ、体を捻って鷹西に背を向けてから話し出す。

「ああ、分かった。じゃあ、これから出るから」短く話して電話を畳むと、寂しそうな笑みを浮かべた。「時間切れだ。簡単には自由にしてもらえない」

「そうか」鷹西は財布を抜いた。寂しいのは寂しいが、大江は今や、鷹西がいつまでも独占できる男ではないのだ。

「ここは、俺が奢るよ。受賞祝いで」

「いや、それじゃ――」

「ウーロン茶一杯でいくらになる?」笑って、大江が財布からクレジットカードを抜いた。ゴールドカードが、カウンターの照明を受けてきらきらと輝く。「本当は、何か記念品でもプレゼントすべきだろうけど、それも何だか嫌らしいだろう?」

「俺にはウーロン茶がちょうどいいレベルかもな」

「そういうことを言ってるんじゃない」大江が急に険しい表情になった。「確かに、俺がいる世界は金が全てだ。幾ら稼いだかだけで評価される。でも、お前は違うだろう? そういうことと関係ない世界にいてくれよ」

だったら俺は何で評価される? 文学的評価ほど曖昧な物はなく、「いい小説だが売れない」「売れているがクソ」などという不思議な評価が平気でまかり通る世界なのだ。これから先小説を書き続けていく中で、ずっと自分の立ち位置に悩むことになるだろう。何と目標の置きにくい世界か。大江のように、「儲けた方が勝ち」という単純な世界観が羨ましい。もちろん、儲けることは簡単ではないのだが。ある種の才能を必要とされるのは間違いない。

目の前の男が、どれほど多くを持っているか。自分のリードはほんの少しだ、と鷹西は実感していた。

初めての本が書店に並んだ年明けの土曜日、鷹西は都内の大きな書店を回った。扱いは……こういうものなのだろうか。文芸新刊のコーナーに平積みになっているが、減っているようには見えない。それほど簡単に売れるものではないと分かっていたが、何となくがっかりした。特にポップが用意されているわけではなく、帯で「小説平成文学賞受賞作」と謳っているだけだ。このゲラ直しにどれだけの手間がかかったか……真っ赤になるまで直しを入れ、念校まで含めた永岡とのやり取りは、永遠に続くかのようだった。最初に会った時の印象と違い、永岡は異常に粘り強いというか、しつこい人間だったのだ。あれだけ赤を入れたら、元の作品とはまったく別の物になってしまう、と途中で赤ペンを放り出したくなった。果たしてより良いものになったかどうか、自分では判断できない。隣に置いてあるベストセラー作家の新作ミステリに比べると、どうしても見劣りする気がしてならなかった。装丁も何となく地味だし……自分でも、派手さのない小説だということは認めているが、何となく差をつけられたような感じがしてむっとする。

渋谷、新宿、池袋と書店を回ったが、やはり誰にも気づかれなかった。当たり前か……「受賞」の記事は各紙に載ったが、顔写真がついていたわけではない。まあ、顔を知られるとろくなことがないから、このままの方がいいのだが。それに世間の普通の人は、作家の顔などに興味を持たない。

遅い昼食を取ってから自宅へ戻った。二冊目は書き下ろし、と永岡と約束しており、そろそろどんな内容にするか、まとめてメールしなければならない。それからまた、あれこれ打ち合わせが始まるのだろう。少しうんざりしたが、別に会ってねちねちと相談するわけではないと思うと、少しだけほっとする。実は永岡とは、二回しか会っていない。最初に顔合わせをした時と、その後は授賞式だ。打ち合わせは全てメールで行っており、鷹西もそれに関して特に違和感を覚えていなかった。実際時間もないのだし、メールで済む話はメールで済ませるのが効率的である。

一度、「古いタイプの編集者は、一々作家と会わないと仕事ができないと言いますが、私はそう思いません。メールは時間を節約してくれます。節約した時間で、もっといい仕事ができます」とはっきり書いてきたことがある。確かに永岡はメールを最大限活用することにしているようで、内容はいつも長く、正確を極めた。

今日辺り、梗概を急《せ》かすメールが来ているかもしれないな。そろそろ考えをまとめないと。パソコンを立ち上げ、メールを確認すると、ご無沙汰していた人物からメールが届いていた。

件名：ご無沙汰しています

逢沢です。ご無沙汰していますが、お元気ですか。あなたの本は、さっそく地元の書店に予約しました。気合を入れて売るようにと、店主に脅しをかけてあります。

今日は、古い話でメールしました。以前、あなたにお渡しした段ボール箱は、その後どうなっているでしょうか。忙しいあなたのことですから、中身を見ている暇もないと思います。それは仕方ないことだと思います。私も似たようなものですから。

あの資料をひっくり返すことで、何か事件の手がかりが摑めるのではないかと思っていました。あの事件は、私にとって、刺さって取れない棘《とげ》です。その棘を抜いて、楽な気持ちになって余生を送りたかった。

しかし今、それは無理になりました。

先日、医者から「余命半年」と告げられました。大腸癌です。

あの事件を真面目に考えているのは、私とあなただけかもしれません。県警も、既に実質的に諦めてしまっており、今後捜査の進展は望めません。

どうか、私の意思を継いでもらえないでしょうか。あなたが忙しいことは承知していますし、調べてくれと言えた義理もないことは分かっています。

でも、考えて下さい。人生には、忘れていいこと、忘れるべきことはいくらでもある。しかし、決して忘れてはいけないこともあるのです。私は現役時代、あの事件以外、自分がかかわった事件は全て解決してきました。遺族が泣き寝入りしてしまったのは、あの事件だけだったのです。

メールを読み終え、鷹西はふらふらと立ち上がった。あの段ボール箱……忘れたわけではない。意識の片隅には常にあった。だが、中をしっかり調べない怠慢を、忙しさのせいにしていたのは事実である。

久しぶりに、押し入れの中から段ボール箱を引っ張り出す。最初ここへ運びこんできた時とまったく変わらないその箱――今は違う。

「調べてくれ」という声が聞こえてくるようだった。

第8章　2000

二十世紀の終わり。

大江の頭の中では、その言葉がずっと回っていた。来年から二十一世紀……だからといって何も変わらないだろうし、巷《ちまた》では「ミレニアム」という言葉が溢れかえって食傷気味だった。それでも、新しい時代が来る、という意識は強い。

新しい、自分の時代。

深夜、社長室で一人きりの貴重な時間。大江はパソコンの見過ぎで疲れた目を瞑り、拳で軽く瞼《まぶた》の上から擦った。適度な刺激で疲れが解《ほぐ》れていく。椅子に体重を預け、小さく溜息をついた。目を開けると、視界に星が散っている。

ガラス張りの社長室からは、グループ本社の事務室全体が見渡せる。デスクとデスクの間にはゆったりした間隔があり、打ち合わせ用のテーブルがランダムに置いてある。一々会議室に集まって話すのではなく、何かあった時は席の近くで済ませられるようにしたのだ。鉢植えだが緑も豊富で、窓が大きいためにフロア全体の雰囲気は明るい。仕事の環境としては最高だろう。事実、この事務室そのものを取材させてくれ、という依頼がくるほどだった。

ＩＡＯの傘下にある他の会社では、まだ社員たちが働いているだろう。だがグループ本社の方は、既に人気がなくなっていた。余計な残業をせずに、自分の生活を大事にすること――大江は普段から、口を酸っぱくして社員たちに言っている。自分もそうだ。生活ではないが、会社の組織変更をしてからは、昼間の仕事以外の部分を大事にしてきた。

選挙。

あと一月で年が明ける。二〇〇一年になると、夏にも総選挙が行われるのではないかと言われている。待ちに待ったチャンスが、ついに訪れるのだ。しかし決まっているのは選挙区――父親の跡を継ぐ――と、政友党から出馬することだけ。ずっと教えを受けてきた藤崎との関係が、その背景にある。

藤崎は何度かの政界再編を経て、今は野党第一党である政友党の幹事長に納まっていた。最大の目標は、政権交代可能な二大政党制の実現である。大江自身もその理念には共鳴していたし、何より藤崎の持つ選挙のノウハウには頼らざるを得ない。「政治家が三人集まれば、そのうち二人は選挙の神様を自任する」と言われている世界のようだが、藤崎の選挙の強さには確かに定評がある。これまで在籍した政党でも、選挙のまとめ役として常に結果を出してきた。藤崎自身、大江が政友党から出馬するなら援助は惜しまない――少し遅過ぎたな、という皮肉を言うのは忘れなかったが――と請け合ってくれた。

その藤崎に紹介された選挙参謀と、明日会わなければならない。何となく気が重かった。相手は、藤崎の選挙を最初から手伝っていた超ベテランの秘書で、代議士の秘書仲間からも一目置かれる存在だという。初対面なので、まず相手の本音を読み取るところから始めなければならない。舐められてはいけないと思うと、どうしても緊張してくるのだった。金儲けの世界ではそれなりに結果を残したが、政治の世界ではまだずぶの素人である。自己紹介を兼ねて一席ぶつための適当な言葉を探しているうちに、夜が更けていった。

まあ、仕方ないか。大江はパソコンをシャットダウンし、携帯電話に目をやった。この部屋で一人になってから数時間、珍しくどこからも電話はかかってきていない。集中できる環境だったのに、これは、という上手い話が浮かばないということは、やるだけ無駄なのだ。取り敢えず、家へ帰ろう。自分にとって最高の参謀、敦子が待っていてくれる。

目の前の男は、「参謀」のイメージとは程遠かった。小柄で、笑顔がよく似合う穏やかな表情。すっかり白くなった髪を丁寧に七三に分けている。白いシャツにえんじ色のネクタイ、ネクタイと同色のベストは、退職した高校教諭という感じだった。

「秘書の佐久間《さくま》でございます」馬鹿丁寧に頭を下げるその態度からは、老舗旅館の番頭、というイメージも湧いた。長年、藤崎のような男を支え続けるうちに、こんな風に腰が低くなってしまったのだろうか。

佐久間は、社長室のソファに腰を下ろすと、珍しそうに左右を見回した。

「落ち着きませんか」大江は静かに切り出した。

「そうですねえ」口調ものんびりしているが、鈍い感じではなかった。悠然と構える懐の深さがある。「最先端の企業のオフィスというのは、こういう感じなのですね」

「職場環境は大事だと思います。社員に気持ちよく、効率よく仕事をしてもらうためには、まずその入れ物を作らないと」

「なるほど……政治の世界に入ると、こんな風に小綺麗《こぎれい》にはしていられませんよ」

「覚悟はしています」

「あなたが、政治や選挙の世界をどう捉えられているかは分かりませんが、最後は体力勝負です」

「それは分かっているつもりです。途中で倒れた父の姿を見ていますから」

ソファの肘かけを握る佐久間の手に力が入った。

「まったく、残念なことです。お父上も、病気さえなければ……一番上まで行けた人だと思います」一度言葉を切り、まじまじと大江の顔を見詰める。「そして、あなたに関しても残念だと思います」

「どういう意味ですか」

「もっと早くご決断されなかったことが」佐久間がうなずく。「本当は、お父上が亡くなられたすぐ後の選挙に、お出になるべきだった。一番やりやすい選挙は、弔い合戦なんですよ」

「私には準備が必要だった」多くの人と、同じ会話を交わしてきたが、自分の中では最初から結論が出ている。経済的基盤がないうちに、選挙に出るべきではない——その考えが間違っていたとは、今でも思えなかった。選挙で借金をするほど、馬鹿馬鹿しいことはない。

「今は、準備が整ったんですね」佐久間が確認した。

「もちろんです。誰にも金銭的な迷惑をかけずに、やれます」

「借金を背負ってでも出るべきだったんですがねえ」佐久間が溜息をついた。「私なりに、プラスマイナスをいろいろと考えました。あなたは今や、有名人です。若手財界人のホープという立場は、政界に入っても有利に働くでしょう。しかし、選挙となると話は別です。現在の選挙区の状況は、あなたにとって、決して有利なものではありませんよ」

「承知しています」

大江は顎に力を入れてうなずいた。父の死後、その地盤は長年秘書を務めた吾野《あがの》が継いでいる。大江が固辞し続けたために、どうしても父の地盤を守りたかった後援会幹部が、吾野を担いだのだ。長年裏方を務めた吾野は選挙では苦労したが、今は地盤も固まってきたと言っていいだろう。

「かつての後援会も、当てにならないでしょう。むしろ、今は敵と言った方がいいかもしれない。あなたの出馬について、後援会の方はどう言っているんですか」

「敬意は払ってくれましたよ」数週間前、かつて父親の後援会会長を務めた下田と会った時の、冷ややかな雰囲気を思い出す。あの時も、「もっと早く決断してくれていれば」とやはり皮肉を言われたものだ。ましてや今回の選挙では、父が一生を捧げた政党ではなく、その死後にできた政党から出馬する。完全な裏切り者として、妨害に遭う可能性も少なくない。

「まあ、後援会対策はおいおい考えましょう。とにかく、まずは浮動層をいかに巻きこむかが大事ですよ」

「こういうことを始めています」

大江は一枚のパンフレットを取り出し、佐久間に示した。受け取った佐久間は、眼鏡をかけてまじまじとパンフレットを読み始めた。顔を上げぬまま、「渋谷青年フォーラム、ですか」とつぶやいた。
「一種の塾、というか勉強会のようなものですね。対象は、渋谷区在住の大学生から三十五歳までの若者です。経営講座、IT講座の名目ですけど、要は人材集めですよ。うちの会社の会議室を開放して、昼飯つきでやってます。私も毎回参加します」

「なるほど」佐久間が顔を上げ、眼鏡を外した。「布石は打っていらっしゃるわけですね」

「当然、政治の話もしますよ。最近の若い連中は、政治に興味がないわけじゃない。触れる機会がないだけなんです。新聞を読まなくなったのが、一番の原因じゃないですかね」

テレビでは、政治は完全にワイドショー化している。ニュースバラエティに政治家が出演して、激論を交わす「真似」をしてみせるのも、今は日常茶飯事だ。しかし若者は、新聞を読むどころかテレビも見なくなっている。IAOのポータルサイトでも、ニュース部門で一番アクセスが少ないのは「政治」のジャンルだった。

「それは、あなたたちがインターネットの商売を始めたせいでもありますよ」佐久間の口調は変わらず柔らかいが、内容は明らかに詰問だった。「皆、ニュースはよく見る。暇潰しになりますからね。でも、読まれているのは芸能やスポーツだけでしょう」

「仰る通りです」大江は思わず苦笑した。この男は、最近の情報もよくチェックしているようだ。

「まあ、特に携帯電話がね……駅のホームにいてごらんなさい。十人中九人は、携帯電話を覗きこんで、ニュースを見たり、メールを打ったりしている。何なんですかね、あれは」

「十五分だけ暇潰しができればいいんですよ」同じインターネットの世界でも、最近は携帯電話のサービスが急速に広がりつつある。去年——一九九九年にサービスが始まったNTTドコモのｉモードは、携帯電話の普及とともに、瞬く間にネット系サービスの中核に成長した。パソコンを使わない人も、携帯電話は持つ時代である。電車待ちの時に、つい携帯を開いて情報にアクセスする人は相当数に上る。大江も、この新しいサービスとどう連携していくか、頭を痛めていた。選挙以外では、唯一悩んでいることと言っていい。

「そういう時代ですか……」佐久間が嘆息した。

「でも、携帯電話を使う若い連中だって、潜在的には政治に関心がないわけじゃない。会合は、毎回盛り上がりますよ」

「そういう人たちが、選挙に協力してくれると思っているんですね」

「そうなるよう、これから戦略を考えます」

「分かりました」

言ってから、佐久間が手帳にペンを走らせる。手の動きから見て、非常に細かい字でページを埋めているようだった。彼がそうしている間は会話が止まる。大江はかすかな苛立ちと緊張感を覚えながら、ソファの肘かけを指先で打った。爪が硬い木に当たり、こつこつと耳障りな音を立てる。

「この辺は……実は、私もよく分からない部分です」顔を上げた佐久間が、素直に認めた。「選挙にどう使えるか、どんな影響があるか、やってみないと分からない。ただ一つ言えるのは、これからあなたには、泥を飲んでもらわないといけない、ということですよ」

「承知しています」

「できるだけ有権者の前に顔と名前を出すのが基本です。細かい集会を何度もやりましょう。私が調べた限りですが、お父上のかつての後援会も、今は一枚岩ではない」

「ええ」現在の会長は、立場上、現職代議士の吾野についている。だが、古くから父を支援してくれた人の中には、未だに大江に電話してきて、「まだ選挙に出ないのか」と言ってくれる人もいるのだ。実はその辺りは、母親に負うところも大きい。現職の代議士を刺激しないように気をつけながら、古くからの支持者とは今も接触を保っているのだ。穏やかな形で大江を売りこんでいる。

「切り崩す必要も出て来るかもしれません。後援会は二分されることになりますが、それで古くからの支持者を、ある程度は引き寄せられると思います」

「政友党から出ることについては――」

「どうなるか読めませんが、あまり心配なさらずとも結構です」佐久間が大江の疑問を遮った。「何しろ民自党は失態続きですから。今の政治不信イコール、民自党に対する不信感なんですよ。支持者が離れて、無党派層が多くなっている。そこを取りこめば、十分勝てるチャンスがあります」

佐久間が屈託のない笑みを浮かべた。ああ、この人は秘書が天職なのだ、と大江は確信した。言うべきことは厳しく言う。しかし最後には、「あなたを百パーセント信頼している」と笑ってくれるのだ。この男になら、自分の明日を託してもいいと思わせる。

「具体的な話は、これからにしましょう。その前にどうしても、確認しておかねばならないことがあります……あなたは、身辺は綺麗ですか」

「もう、調べられたんでしょう？」大江は苦笑した。いわゆるスクリーニング――候補者の身辺調査は重要である。当選したものの、昔のスキャンダルをほじくり返されて失脚するというパターンは、過去にいくらでもあった。失脚しないまでも、受けたダメージは簡単には回復しない。

「あなたは金持ちだ」佐久間がずばり指摘した。「金持ちは、金に汚いと思われがちです。金銭的なトラブルがあったら、選挙には最悪ですよ」

「それで、あなたのご判断は？」

「何もないですね」にやりと笑い、佐久間が両手を広げた。「会社の経営も健全、個人的にも金の出し入れには問題がないでしょう？」

「税金を思い切りふんだくられるのには、頭にきますけどね」

「それは、金持ちの宿命です……奥様も素晴らしい人ですね」

「そんなことまで調べたんですか」大江は眉をひそめた。

「あなたはいい奥様をもらった。中央官庁にもつながる、いい人脈ができたんです。お義父様とも、いい関係をつないでますね？」

「基本的に、選挙に出ることには賛成してくれています」

「奥様も、選挙では大きな武器になりそうだ。快活ではきはきしていて、いいイメージですよ」

「あるいは、私よりも政治家向きかもしれない」

二人は同時に、声を上げて笑った。何となく、最初にあった壁が崩れ始めるのを感じる。が、佐久間が一転して表情を引き締めた。

「有能な政治家の息子。中央官庁につながる結婚。魅力的な奥様、そして財力。スタート地点としては、これ以上の物はないでしょうね。一つ、失礼なことを伺ってよろしいでしょうか」

「どうぞ」

「こちらの問題は？」

佐久間が小指を立ててみせた。それまでの丁寧な態度にそぐわない下品な仕草に、大江は思わず笑ってしまった。

「ご心配なく。そんな暇はありませんでしたし、女房を泣かすようなことをする気もありませんよ」

「結構ですな」佐久間が大きな笑みを浮かべてうなずく。「愛妻家のイメージも大事ですよ。主婦層の受けがよくなる。それと、選挙では、奥様に果たしていただく役割も大きくなるから、大事にしなければいけません」

「彼女も、それは覚悟しています」

「ならば、私の方では何も言うことはありません。夫婦仲良く、二人三脚で選挙を頑張ってもらうだけです。私は必ず、あなたを当選させますから」

試験合格、か。

愛想笑いを浮かべながら、大江は腹の底にある小さなしこりの存在を意識していた。自分がクリーンかどうか——本当は、どす黒いとしか言いようがない。政治を志す人間で、人を殺した経験のある者などいないだろう。もちろん比喩的な意味では、多くの人間を血祭りに上げているだろうが、俺は物理的に人を殺した。その事実は消せない。

六年前、伊豆の別荘地で起こした事件――堀口の頭を叩き割った時の感触は、未だにはっきりと残っている。時効まであと九年。あまりにも長い。議員になっても、こんな悪夢を背負ったまま生きていかねばならないのだろうか。何でも話せる妻の敦子にも打ち明けていない真実。誰かに話せば少しは楽になるかもしれないと思う一方、そこから情報が漏れるのが怖かった。

今は、開き直るように心がけている。あの男は、俺が人生のステップを駆け上がるために必要な踏み台だったのだ。もはや先のない元国会議員が死んでも、誰の損にもならない。俺という人間を社会に出す役割を果たしたとも言えるのだから、それで満足して成仏してもらわないと。

しかし、どんな屁理屈を考えても、人を殺した恐怖が消えるわけではない。大江は依然として、悪夢に襲われて夜中に目を覚ますことが多かった。憔悴《しょうすい》しきるほどではないが、慢性の病気のように、少しずつ自分が弱っていくのが分かる。だが、この問題にはゴールがあるのだ。

時効。

それが全てを解決してくれる。自分にできるのは、待つことだけだ。

大江マガジンご愛読の皆様へ

こんにちは。ＩＡＯの大江波流です。

今回は、重要なお知らせがあります。実は私、次回の衆院選に出馬する決意を固めました。まだ選挙の日程については不確実ですが、昨今の政治情勢を考えると、いつ解散・総選挙になってもおかしくない状況です。

ご存じの方もいらっしゃるかもしれませんが、私の父は国会議員でした。志半ばで病に倒れ、亡くなっています。私がＩＡＯを立ち上げる少し前のことでした。その頃から「選挙には出ないのか」という声を周囲からいただいていましたが、当時の私はＩＡＯを立ち上げたばかりで、軌道に乗せるので精一杯でした。期待に応えることができませんでした。

しかし今、機は熟したと思います。だらしない政治家、何も決められない国会、こういう現状をご覧になって、うんざりしている方も多いでしょう。日本を変えたい、変えなければならない、しかし今の政治家には何の期待もできないと、諦めている方も少なくないでしょう。私もその一人です。

私も、変えたい。変えるためにはどうしたらいいか。外部から無責任に騒いでいるだけでは、何も変わりません。思い切って相手の腹の中に飛びこみ、内部から改革してやる気持ちがないと、絶対に上手くいきません。ＩＡＯの経営からは実質的に手を引くことになりますが、気持ちはもう固まっています。ビジネスの世界で培った力を、今度は政治のために活かします。

具体的な政策目標などについてはこれから順次、このメールマガジンにも書いていきますが、今まで培ったＩＴ技術を活かして、政治と行政の効率化を促進します。今の政治にいかに無駄が多いか……理屈でなく肌で感じている方もいらっしゃるでしょう。ＩＴ技術がそれを変えます。最終的には、風通しのいい、有権者の声がダイレクトに伝わるシステムを作りたい。その方法についても、ご紹介していきたいと思います。

なお、このメールマガジンですが、しばらくはこのまま発行します。ただし、選挙になったら、公選法に抵触する恐れがありますので、ストップすることになるでしょう。そこまでご理解いただいた上で、今後もご愛読いただけると幸いです。

さあ、日本を変えるぞ！

「ずいぶん威勢がいいことね」母の光恵は、プリントアウトしたメールマガジンを読んでテーブルに放り出した。その顔には、皮肉な表情が浮かんでいる。

「これでも相当慎重に書いたんだ」大江は思わず言い訳した。相変わらず、母親には頭が上がらない。今は、横で敦子がにこにこしてくれているのが救いだった。

「公選法には引っかからないのね」

「解釈が若干曖昧だけど、今の段階だったら問題ないはずだ。後援会の会報みたいなものだから。金もかからない分、こっちの方がずっといい」

「でも、選挙区と関係ない人も読むでしょう？　効果がないわよ」

「名前を売っておいて損はないよ」大江は紙を畳んで背広の内ポケットに入れた。「参院にでも鞍替《くらが》えした時は、役に立つ」

「そんなこと、考えてたの？」母が目を吊り上げた。

「たとえ話だよ」

言って、大江はそれほど広くないリビングルームを見回した。父が死に、大江が結婚してから、母はとうとう、大江が生まれ育った家を処分して、小さなマンションに移り住んでいた。「一人であんな広い家にいても無駄だ」とあっさり言って。大江たちは、新婚時代に住んでいたマンションを出て、今は母親の家に近い場所にマンションを買っていた。一緒に住む家ぐらいは用意できると言ったのだが、母親は一人暮らしにこだわった。

「少し離れているぐらいがいいのよ」というのが、母親の言い分だった。「それに、私は私でいろいろと忙しいんだから」

実際、忙しかった。母親は、一人で選挙区の地盤固めをしていたのだから。暇を見つけてはかつての後援会幹部に会い、息子の不義理を謝る。時には家に招いて、手料理でもてなすこともあったようだ。母親は後援会の婦人部に絶大な影響力を持っていたし、料理の腕も確かだったから、そういう小さなパーティはいつも客で一杯になっていたらしい。あなたは来ない方がいいから、と母親は一度もそういう集まりに大江を呼ばなかった。謎めいたままでいた方が、いざ出馬を決めて出て行った時に、衝撃が大きくなるでしょう、と。

そこまで演出する意味が分からなかったが、大江は黙って母親の言うことに従っていた。父親の選挙に関しては、本人が頑張ったのは当然として、母親の働きが大きかった。婦人票のほとんどは、母親が稼いだのではないかと大江は読んでいる。

「佐久間さんからいろいろ話は聞いたのね」

「ああ。スケジュールはタイトだ」

「そんなの、当然でしょう。議員になったら、分刻みのスケジュールになるんだから、今のうちに慣れておかないと……それと、敦子さん」

「はい」敦子がすっと背筋を伸ばした。

「あなた、少し地味ね」

「そうですか？」敦子が胸元に手をやった。グレーのカットソーに膝丈のスカート、光恵が譲った真珠のネックレスという格好だった。大人しいが地味とは言えない……大江は母親の指摘に違和感を覚えた。

「ワンポイント、派手な物を身につけるといいわよ。あなた、顔が大人しいんだから、そのままだと後援会の人たちに覚えてもらえないでしょう」

敦子が苦笑した。大江は「選挙に出るのは俺なんだから」と援護したが、母親は譲らなかった。

「東京にいても、選挙区を守るのは妻の責任なの。地味でも派手でもない、でも印象に残るような服装を心がけないと。贅沢してると、『政治家は金儲けしてる』って言うけど、貧乏臭い格好をしてると『みっともない』って文句をつけるのが、後援会の人間なの」

「勝手ですよね」敦子は屈託なく笑みを浮かべていた。

「中庸なのが一番。でもいつもブローチをしておくとか、トレードマークになりそうなファッションを考えなさい。あ、高い時計は駄目よ。見る人は見てるから」

敦子が左手首に手をやった。大江が結婚の記念に贈ったカルティエ。母もそこを見詰める。

「それぐらいなら大丈夫。ダイヤ入りのロレックスとかは、絶対駄目」

「そういうの、趣味じゃないですから」敦子が苦笑しながら答えた。

「あなたも、少しだらしないいんじゃない？」母親が、攻撃の矛先を大江に向けてきた。

「あんなに儲けてるくせに、宝石の一つも買ってあげてないわけ？」

「家は買ったよ」

「それは当然でしょう。住む場所がないと何も始まらないんだから。女は、光り物をもらうと嬉しいのよ」

「いえ、でも私、宝石とかにあまり興味がないですし」敦子がおっとりした口調で反論する。

「しょうがないわね、この夫婦は」

母親が立ち上がり、寝室に消えた。敦子が、口を押さえて笑い声を漏らす。大江は苦笑しながら、妻が面白がるのを黙って見ていた。ほどなく寝室から戻って来た母親が、ブローチをテーブルに置く。緑色で、鳳凰《ほうおう》か何かを象《かたど》った、小さな物だった。

「これはね、縁起物」母親が人差し指でブローチを突《つつ》いた。「お父さんが初当選した時、開票日に私がつけていたのよ。それからずっと、選挙の時は必ず身につけるようにしていた……敦子さん、あなたにあげるわ」

「そんな大事な物、いただくわけにはいきません」敦子が身を強張らせる。

「私が持っていても仕方ないでしょう。選挙では、私はもう表に出るわけにはいかないのよ。息子の選挙に母親が出て行くなんてみっともないこと、する気はないから。これからは、あなたが矢面に立つの。私の縁起のいいところを受け継いでくれない？」

「貰っておけよ」ジンクスは信じないし、縁起担ぎをしたこともない大江だが、母親の厚意は素直に受け取っておくべきだと思った。「そんなに派手じゃないし、いいんじゃないか？」

敦子が、おずおずとブローチに手を伸ばす。

「さ、つけてみて。それをつけたら戦闘開始よ。今日は、キーマンに会う大事な日なんだから」

キーマン——下田は、むっつりした表情を隠そうともしなかった。機嫌がそのまま顔に出るとしたら、心の中は台風並みの荒れ模様だろう、と大江は思った。その場に敦子がいなかったら、もっと険悪な雰囲気になっていたかもしれない。以前会った時は単なる表敬訪問だったが、今回は意味合いがまったく違う。

かつて父の後援会の会長だった下田は、父の死後、高齢――当時七十歳だった――と病気を理由に会長の職を辞した。その原因の一つは、自分が出馬を断ったからではないかと、大江は想像している。もしもあの時、父親の跡を継いですぐに選挙に出ると言えば、下田は喜んで選挙を仕切ってくれただろう。だが、あの段階で選挙に出たら、さらに多額の借金を背負うことになったのは明白だ。金の心配をしながら政治活動をするくらい、馬鹿らしいことはない。金に追われている政治家ほど、利権に飛びつき、その身を汚していくのだ。

会長職を退いたとはいえ、下田は未だに後援会に対する影響力を持っている。父の秘書をしていた吾野を担いだのもこの男だし、その後も実質的に選挙を仕切っているのだ。家業の不動産業は息子に譲って、実権のない会長職に退いていたが、それで時間が余った分、ますます政治活動に力を入れているらしい。

だが今の大江から見れば、古い世代の代表に過ぎない。選挙区の主な地盤である渋谷区には、若い無党派層も多いのだ。この男が、そういう層に食いこむ努力をしているとは思えない。

下田の会社の会長室は、しばし沈黙に覆われた。聞こえるのは、エアコンが暖気を吐き出す音だけ。大江は、背中を汗が静かに伝うのを感じた。こちらから切り出すか――言葉を探っているうちに、下田がドスを突きつけてきた。

「君は、父上が築き上げてきた物を全部崩す気か」

「そういうつもりはありません」そう来たか、と大江は身構えた。恫喝《どうかつ》。だが、恫喝をやり過ごす方法はよく知っている。

「政友党から出るそうだな」

「その予定です」

「藤崎先生の誘いか」

「藤崎先生には、いろいろなことを教えていただきました」

「つまり、自分の父親が属していた民自党に対して、戦いを挑むわけだ」

「結果的に、そうなると思います」

「とんだ出馬表明だな」下田がソファに身を埋めた。分厚いクッションが、彼の体に押されてきゅっと音を立てる。「しかし君も、律儀というか間抜けというか、変わった男だ」

「そうですか」呆れたような言い方を聞きながら、大江はまだチャンスはある、と自分を勇気づけた。本当に怒っているなら、この会談そのものを拒否するはずだ。「父の地盤を継いで出馬するのに、かつて父がお世話になった人に、一番に挨拶をするのは当然かと思いますが」

「地盤を継ぐ？　地盤は吾野先生が立派に継いでいるよ」

吾野「先生」か。大江は鼻白んだ。長年父の秘書をして、父が死んだ時には都議を務めていたということだけから、後継者に選ばれた男である。一言で言えば無能だ。この選挙区の有権者は、馬鹿を一人、国会に送りこんでいることになる。

「現在はそうですね。でも、この選挙区も、有権者の様子はずいぶん様変わりしたんじゃないですか。新しい住民がどんどん増えてきて、かつてのような組織票は次第に望めなくなっているでしょう」

「だから、選挙では大変なんだ」

「私は、無党派層を取りこめます」

「政友党から出るじゃないか」

「私は、新しいんです。新人のメリットは、色がついていないことですよ。前回の総選挙で、政友党がどれだけ無党派層を取りこんだかはご存じですよね？　無党派層こそが、政友党の支持基盤になりつつあるんです」

「あれは、たまたまだ」下田が身を乗り出す。「毎回、そう上手くいくわけがない」

「民自党の失態を見ていれば、無党派層はますます離れて行くと思いますよ。吾野さんも、次は危ないんじゃないですか。目立った活躍もしていませんし」

「失礼なことを言うな」

下田が脅しつけたが、大江はまったく動じなかった。かなり緊張するだろうと思っていたものの、今、目の前にいる男は、単なる年寄りにしか見えない。

「私の方が、即戦力としてずっと役にたちます。それに、こういうことを言うのは嫌らしいかもしれませんが、私は金を持ってますよ。選挙資金で苦労することはない。吾野さんの選挙は、大変だったらしいじゃないですか」

「何が言いたいのかね」下田が、分厚い掌でソファの肘かけを叩いた。

「下田さんに、私を応援して欲しいんです」

「馬鹿な」下田が吐き捨てる。「政友党から出馬するあんたを、どうして民自党員の私が応援しなくちゃならんのだ。筋違いも甚だしい」

「下田さんが政友党に入って下さればいいんですよ」

下田が無言で目を見開く。こちらの真意を計りかねているのは明らかだった。

「これから間違いなく、政友党と民自党の二大政党の時代になります。政権交代可能な、二大政党制ですよ。下田さんは、一足早くその波に乗る、ということでは駄目ですか？政治も、もっとダイナミックに流動化すべきじゃないですかね」

「あり得ん」下田が吐き捨てたが、間違いなく困惑していた。民自党の凋落《ちようらく》ぶりは、下田自身もよく分かっているはずである。

「私からもお願いします」それまで黙っていた敦子が、頭を下げた。「家族として、精一杯サポートします。でも、下田さんのように選挙がよく分かっている方の手助けが、どうしても必要なんです。主人を、男にしてやって下さい」

「無理だ……」下田が顎をがっくりと胸につけた。「私が政友党についてみろ。まるきり裏切り者じゃないか。この年になって、そんな風に見られるのはごめんだ」

「下田さん」大江は両手を組み合わせて、身を乗り出した。「父が死んだ時、どんな話をしたか覚えていますか？『本気で考えて欲しい』と仰いましたよね。『大江家の人間なら、確実に票が計算できる』とも言われました。それに対して私は、母と相談する、と答えたと思います」

「それは覚えている……何年も前だがね」

「母と相談しました。ゴーサインが出たんですよ。だからこそ、出馬する気になりました」

「古い話だ」

「そうですね。でも、約束は約束じゃないでしょうか。それに、いつまでも吾野さんを担いでいるわけにもいかないかもしれませんよ……彼の女性関係、ご存じないわけじゃないでしょう？」

下田の体が硬直する。言葉の銃弾は確実に彼の体を貫いた、と大江は確信した。母はだてに、かつての後援会の会員たちとの交流を続けていたわけではない。主な狙いは、人脈の維持と情報収集だったのだ。後援会の中では、吾野の愛人問題は結構有名な話なのだという。陣笠に毛が生えた程度の代議士だから世間は騒がないかもしれないが、この件が公になれば、選挙区では吾野は嫌われる――特に女性に。女性に嫌われたら、選挙ではまず勝てない。

「うちは、おしどり夫婦でして」臭い台詞だと思いながら、大江は笑みを浮かべて告げた。「そういう心配は、まずいりません。安心して、選挙の応援をしていただけると思いますよ」

「脅すのか」下田の顎が震える。

「とんでもない」大江は顔の前で勢いよく手を振った。「私の味方をして下さい。お願いしているだけですよ。下田さんの持つ選挙のノウハウを、是非教えて欲しいんです」

「そんな図々しい話が……」

下田がソファに深く身を沈めた。彼が頭の中で様々な計算――損得勘定をしているのは、大江の目には明らかだった。この男は、七十代後半になっても一向に気力が衰えないし、今までの経験は間違いなく役に立つ。もちろん、政友党から出馬する自分を下田が推すとなれば、「寝返った」「裏切り者」のそしりは免れないだろう。彼に、そこまでして一歩を踏み出す勇気があるかどうか。

「今日、すぐにお返事をいただけるとは思っていません」大江は静かな口調で告げた。

「よく考えていただければ……私と一緒に、新しい時代を作りましょう」

「私のような古い人間に、新しい時代の話をするのはお門違いだよ」下田が自嘲気味に言った。

「こんなことを言うと失礼かもしれませんが、下田さんには、新しい時代を作って、若い世代に引き渡す義務があります。政治の世界で活躍してきた人は、そういう義務を忘れちゃいけないんじゃないですか」

不意に、あの時のことを思い出す。金を出し渋る堀口に対して、大江は同じことを考えていたのだ。俺の前からどけ。道を空けろ。いつか、ずっと年老いた時に、自分が若い連中から同じように扱われることになるのを承知の上で、大江は今を生きたかった。


選挙までの数か月間、大江はそれまでとはまったく異質の忙しさに巻きこまれた。仕事をしている時は、人と会うといっても数人で、ということが多かった。商談はそういう規模で行わないと前へ進めないし、社内の会議はなるべく廃止する方向でやってきた。それが選挙に出ることが決まってから、一日に最低一回のミニ集会が義務になった。当然、毎日何十人もの人と会うことになる。

この辺を仕切ったのは、結局大江の後援会会長に納まった下田だった。このやり方に、吾野の周辺からは予想通り囂々《ごうごう》たる非難の声が上がったが、それが具体的な妨害工作につながることはなかった。吾野自身の女性スキャンダルは、表沙汰になることはなかったものの水面下で静かに広がっていき、結果的に後援会はゆっくりと崩壊し始めた。

社長在任時から続けていたメールマガジンは、立候補表明と同時に「国政を目指す大江の日記」とタイトルを変えて、ずっと続けてきた。やはり政治に興味を持つ人が少ないのか、内容の変更に一時は読者が減ったが、それでも十五万人程度をキープし、そこで大江は、自分がやるべき政策について訴え続けた。読者の中の何割かは、選挙区内の有権者である。直接「投票してくれ」と呼びかけることはできなかったが、それでもしっかり読んでもらえているという手ごたえがあった。渋谷青年フォーラムのメンバーも、予想通り、陰に日向《ひなた》に支えてくれた。

敦子はいつも一緒だった。ミニ集会にも必ず出席し、その場の様子を写真に収め、後で出席者の名前と照合した。寝る前の三十分を、出席者の名前と顔を一致させる作業に費やすのが、大江の日課になった。

公示されてからは、まさに嵐のような毎日になり、大江はミニ集会を敦子に任せることすらあった。どうも、有権者の間では大江よりも敦子の方が受けがいいようである。その様子を見て、下田は満足そうにうなずいた。

「いい奥さんを貰うと、選挙は楽だな」

大江としては、苦笑するしかなかった。しかし敦子は、元々こういうことに向いていたのか――ここまで社交的な女だとは予想していなかった――候補者の妻という役割を嬉々《きき》としてこなしている。

真夏の選挙で、大江の体重は四キロ減った。選挙期間中は、普通にテーブルについて食事をしたことは一度もなく、選挙カーの中で握り飯、が一番多かった。時には、立ち食い蕎麦《そば》や牛丼。移動中、たすきをかけた状態でそんな場所に入るのはさすがに気が引け、最初の頃は一々外していたが、そのうち馬鹿馬鹿しくなってそのまま店に入るようになった。「たすきをかけたまま牛丼を食っていた」とからかわれても、顔を覚えてもらった方がいい。そういう場所で、客と言葉を交わすことも平気になった。もちろん、渋谷駅に近い明治通り沿いの立ち食い蕎麦屋に入った客が、地元の有権者とは限らないのだが。

土曜日、選挙戦最後の日の締めは、渋谷駅頭での演説となった。雨。霧雨なので、大江は傘をささず、スーツ姿で選挙カーの上に立った。若さを強調するためにTシャツでやれ、とアドバイスしてくれる人もいたが、大江は終始スーツで通した。何となく、きっちりした服装でいなければならない、と思ったのである。父がいつもそうだった、と母親に聞かされていたせいもあった。しかし汗と雨で濡れたスーツとシャツが体にまとわりつき、鬱陶しいことこの上なかった。しかもテレビカメラのライトが眩しく、集まった多くの有権者の顔が見えない。

最後の街頭演説。大江は、横に立つ敦子の顔をちらりと見た。ビニールの雨合羽《あまがっぱ》を着ているが、傘はささず、髪は濡れている。その顔は、「大丈夫」と告げていた。

大江はたすきを直し、マイクを受け取った。一呼吸してから、前のめりになって話し出す。

「こんばんは！　大江波流、ここまで走って来ました！　皆さんも、これからも一緒に走ってくれますか！」

突っ走り続けてきた選挙戦の騒がしさが嘘のように、投票日当日、家は静まり返っていた。選挙戦の最中には、朝早くから夜遅くまで人で一杯だったから、久しぶりに夫婦二人きりの朝だった。疲れていたし寝坊しても問題はなかったのだが、選挙戦中の日常は簡単には抜けず、朝六時には目が覚めてしまった。しばらくベッドの中で目を瞑っていたが、どうしても眠れない。隣では敦子が穏やかな寝息を立てていた。

大江は静かにベッドを抜け出し、自分でコーヒーを用意した。全身筋肉痛。走りきった充実感より、疲労感の方が大きい。久しぶりにゆっくりと新聞を読みながら――選挙については政友党躍進、の予想記事が載っていた――コーヒーを楽しむ。敦子が淹れた方がずっと美味いのだが、今日はもう少しゆっくりさせてやりたかった。

七時になったタイミングを見計らい、コーヒーを淹れ直した。敦子の好きなベーグルを二つに割り、軽くトーストする。コーヒーが落ち切るタイミングで、洗面所の方で水を流す音が聞こえてきた。彼女がここへ来るまで、あと十分か……大江は卵を三つ割り、オリーブとハムを細かく刻んで加えた。アメリカでの留学時代は、こうやってよく自炊したものだ、と思い出す。敦子は、大江が台所に入るのをあまり好まなかったが、今日ぐらいはいいだろう。

ミルクを加えて少し柔らかい味つけにしたオムレツを、大きく焼き上げる。ベーグルにはサワークリームを添えた。二人分のコーヒーをカップに注いだところで、敦子がダイニングルームに入って来る。

「おはよう」疲れているはずなのに、敦子の声には張りがあった。選挙戦中は、声を張り上げる場面も相当あったのだが……何となく不公平だ、と大江は思った。自分はかなり疲れが残り、声はがらがらである。

「朝飯、用意してみたよ」

「私がやるのに」不平を漏らしながら、敦子が席に着く。一本に縛った長い髪が、ふわりと揺れた。コーヒーを一口飲み、上目遣いに大江を見る。「それで？」

「それでって、何が」

「自信はどうですか」新聞にちらりと視線を落としてから訊ねる。

「あるよ」大江はあっさりと答えた。蓋を開けてみないと分からないのが選挙だが、何となく壁を越えた、と感じている。聴衆の熱。握手の力強さ、メディアでの取り上げられ方。全てにおいて、順風が吹いていると確信した。「落ちる選挙には出ない」

「吾野さんは自滅ね」

「はっきり言うね」苦笑しながら、大江はベーグルにサワークリームを塗った。本当は分厚く塗りたいところだが、カロリーの摂り過ぎを警戒して薄くのばす。四キロ痩せて、体重はちょうどよくなっていた。「でも、自業自得だよ。調子に乗って、仕事をおろそかにして遊び回ってたんだから。有権者は、その辺をちゃんと見てる」

「あなたには、そういう心配はないかしら？」

「ないね」大江は一言で否定した。「女遊びっていうのは、暇な人間がやることだ。俺には、他にやることがいくらでもある」

「分かるけど、これからは少し、時間の使い方を考えた方がいいわよ」敦子が自分の分のベーグルを皿に取った。「何でもかんでも一生懸命になってしまうのは、あなたのいいところでもあるけど、弱点でもあるから。どこかで気を抜くことを覚えないと、体が悲鳴を上げるわよ」

「家にいれば、気は抜けるんだ」大江にとって、敦子だけが癒しなのだ。それ以上は望まない。この女と出会えて本当によかったと、選挙中、何回思ったか分からない。

「それならいいけど」敦子が柔らかい笑みを浮かべ、ベーグルを一口齧《かじ》った。このパンを家に持ちこんだのは、留学時代に馴染んでいた大江だったが、今ではすっかり敦子の好物になっている。最初の一口は、何も塗らずに食べるのが常だった。

「明日から、生活が変わるな」

「今夜からかも」

「迷惑かける」

「結構、楽しかったわよ」敦子が極上の笑みを見せた。「私、政治家の奥さんに向いているかもしれない」

「そうだな」大江は苦笑した。何だか、彼女に引っ張られてここまできた感じがしないでもない。

「でも、これが終わりじゃないから」

「ああ、始まりだ」

それだけで、二人の間では全てが通じた、と思った。無言でオムレツを取り分けながら食べる。考えていたよりも塩味が強かったが、疲れた体には心地好い感じがした。

ふと自分の腕を見ると、真っ黒に日焼けしていた。朝、顔を洗った時に鏡の中で見た顔も、サーファー並みに黒かった。

熱く長い夏だったのだ、と改めて思った。

JR渋谷駅に近い雑居ビルに借りた選挙事務所の中は、足の踏み場がないほどごった返している、とスタッフから連絡があった。大江は混乱を避け、当確が出るまで自宅で待機することにしていた。現場は、下田が仕切ってくれている。彼の分析によれば、旧後援会の七割は、大江の支持に回った、という。どう考えても落ちる要素はない。党本部の選対——責任者は藤崎だ——も、「当選確実」の予想を出していた。

それでも時間が進むに連れ、大江は落ち着かなくなってきた。早い選挙区では、開票と同時にテレビが「当確」を打つ。しかし大江の「当確」は、九時になっても十時になっても出なかった。それほど接戦だったのか？　楽勝のはずではなかったのか？　テレビの前に座っているのに耐え切れず、大江は立ち上がって、広いリビングルームの中を行ったり来たりし始めた。

「座ったら？」敦子が静かに言う。しかし大江の足は止まらない。ここにいるのは敦子と母親、それにごく身近な選挙スタッフだけであり、飾った自分を見せる必要はないのだ。俺だって焦る。自信をなくす時もある。そんな甘えが腹の底で燻《くすぶ》っていた。

「お父さんも、いつもそうだったわね」母親が静かな声で言った。

「そうなんですか？」敦子が食いつく。

「楽勝だった時も厳しかった時も、当確が出るまではいつもうろうろして。みっともなかったわね」

「二人とも、勝手なこと言わないでくれるかな」大江は二人が並んで座るソファの前で立ち止まり、文句を言った。二人がにやにやしているのが目に入る。こっちの緊張を解そうと、わざと茶化してみせたのか……どうも俺は、我が家の女性陣の掌の上で踊らされているようだ。

「ほら、当確、出たわよ」アナウンサーの声に被せるように、母親が言った。大江はすぐに振り返り、テレビの画面を確認した。

「当確　大江波流　政友　新」

ほうっと、体から力が抜ける。選挙の疲れが一気に襲いかかってきたようだった。敦子が立ち上がり、大江を抱きしめて、耳元で「おめでとう」と囁《ささや》く。声は震えていた。大江は敦子の背中を二度、三度と撫で下ろし、温かなその感触に気持ちが落ち着いてくるのを感じた。

大江はソファにへたりこんで、テレビの画面を見詰めた。見知った顔がいる。選挙特番を仕切っているのは美紗緒。ゲストで呼ばれた政治学者の鹿野道夫《かのみちお》が、情勢を解説していた。

「今回の選挙では、無党派層の投票行動が大きな流れを作りました。これまでの選挙の常識は、無効になりつつあります」

その通りだ。いくら街を回って顔を売っても、見えない有権者にまでは手が届かない。そして今は、見えない方がはるかに大きいのだ。次回以降も選挙は大変だろう、と早くも気を引き締める。

「さあ、気合を入れ直して」母親の芯の通った言葉が響く。「事務所で万歳をして、支援者の皆さんにきちんとご挨拶するまでが選挙なのよ」

「分かってる。出かける前にちょっとやることがあるんだ」大江は敦子の体を引き剝がし、彼女の目を覗きこみながら言った。「君の次に、知らせたい人がいるんだ」

「ああ」敦子が納得したようにうなずいた。鷹西と引き合わせたことはないが、昔からの大事な友だちだということは、何度も話している。大事な友だち——その関係は、鷹西が作家になっても変わっていない、と信じていた。彼の本も、自腹で揃《そろ》えている。少しでも売り上げに貢献したかったから、「献本する必要はないから」と釘を刺したのだ。もっとも買うだけで、ほとんど読んではいなかったが。ミステリが好みでないせいもあるし、鷹西の暗い筆致は気持ちを沈みこませる。

大江は書斎として使っている部屋に入り、ゆっくりとドアを閉めた。窓から入ってくる街灯の灯りで、室内の様子はぼんやりとだが分かる。受話器を取り上げ、一つ深呼吸してから、鷹西の携帯の電話番号を呼び出した。

鷹西、追いついたぞ。ゴールがどこにあるか分からないが、俺たちは今また、同じ地平に立ったんじゃないか？

第9章　2004

こんなはずじゃなかった、と思う。

作家は、売れるか売れないか、どちらかのはずだ。なのに鷹西は、中途半端な状態に置かれたままだった。

依頼が途絶えるほど、売れていないわけではない。かといって、次々と版を重ね、銀行の口座が潤うこともなかった。せいぜいが小遣い稼ぎ。ちょっと計算してみると、印税と給料を合わせた年収が、自分の会社の部長クラス程度だ、と分かり、何となく嫌な気分になった。儲けるために書いているという意識は低かったが、これではプロとは言えないのではないか。

自宅でデスクに向かっていた鷹西は、首を振って、ワープロソフトを閉じた。代わりに、今まで出版した本のリストを呼び出す。

こんなものだろうか、と情けなくなってくる。デビューした二〇〇〇年に一冊。次の年も一冊、それから二年は二冊ずつ続いている。しかし今年はまだ、具体的な出版の予定がない。正月休み明けに、初めてつき合う出版社の編集者と会い、「秋ぐらいに」という話はしたのだが、具体的には走り出していない。

不安だった。このまま注文が途絶え、出版する当てもないのに小説を書くようなはめになったら……このところ、大きな賞へ応募し直そうか、と考えるようになった。本名ではなくペンネームなら問題ないだろうし、上手くいったら、「鷹西仁」という小説家には退場してもらって、新規に巻き返せばいいのだ。

しかし……売れないからといって、他の新人賞に応募するのは、ルール違反ではないかもしれないが、みっともない話だ。

冷えこむ。しかしこの冬は、暖房もつけずに過ごすことも多かった。寒さを我慢するのは、なかなか納得のいく小説が書けない自分に対する罰のような気がしていたのだ。さすがに部屋の中なので、息が白くなることはないが、手はかじかむ。フローリングの冷たさは、靴下を穿《は》いていても防げなかった。

メールを確認したが、新着は一件もなし。何となく溜息をついて、少し前のメールを見返した。

新作の件、取り敢えず梗概を見せていただけると幸いです。秋口を目処に出版となると、年度末の三月頃には読ませていただけませんでしょうか。鷹西さんが、書くスピードが速いのは分かっていますので、着手するのはそれからでも十分間に合うと思っています。

新作を、と言ってくれた編集者からのメール。三月……あと二か月か。この編集者は慎重なタイプだった。会って話した時、「こういう話を書きたい」と切り出したのに対し、「いいんじゃないですか」と認めてくれたのだが、それでも梗概を要求してきた。「ある程度文章でまとめた方が、お互いに行き違いがなくていいですよ」という言い分だった。

理屈は分かるが、鷹西は梗概を書くのが苦手だ。もちろん、公募の賞に送り続けていた時代は別である。「原稿に別途梗概を添付のこと」というのが決まり事だったから、何とか頑張って書いていた。しかし実際に本を出せるようになってからは、いつも編集者にアイディアを話してあれこれ相談し、後は書き出してから流れに任せる——というやり方だった。梗概を書いてしまうと、自分の筆がそれに縛られるような感じがして嫌だったのだ。中には表計算ソフトを使い、一章ごとの流れが分かるようにしてから書き始めるとか、梗概だけで原稿用紙百枚分も用意する、という作家もいるようだが、鷹西は、自分はそういうタイプではないと自任している。

しかし、向こうが要求しているのだから、やらないわけにはいかないだろう。アイディア自体はある。若い刑事の成長物語に、恋愛を絡めていく予定だった。今までの暗い感じと違って、少しだけ明るく、軽い調子を心がけるつもりである。自分の小説が一般受けしない理由は、たぶん独特の暗いトーンにあるのだ。今の時代、シリアスなのはいいとして、暗いのは受けないのではないだろうか。売れている小説には、必ずどこかに救いがある。不景気で人の心が荒《すさ》んだ今、小説に求められるのは、明るさや癒しなのだろう。

一般受けしたくて書いてるわけじゃないのにな……仕方ない。取り敢えず梗概を書き出してみようと、もう一度ワープロソフトを立ち上げる。最初にタイトルを打ちこもうとして、その段階で手が止まってしまった。タイトルはいつも、書きながら考えるのだ。最初にタイトルが決まったことは、一度もない。

そこで行き詰まり、腕組みをして画面から目を逸らしてしまった。金曜日……長い週末、この梗概で苦しむのかと思うと、うんざりする。どういう話かは、打ち合わせで分かっているはずなのだから、さっさと書かせてくれればいいのに。慎重過ぎる編集者は、どうにもつき合いにくい。

面倒臭いな……今日はもう寝てしまおうか、と立ち上がりかけた瞬間、メールの着信を告げるアラートが鳴った。デビュー作の担当者、永岡。その後文庫編集部に異動し、その段階で鷹西との直接のつき合いは切れてしまっている。何だろう……不思議に思ってメールを開封すると、「ご相談」というタイトルが目に入った。

何だ？　鷹西は一瞬凍りついた。もしかしたら、誰かが永岡の名前を騙《かた》っている？

どういうわけか、永岡は人と会いたがらないのだ。鷹西との用事も、ほとんどメールで済ませてしまっている。それでもちゃんと本ができるのだから問題はないのだが、もしかしたら自分は嫌われているのでは、と思ったこともある。

気を取り直して、メールの中身を読む。

件名：ご相談

ご無沙汰しております。ご活躍のようで、何よりです。

何だよ、皮肉か……と思う。売れない作家に対して、「ご活躍」はないだろう。だがこれは、編集者の挨拶のお約束なのだろう、と思い直す。

こちらは相変わらず、ばたばたの毎日です。新企画に追われて、ひどい状態になっています。

まあ、そうだろうな。新聞記者は、他のどんな職業より多忙だろうと思っていたのだが、今は、編集者の忙しさも尋常ではないと分かっている。校了前、会社に泊まりこむと組合が煩いので、朝の五時に一度社を出て、その辺をぶらぶらしてから六時に戻って来る、という話を聞いたことがあった。それで会社を出入りした記録が残るので、一応「帰宅した」ことになるらしい。馬鹿馬鹿しいと思ったが、それだけ忙しいのは事実だ。自分で原稿を書くわけではなく、届くのを待っているだけだから、かえってストレスが溜まるかもしれない。

お忙しいとは思いますが、実はご相談させていただきたいことがあります。ご都合のいい日時、場所をご指定いただけませんでしょうか。昼は難しいですか？

そう、昼は……こっちはただのサラリーマンだから、昼間はふらふらしているわけにはいかないんだよ、と鷹西は苦笑した。夕方にでも会うか。酒はまずい。鷹西はもう、まったく呑まなくなってしまったが、永岡は基本的にかなりの酒呑みなのだ。しかも呑み出すと、愚図愚図と長い。仕事終わりに会って、お茶でも飲みながら話すことにしよう。

スケジュール帳を広げ、真っ白なことに気づいて苦笑する。会社の仕事が忙しいのは、毎月二十日前後だけだ。社報の原稿の締め切り日。その他は、のんびりした毎日で、定時出社、退社が続いている。今月の社報は校了したばかりで、しばらくは時間に余裕があった。

　すぐに返信した。

件名：Re: ご相談

メールありがとうございました。平日の夕方以降ならお会いできます。御社の近くまでお伺いしますので、お茶でも飲みませんか？


　三日後、鷹西は出版社の近くにある喫茶店で永岡と落ち合った。店全体がコーヒー色に茶色く染まっているような、渋く古い店である。ここには、打ち合わせで何度か来たことがあった。顔だけ知っている作家が、やはり打ち合わせをしているのを見たこともある。社外応接室、という感じなのだろう。

　永岡は相変わらずぼうっとした表情で、本音が読み取れない。外は、吐く息が白いほどの寒さなのに、長袖のポロシャツ一枚という格好だった。座るなり煙草に火を点け、コーヒーがくる頃には早くも二本目をくわえていた。

「どうも、ご無沙汰してしまって」

「いえいえ」適当に調子を合わせながら、鷹西は永岡の様子を観察した。やはり、本音は読めない。どうして会う気になったのか、メールで問い合わせることもできたのだが、何となく憚られた。

「相変わらず、お忙しいですか？」

「いや、全然。暇ですよ」それは本当だった。小説も、会社の仕事も。

「そうですか」永岡がカップ越しに鷹西の目を見た。「でも、忙しくなくても忙しいと言っておいた方がいいですよ」

「そんなものですか」

「そうです。忙しいと言って仕事を断った方が、次にいい仕事がくるものですから」

鷹西は驚いて目を見開いた。まったく反対のことを考えていたのだ。くる仕事は拒まず。忙しさを断る理由にはしない――作家になったら、そういう方針でいこうと決めていた。使い勝手のいい作家という評価が定着すれば、注文が途切れることもないだろう、と。

「断るほど、仕事はきてませんよ」鷹西は苦笑して、コーヒーを一口飲んだ。味には特にこだわっていない店のようで、ただ苦いだけである。

「だったら、今一気に大量の仕事を振ったら、やってもらえますか？」

「どういうことです？」警戒して、鷹西は一歩引いた。硬いシートが背中に触れる。

「永岡さん、今、文庫でしょう」

「そうです。今日は文庫のお願いです」

といっても、今文庫にできる本はない。この会社からは二冊出しているが、どちらも既に文庫化されていた。その後、ほとんど仕事は切れていると言っていい。「小説平成」には何本か短編を書いているが、全て単発であり、一冊にまとまるだけの分量はない。穴埋め的に使われているのだろうな、と自虐的に思っていた。何度か、かなりぎりぎりのタイミングで、「やってもらえないか」と持ちかけられたことがある。おそらく誰かが「書けない」とギブアップして、自分に白羽の矢が立っただけだろう。

「どういうことですか」

「書き下ろしの文庫オリジナル。最初から文庫でいくんです」

いきなり、目の前に黒い幕が下り、「終了」の文字が浮かんだような気分になった。鼓動が激しくなるのを、コーヒーを飲んで何とか抑える。文庫オリジナル……これで俺は、完全に普通のルートからは落ちる、と思った。

一冊の本にはサイクルがある。それは戦後長年かけて完成した業界の慣習で、ここ数十年はほとんど変わっていないはずだ。文芸誌や週刊誌、新聞での連載。それが一冊の本にまとまり、単行本の出版から三年ほどで文庫になる——「普通の作家」は、そういうルートに乗って本を書いていくものだ。それがいきなり、文庫から始めるとは……作家としては落第だ、と宣言されたようなものではないか。

こちらの暗い気分には気づいているはずだが、永岡は淡々とした口調で爆弾を落としていった。

「単行本は、もう駄目ですね」

顔を上げる。永岡のぼうっとした表情に変化はなかった。煙草には火を点けぬまま、掌の上で転がしている。

「私が言うのも何ですけど、とにかく売れないんです」

「自分だけかと思ってました」

ようやく、永岡がにやりと笑った。煙草に火を点け、天井を向いて煙を吐き出す。鷹西も釣られて煙草をくわえる。深々と吸うと、少しだけ気分が落ち着いた。

「皆さん、同じですよ。売れてる人が目立つだけで、実態はひどいもんです。単行本が重版する確率なんて、本当に低いですよ」

「確率、ですか。まるで賭け事みたいですね」

思わず皮肉を言うと、永岡が声を上げて笑った。

「出版ビジネスなんて、間違いなくある種の賭けですよ。どんな本が当たるか、マーケティングでも何でもいいですけど、理論的に分かっていれば、うちの業界もこんなに苦戦はしないんです」

「そんなに売れてないんですか」

「売れてないですねえ」永岡があっさり認める。いつの間にか、今まで見たことのない、真剣な表情になっていた。「昔——一九九〇年代の前半ぐらいまでは、まだよかったんですよ。バブルが崩壊したからといって、出版界にはまだ影響が及ばなかったから。それが、九七年からこっち、ずっと対前年比割れが続いてますからね。書店の数もどんどん減ってるし、最悪の状況ですよ」

「やっぱり、ネットの影響なんですか?」

「それは間違いなくあるでしょうね」永岡が顔を背けて煙を吐いた。まだ長い煙草を灰皿に押しつけ、すぐパッケージから新しく一本を振り出す。すらすら喋ってはいるが、彼にしても苛立ちが募る話題なのだろう。「人間は——特に日本人は、何か読みたいっていう気持ちは持ってるんですよ。識字率が高いせいもあるだろうけど、活字中毒の人は意外に多いんです。でも、わざわざ本を買わなくても、今はパソコンや携帯電話で色々な物が読めますからね。要するに、字が書いてあれば何でもいいんじゃないですか」

「でも、売れてる本はあるじゃないですか。それこそ、『ハリー・ポッター』とか」自分には興味のないジャンルだし、あんなタイプの本を書くこともないだろうが、つい例に出して反論してしまった。

「ねえ」軽い調子で言って、永岡が苦笑する。「あれこそ、何で売れたのか全然分かりません。映画の影響もあるんでしょうけどね。一度売れたものは、続編も長く売れる、というのは経験的に間違いないんですが、そもそも当たった理由が分かりません。ただ、あれは児童書ですから。一般の書籍と同じ扱いにはできない。今はとにかく、文庫ですね」

文庫は、読まれる可能性もあるが、評価されづらい。文学賞――次のブレイクスルーにはこれが絶対に必要だ――の対象にはならないし、「読み捨て本」という意識もある。書評で大きく取り上げられることもほとんどない。鷹西も、自分の本棚を埋めているのはほとんど文庫本だという事実がありながら、単行本より一段劣った存在、と考えているのも確かだった。

「時代物、どうですか」

「は？」第二の爆弾。

「最初にお会いした時、私が言ったの、覚えてますか」

不思議と覚えていた。「歴史物、時代物、どっちでもいいんですけど、潜在的に読者は多いんですよ」「次の池波正太郎さんが出てきてないんですよね」。

時代小説は、確かに売れている。それも文庫書き下ろしが中心だ。出版不況と言われる中、そこだけが売り上げを伸ばしている感じである。書店でも、いつもいい棚を与えられ、目立たない自分の本に比べてはるかに優遇されている、と感じることがあった。

しかし俺には関係ない世界だ。読んだこともないのに、書けるわけがない。興味も湧かなかった。

「無理、だと思います」最初に結論を言ってしまおう。下手に引き受けて、途中で降参するようなことは避けたい。

「どうしてですか」邪気のない口調で永岡が訊ねる。

「生まれてから、一冊も読んだことがないんですよ。書けるわけ、ないでしょう」

「いや、書けますよ」永岡がこともなげに言う。

「無茶です」苦笑しながら、腹の中は煮えくり返るような思いだった。本は、読まなければ書けない。これだけは絶対の真実だ。書く本のクオリティは、読んだ本の数に左右されると言っていい。自分はゼロの状態で……これからどれだけの本を読めばいいというのだ。

「鷹西さんは、ミステリの人ですよね」

「そうですよ」謎かけのような言葉に戸惑いながら答える。

「ミステリって、別に現代を舞台にしなくてもいいんじゃないですか」

「それは——」反論に詰まる。実際、明治時代を舞台にした本格的なミステリもあるのだ。海外でも、過去を舞台にしたミステリは定番である。

「捕物帳を書いてもらいたいんです」

「捕物帳」永岡の勢いに抵抗できず、鸚鵡返《おうむがえ》しに言うしかなかった。

「そうです、捕物帳です」永岡が身を乗り出した。「それだって、立派なミステリじゃないですか。鷹西さんが書きたい『謎解き』はあるんですよ。そこに、過去の風俗や政治を絡めていけばいい。不安になるのは分かりますけど、想像しているよりも簡単だと思います。江戸時代の警察小説ですよ」

「無理です」少し強い調子で繰り返した。「今さら、それはできない」

「鷹西さん、デビューしてまだ四年でしょう？　始まったとも言えないんですよ。今はとにかく、名前を売ることだけを考えてもいいんじゃないですか。売れれば、そのうち読者も名前買いしてくれるし、そうなったら好きな物が書けます」

これを断れば、尻すぼみになるだけか……鷹西は、回復したと思った潰瘍がまた痛み出すのを感じた。

「もちろん、文庫だけ書いてくれ、とは言いません。今までと同じように単行本の書き下ろしや連載もお願いします。うちとしても、鷹西さんに文庫オリジナルで書いてもらって、それがヒットすれば、他のところでもプッシュしやすくなるんですよね」

逆に言えば、今の状態ではプッシュできないということか。売れていない現状は分かっていたが、改めて死刑宣告されたような気分になる。

「考えて下さい」永岡が煙草に火を点けた。煙が途切れる隙間から、鷹西の顔を凝視する。「いいチャンスになると思うんです。自分がよく知っている世界と違う世界にチャレンジすることで、作家としての幅も広がりますしね。鷹西さんには、これからもずっと書き続けて欲しいですから、今のうちに色々なことに手を出してもらいたいんですよ」

爆弾二つ、か。

永岡と会ってから三日後の夜、鷹西は人事部の自席で、パソコンの画面を見る振りをしながら、ぼんやりと考えていた。

文庫書き下ろし。しかも内容は捕物帳。考えはまとまらなかった。彼の言い分は理解できないではないが、今自分が手を出すのは危険にも思える。軸が一本、消えてしまうような感じがしてならなかった。小説なんて、自分の意思のみで書く物ではないか。リクエストに従って書くなんて、邪道なはずだ。

「鷹西君」

呼ばれて、慌てて後ろを振り向く。人事部長の佐橋《さはし》が立っていた。前部長——鷹西が「小説平成文学賞」を受賞した時の部長——の大熊が政治部長となった後、異動してきた新しい部長だ。社会部が長く、鷹西も一緒に仕事をしたことがあったので、大熊時代よりも少しは気が楽になっている。大熊が部長だった頃は、常に監視されている感じがしてならなかったのだ。

立ち上がり、軽く一礼する。佐橋は大熊よりも年次が上で、かなり老けた印象を与える男だ。小柄で髪は薄く、ワイシャツのサイズが合わずにいつもだぶついている。

「今、話して大丈夫か」

「ええ」

「じゃあ、ちょっとこっちへ」

大熊にも呼ばれた別室に入る。あの時の緊張感——何を言われるか分からなかった恐怖——が蘇ってくる。向かい合って腰を下ろし、一つ深呼吸する。

「何でしょうか」

向こうに言われる前に切り出した。佐橋が、申し訳なさそうに首を振る。

「鷹西君、ホームページをやってるよね」

「ええ」宣伝用に始めたものだ。内容はほとんどない。自著の紹介と、時々更新する身辺雑記ぐらいのものである。アクセスも少なかった。

「あれ、どういうつもりでやってるのかな」

「どういうつもりって……」佐橋の少し強い口調に戸惑いながら、鷹西は言葉を濁した。

「ただの宣伝ですよ」

「それはちょっと、どうかな」佐橋の口調がまた曖昧になった。

「どういうことです？」

鷹西は思わず身を乗り出した。佐橋がびくりと体を震わせ、背中をソファに押しつける。猛者《もさ》の多い社会部出身とはいっても、気の弱い男なのだ。威勢がよければ出世できるわけではないというのは、こうやって人事部長の椅子に座っていることからも明らかだったが。

「別に、会社の悪口なんか書いてませんよ」そこだけは、慎重に気をつけてきた。あのホームページにおいては、自分は新聞社の人間ではなく作家・鷹西仁なのだ。会社のことには、今まで一言も触れていない。身辺雑記の内容も、何を食べたとか、編集者と会ったとか――もちろん匿名――次の小説の構想とか、その程度である。言ってみれば、毒にも薬にもならないものだ。

「いや、君、本名で小説書いてるだろう？　つまり、うちの会社の人間が小説を書いているって、世間に広めているようなものじゃないか」

「でも、別人格ですよ」かなり無理がある言い訳だなと思いながら、鷹西は反論した。

「ま、それは分かるんだけど」佐橋が困ったように顔をしかめる。「ただ、同一人物だということは分かるわけで、それはまずいでしょう」

「まずいんですか？」

「正式にそう決まってるわけじゃないけど、そうなるかもしれない」

「どういうことですか」

「社の情報委員会、あるだろう？」

鷹西は無言でうなずいた。「IT時代に対応すべく、諸々《もろもろ》の懸案事項を検討する」という名目で、数年前に作られたものだ。何をしているかは、鷹西は知らない。もしかしたら、委員会のメンバーにさえ分かっていないのではないだろうか。

「最近、ブログっていうのが流行ってるんだって？」

「そうらしいですね」簡易型のホームページ、という感じだろうか。例によってアメリカ発のブームだが、気軽に作れることで、日本でも流行し始めているようだ。

「社内でもやってる人間がいてね。手軽らしいんだな」

「ええ」

「それで、自分の取材のことを書いちゃった馬鹿がいるんだよ。知ってるだろう？」

「ああ」二月ほど前の話だ。政治部に上がったばかりで総理番をやっていた記者が、自分のブログで、紙面には載せない話をつい書いてしまったのだ。内容は他愛《たわい》もないもので、ぶら下がり会見の時に、総理大臣の靴紐が解けていた、という話だったのだが、これが社内外で問題になったのだ。「取材で知った事実を許可なく流した」というのが、情報委員会の判断だった。別に靴紐が解けていようが裸足《はだし》だろうが、政局に影響があるとは思えないのだが……ただ、新聞記者は新聞で書くものだ、という暗黙の了解があるのは事実である。その記者は、特に公式の処分は受けなかったものの——今までこういうケースがなかったので判断できなかったのだろう——普通よりも早く総理番を外されている。

「あの一件がきっかけになって、社員の情報発信について、委員会の方で検討を続けてきてね。基本的に、社の許可なく、インターネットによる個人の情報発信はご法度《はっと》、という方向でまとまりそうなんだ」

「そうなんですか」嫌な予感がしてきた。

「それでだね、君が社の仕事とは関係ない活動でホームページをやってるのは理解できるけど……どうだろう、閉じたら」

「でも、仕事と関係ないんですよ。仕事で知り得た事実は、まったく書いてません」

「そうは言うけど、色々勘ぐる人がいるのは事実だからね」

「誰ですか」鷹西は思わず詰め寄った。「社内の人ですか」

「そういうわけでもないんだが」佐橋の口調は、歯切れが悪かった。「ほら、君の場合、珍しい苗字《みようじ》だから、すぐに立場が分かるじゃないか」

「社員が小説を書いちゃいけないっていう決まりはないはずですよ」

それこそ、職務上得た情報を基にしたのでなければ。だいたいこの決まりは、取材記者が、取材で知った事実を基にノンフィクションを書く、というような事態を想定しているはずだ。しかし実際には形骸化している。アルバイト的に雑誌に原稿を書いたり、「覆面座談会」のような感じで顔を出すのは、多くの記者がやっていることだ。これだって、職務上知り得た事実をベースにしているではないか。

「それに君には、副収入があるんだから。下世話な話だけど、そういうことを羨ましく思う人間もいるんだよ」

何となく下手に出るような佐橋の言い方が気に食わない。だが、自分は喧嘩できるような立場ではないのだと、気持ちを押さえつけた。

「小説を書くなって言うんですか」

「そんなことは言ってない」佐橋が首を横に振った。「うちの会社が結構自由な気風だってことは、君も分かってるだろう。だからこそ、明治の頃から作家が一杯出てるんだし。芥川賞を取っても、ずっと社に在籍していた大先輩もいるよね」

そういう人が何も言われず、何で俺が文句を言われてるんだ……不公平を感じたが、文句を言えるものでもないと思う。芥川賞の受賞者と俺では、立場が違い過ぎるのだろう。今の俺は、年に一冊か二冊の小説を出して、上手いこと小遣いを稼いでいる人間、という程度にしか見られていないはずだ。芥川賞を取った先輩に話を聞いてみたかった。「社内で、窮屈な思いをしませんでしたか？」と。しかしすぐに、彼は何年も前に亡くなって――社に在籍したままだった――いたことを思い出す。

「小説を書く分には構わないけど、宣伝活動は控えた方がいい。後でいちゃもんをつけられるより、今のうちに、自発的にやめておいた方がいいと思うけどな」

実質的な勧告だ、と思う。やめなければ、委員会が正式に情報発信を制限した時に、問題になる恐れが強い。だったら今のうちに引いてしまうのも手だ。会社にいつまでもいるつもりはないが、経済的な理由で辞められない以上、面倒は起こしたくない。佐橋の忠告は、自分の身を案じてのものだと素直に思うことにした。

「分かりました」

「そう?」佐橋が安堵の吐息を漏らす。

「ええ。面倒なことになったら嫌ですから」

「そうだね。中には、意地悪を言う人もいるから……俺は応援してるけどさ」

だったら俺の本を読んでいるんですか、と訊きそうになった。たぶん、読んでいないだろう。単行本で、初版が一万部も行かない本をわざわざ買ってくれるのは、よほどの物好きだけだ。

これから、会社にも段々居辛くなってくるだろう。そう考えると、どんよりと暗い気持ちになった。同時に、永岡の誘いが現実味を帯びてくる。結局は金か……多少収入が低くなっても、小説に専念するために独立したい——そんな風に見栄を張るのは簡単だ。だが新聞社の社員は基本的に高給取りであり、その年収分を小説だけで稼ぐのは、今の鷹西には絶対に無理である。生活レベルを落とすのが嫌だ、というわけではないが、金のことで汲々《きゆうきゆう》としていれば、気持ちも縮こまって、書く物にも悪い影響が出てくるだろう。

結局、息をひそめて、誰も怒らせないようにするしかないのか。そうやって、小説が売れるようになるのを待つ。

自分は今、三十七歳。定年までにはまだずいぶん間がある。それまでずっと、会社の顔色を窺いながら、細々と小説を書いていくのかと思うと、うんざりした。

それより何より、このままでは注文がこなくなって、書く意味がなくなるかもしれない。声をかけられないまま、ひたすら文字を打ち続ける日々……そんな自分の姿を想像すると、寒気が襲う。

鷹西は、自分の名前をネットで検索しないようにしている。デビューした頃に、永岡たちに忠告されたせいもあった。今は誰でも好き勝手に書ける。それで憂さ晴らしをしている人も多い。掲示板なんかであることないこと書かれると、結構ダメージを受けますよ、と。鷹西は——売れていないせいもあるが——表に出ることはほとんどない。デビュー当時に何回かインタビューを受け、その後は本が出る度に、書評でぽつぽつ取り上げられる程度だった。これでは噂のたてようもないだろうと思うのだが、本を読んで悪口を書く人がいるのは、他の著者のケースで知っている。前向きな批評なら次の本につながるから大歓迎なのだが、鬱憤《うっぷん》晴らしで悪口を書く人は確かに多いようだ。あるいは、貶《おとし》めることで、「自分は深い読み手だ」とアピールしたいのか。書いた本人はいいかもしれないが、書かれた方はたまらない。反論もできないし、傷ついて終わるだけだ。だったら、知らない方がいい。永岡たちのアドバイスは理に適《かな》っていると思う。

だがこの日、鷹西は初めてネットで自分の名前を検索した。ホームページ問題が頭の中で尾を引いているのだ、と自分でも分かっている。ページを削除することは決めていたので、その作業をするついでに、と思っていた。

寒々とした自室で、一人パソコンの前に座る。何だか急に胸が苦しくなった。どんなことを書かれているのか……検索サイトにアクセスし、「鷹西仁」と打ちこんで検索をかける。最初に出てくるのは、自分で作っているホームページ。続いて、書籍販売サイトの自分の本のページだった。検索結果は、全体で十万件いかない。こんなものか、と少し寂しい気になるが、ヒット作のないマイナーな作家としては、この程度かもしれない。

ざっとスクロールしていくうちに、奇妙なリンクに気づいてはっとした。どうやら巨大掲示板のものらしい。

「鷹西仁が新聞記者ってホント?」

リンクをクリックすると、掲示板が現れた。読み進めていくうちに、頭に血が上る。

「それ、事実」

「うちの会社にいるし」

「辞めればいいのに、往生際が悪いね」

「しがみついてるだけだろう？　人事部にいるしかないわけだ」

「会社も余裕ある」

「売れないと、辞められないわけで」

思わずブラウザを閉じた。目を閉じ、「落ち着け」と自分に言い聞かせる。たかが掲示板に書かれただけじゃないか。何も怒ったり焦ったりすることはない。だが、考えているうちに、次第に怒りが募ってきた。自分が記者、というか新聞社に勤めていることは、秘密でも何でもない。自分のホームページでは一切触れていないが、デビューした時には、「現在の職業」ということで紹介されたのだ。それを読んだ人もいるだろうし、調べればすぐに分かることである。

しかし、「人事部」？　これを書いたのは、絶対に社内の人間だ。そこまでの情報は、世間には広まっていないはずである。馬鹿馬鹿しい、情報委員会は、こういう書きこみも禁止すべきではないかと憤慨しながら、どうしても暗い気分になってしまう。基本的に新聞記者は、文章を書くことで飯を食っている。あらゆるメディアの中で、新聞こそが頂点にいると自負しているものだが、それでも「本を書く」という行為は別物なのかもしれない。もちろん、在籍したまま本を出す記者はたくさんいる。自分の専門を持っていれば、それを利用して本を書くのは珍しくも何ともないのだ。これに関しては、会社側も「事前に通告があれば」という前提でむしろ推奨している。会社にとっても、「優秀な専門記者を抱えている」という宣伝になるわけだから。

だが、小説となると話は違う。

嫉妬、だろうか。だがそれこそ、大きな思い違いだ。評論家筋にもまったく評価されず、売り上げも上がらない。こんな人間に嫉妬しても意味はないだろう。もちろん、「好きなことを書いて本になった」という事実だけで羨む人間もいるかもしれないが、書籍ビジネスとは、そんな単純なものではない。これはあくまで、商売なのだ。「内容は素晴らしいが売れない」とよく言われる。いかにもそれっぽく聞こえるが、売れないのには、それなりに理由があるのだ――もっとも、その理由が分かっていれば、売れない本などなくなってしまう。

書籍――特に小説は、芸術と商売の間で、常に揺れ動いている。自分の信条にだけ従って書き、それが売れればベストなのだが、常にそうやって満足している作家など、今の日本には数えるほどしかいないだろう。

鷹西は、自分の本に「芸術」など求めていない。読んで楽しければそれでいいと思っているが、セールスの現状を見た限り、自分が「面白い」と感じる感覚と、読者の感覚にずれがあるのは間違いないようだ。嫉妬されるような状況ではない——それでも「小説を出版している」というだけで嫉妬している人間は、社内にいるのだろう。

そういえば最近、周囲の態度がよそよそしい。同期でさえ、そうだ。以前は、社内で会えば普通に挨拶をし、時間があれば雑談をすることもあった。だが最近は、そういうことが一切ない。会釈《えしゃく》しても無反応なことが多いし、誰かと昼食を一緒に食べたことも、久しくなかった。昼食に関しては、自分から避けていることもあるのだが。原稿を書いたり、本を読んだり、ぼうっとしながら次の小説の構想を考える貴重な時間なのだ。同様の理由で、夜の呑みにもまったくつき合わなくなっている。仕事が終わった後の時間は、とにかく自分のためだけに使いたいのだ。

もっとも、締め切りに追われているわけではない今、そんな風につき合いをカットしてまで自分の時間を捻出する意味があるとは思えなかったが。

自分は、社内でどんな風に見られているのだろう。人事部の社報担当として、最低限の仕事はこなしている、という自負はあった。内向けの仕事で、利益をもたらすわけではないが、会社が必要だと認めた仕事をきちんとやっているのだから、誰かに文句を言われる筋合いはない。

だが、逆の立場だったら、自分も疎ましく思うだろうな、と考える。周りに小説を書いて、本を出版している人間がいたら。

ネットを彷徨《さまよ》うのにも嫌気が差して、鷹西は立ち上がった。小説を書いていない時は、何もすることがない。本を読むべきなのだが——それこそ時代物か——その気にもなれなかった。

ふと、ずっと押し入れの中に放置してある段ボール箱のことを思い出した。逢沢の家から引き取ってきた、あの事件の捜査資料。何度か蓋を開けてはみたものの、中身を精査してはいない。もちろんあの事件は、喉に引っかかった小骨のように記憶に残っていたが、会社に勤め、小説を書きながら調べ直すのは不可能である。逢沢には申し訳ないと思いながら、手をつけられなかった。

だが今夜は、少しだけ気分が違う。

行き詰まり感。永岡には無茶な注文を出され、佐橋にはやんわりと行動を注意され、社内に敵がいるらしいと気づいた夜。うんざりだった。何もかも投げ出して逃げたい、と一瞬思ったが、自分はそういうことをするタイプではない。どれだけ追いこまれても、逆に追いこまれれば追いこまれるほど、粘ってしまう。だからこそ、いつも疲れているのだ。

段ボール箱を引っ張り出した。床に直に座り、胡座をかく。中の書類を全て取り出し、自分なりに整理することにした。逢沢がかなりきちんとファイリングしてくれていたが、自分が見て分かりやすくしなければならない。どうするのが一番見やすいのか……自分は刑事ではなく、「元」新聞記者だ。犯人を捕まえるのが仕事ではない。だが、刑事も記者も、事件に際してやることは一つだ。

事件当時の様子をできるだけ再現し、犯人に辿りつくこと。

自分にそれができるのか。事件取材が長かったとはいえ、結局警察から情報を貰って、捜査の流れを追っていただけである。自分の足で情報を稼いで、犯人を割り出したことなど、一度もない。逢沢さんも、俺に過剰に期待してたんじゃないか。信用できる後輩に託した方がよかったのに……溜息をつきながら、書類を整理していく。時々目を通すものの、内容は簡単には頭に入ってこない。

もう一度、溜息。床に広がった書類をどうするべきかと悩んでいると、携帯電話が鳴った。

大江だった。珍しい。国会議員になってからは本当に忙しいようで、話すことなど年に一度、あるかないかである。この前話したのがいつか、すぐに思い出せないほど、久しぶりの電話だった。

「やあ」いつも通りの軽やかな感じ。「ご活躍のようで」

「よせよ」つい、苦笑してしまう。この前本が出たのは……去年の秋。大江は「自分で買うから」と献本を断っているのだが、あの本は買ってくれたのだろうか。「で、どうした？　何かあったのか」

「用がないと電話しちゃいけないのか」

「そんなこともないけど……忙しいだろう？」大江は去年の夏の選挙で、二度目の当選を果たしている。最初の選挙に比べれば、ずっと楽な戦いだったようで、大差での当選となった。政治家としての基盤をしっかり築きつつあるのだろう。

「忙しい。そのせいでなかなか会えないけどな。だから、電話ぐらいしてもいいだろう」

「別にいいけどさ」思わず頬が緩むのを感じた。政治家に友人がいるというか、友人が政治家になったと言うべきか……いずれにせよ、珍しいケースだ。今でも普通に会話ができるのは、やはり嬉しい。

それから二人は、いつものように近況報告を続けた。大江の喋り方がいかにも政治家らしく——本音を覗かせないために、勢いよく喋っているようだ——なっているのが気になったが、これは仕方ないだろう、と自分に言い聞かせる。鷹西は一々政治家の活動を追っているわけではないが、大江は本当に忙しそうだった。党では、幹事長代理の要職を務める。三十七歳、当選二回の代議士としては異例の抜擢とも言えたが、政友党自体が小政党の寄せ集めで、若い政治家が多いので、それも当然かもしれない。一方、「論客」としての立場も固めている。質問要員として重宝され、国会では与党側に舌鋒《ぜっぽう》鋭く迫る場面を、鷹西は何度もテレビで見ていた。彼が語る国会の裏側は、いつ聞いても面白い。うちの政治部の連中は、ここまで突っこんで政治家とつき合っているのだろうか、とふと思う。

「――で、お前はどうなんだ」

「まあ、ぼちぼちだな」鷹西は遠慮がちに答えた。自慢できるようなことは、何もしていない。それに、大江は基本的に、あまり小説を――特にミステリなどは読まないタイプなのだ。

ふと弱気になって、「転向」を勧められていることを話してしまった。パーティなどに出席しないせいもあり、この業界では編集者以外に知り合いがおらず、相談できる相手もいない。

「面白いじゃないか」軽い口調で大江が言った。

「簡単に言うなよ」小説のことなんか、何も分かってないくせに。

「俺、時代小説は好きなんだよな。政治家は誰でもそうだよ。過去に範を取るっていうか。そういう話を書いてくれれば、俺も読みやすい」

勝手なことを……しかし彼の言葉は、鷹西の胸に自然と落ちた。大江に――大江だけに読んでもらうために小説を書くのも、面白いかもしれない。

読者を想定したのは初めてだった。

「適当なこと、言うなよ」一瞬心を過《よぎ》った考えを押し戻し、鷹西は文句を言った。「書いてくれたら、面白いけど」大江は本気のようだった。「いろんな所に薦めてやるよ。時代小説、面白いもんな」

電話を切った後、鷹西はしばらく携帯電話を見詰めていた。馬鹿馬鹿しい。こんな簡単に、自分が書く物——自分の人生を賭けた物の内容を決めてしまっていいわけがない。しかし大江の言葉は、間違いなく鷹西の気持ちを揺さぶった。

小説で世の中を変える。

学生の頃、そんな風に考えていたのは、今思うと顔から火が出るほど恥ずかしい。そもそも、一冊の小説が世の中に何らかの影響を及ぼしたことなど、過去に一度もないし、自分が阿呆らしい理想論に燃えていた頃に比べても、小説の力そのものは確実に落ちている。それを促進した一人が大江であるのは間違いない。日本で、インターネットの普及に大きな力を果たした大江は、自分が「読書の習慣」を崩してしまったことを自覚しているのだろうか。

そんなあいつが、時代小説が好きだ、と言う。

こんな矛盾はない。鷹西は低く笑いながら、永岡の電話番号を呼び出した。彼とのやり取りは九十パーセントまでメールで、この前電話で話したのがいつだったか思い出せないぐらいだが、こういうことは、メールでは駄目なのだ。もしかしたら自分は古いタイプの人間かもしれないと思いながら、鷹西は思い切って通話ボタンを押した。

本が出る日、わざわざ書店に足を運んだのは、デビュー作の時だけだった。しかし実際に店頭にあるのを見ても、「こんなものか」と特に感動もしなかった。扱いがあまりよくなかったせいもあるが……以来、わざわざ自分の本を見るために書店に足を運ぶことはなくなった。売れていれば、少しは様子を見てやろうとも思うものだろうが。

『千人同心事件帳』

このタイトル、何だかな……文庫のコーナーに平積みにされた本を見下ろして、鷹西は苦笑した。現在の八王子市に本拠地を置いていた、江戸時代の千人同心の活躍を描いたこの本は、今までの鷹西の作品とは、あらゆる点で異なっている。時代物であることもそうだし、装丁がイラスト、というのも初めてだった。これまでは暗いトーンの抽象画、あるいは写真だったのに、いかにも時代劇風のイラストによって、がらりと雰囲気が変わっている。そして、薄い。何となく今までは、「長編なら原稿用紙六百枚は書かなければならない」と思いこんでいた。文芸誌の連載が、普通は五十枚ずつ十二回――一年分――で六百枚、という計算が頭にあったのだろう。しかし今回は、三百五十枚。今まで鷹西が書いてきた小説の、ほぼ半分の枚数だ。

しかし、書くのに要した時間は、普通の小説の倍近かった。八王子千人同心という、これまであまり取り上げられていない素材を選んだせいで、調べ物だけでもひどく時間がかかったのだ。毎週末には必ず八王子に足を運び、現地取材と文献調査を並行して行うのにほぼ四か月。実際に書き出したのは、梅雨が明ける頃だった。執筆に三か月。今まで書いた一番長い小説は七百五十枚だったが、日記を読み返してみると、その時よりも時間がかかっている。慣れない文体、会話、時代考証でも一々引っかかった。書き上げるまでは永岡の手助けは受けまいと決めていたのだが、心配していた彼の方から、何度かメールを送ってきた。

結局原稿を渡したのは、十月になってからだった。十二月に出版するためには、ぎりぎりのタイミングである。ゲラは、真っ赤になって戻ってきた。慣れない小説を書くから……と、大袈裟ではなく汗だくになりながら、ゲラを直していった記憶は、まだ新しい。一週間前、出来上がった本が手元に届いた時には、脱力してしまった。次第に本作りに慣れてきたと思っていたのに、まったく新しい経験で、心底疲れ果てた。

それが今、書店に並んでいる。自分の意思で書き始めた物ではないし、内容にも納得しているわけではないが、苦労した分、妙に感慨深いものがあった。

少し離れてぼんやりと文庫の平台を眺めていると、中年の男性が『事件帳』を取り上げた。時代物の主要読者は、中年以上の男性。それは分かっていたが、実際に自分の本を手に取る人を目の前にするのは、新鮮な衝撃だった。

男性はぱらぱらとページをめくっていたが、ほどなく文庫を手に持ってレジに向かった。自分の本を買う人を実際に見たのは、初めてだった。

何だかな……最初の本が出た時、結構長い時間書店で粘っていたのに、手に取る人が一人もいなくてがっかりしたのを思い出す。それがこんなにあっさり、買ってくれる人がいるとは。笑っていいのか真面目な顔をしているべきなのか分からず、強張った表情で立ち尽くしていると、二人目——今度は六十歳ぐらいの女性がまた買っていった。

何となく気恥ずかしくなって、鷹西は書店を出た。途端に携帯電話が鳴り出す。滅多に電話してこない永岡だった。

「永岡です」声が少し弾んでいた。「重版、決まりましたよ」

「え？」

「重版です、重版」

本当かね、と鷹西は自分の耳を疑った。これが初めての重版なのだ。

「よかったですね。苦労した甲斐《かい》がありましたね」

自分よりもよほど興奮しているのではないか、と鷹西は思った。永岡が、前のめりになったように勢いづいた口調で続ける。

「取り敢えず、一万部。こんなこと請け合いたくないんですけど、すぐにまた重版がかかると思いますよ。出足は最高です。営業がちょっと慎重になってるので一万部ですけど、こういう時はもっと思い切っていった方がいいんですよ」

いつも粘っこく喋る彼にしては、非常に歯切れがよかった。それだけ興奮しているということなのだろう。その勢いは、鷹西にも少しだけ伝染した。

「まあ……よかったです」

「それで、約束通り、春には第二弾ですよ。『事件帳　弐《に》』、やりますからね」

「ええ」思わず苦笑した。今は十二月。春先に出すとなると、今すぐ書き始めなければならない。少しは慣れたはずで、一冊目ほど時間はかからないだろうが、またあの日々が始まると思うと、少しだけ気が重い。「春って、いつですか?」

「三月。年度内に勝負しましょう」永岡が言い切った。「ネタは出てるんですから、後は書くだけですよね」

まだ『弐』が出るかどうか分からない状態でも、永岡とは次の話の内容について詰めていた。確かに、書き始めようと思えば始められる。それにしても、初めて重版がかかった余韻に浸ることも許されないのか……こういうものかもしれない。これから勢いに乗っていけば、休んだり気を抜いたりする暇はなくなるだろう。

それがいいことなのかどうかは、鷹西には分からなかったが。これが自分の進むべき道なのかどうか、依然として自信は持てなかった。

第10章　2009

政友党は、様々な政党が離合集散を繰り返して生まれた。寄せ集め感はまだ強いが、今や政権与党である。にもかかわらず、党本部は自前の建物ではない。それが大江にとっては、ひどく歯痒《はがゆ》かった。築四十年にもなるビルは、冬は寒く、夏は暑い。「外気温プラスマイナス三度」と、皆が冗談で言うほどだ。今や政友党は日本の「顔」なのだから、それに相応《ふさわ》しい党本部が必要である。大江は密かに、不動産を探していた。国会に近い場所で、となると制約も多いのだが、トップに立つ者には、それに相応しい入れ物が必要だ。

そう考える一方で、ぼろぼろの建物に愛着がないわけでもない。大江はこの党本部で、初当選からもう八年を過ごしているのだ。今年の夏の選挙で、当選は連続四回、若い議員の多い政友党の中では、既に中堅の部類に入る。特に今回の選挙では、新人議員が大量に当選したので、平均当選回数が一気に下がっていた。ジイサンばかりの民自党の議員をことごとく落選させたのは快感だったが、その分、大江ら中堅議員の負担は大きくなっている。再び幹事長代理に登用されたことには満足していたが、以前にも増して多忙になってしまった。中でも面倒なのが――絶対に必要な仕事ではあるが――新人議員の教育である。大江は「新人研修委員会」の委員長も押しつけられたが、週に一回の研修に、早くも辟易《へきえき》している。地方議員上がりで、ある程度政治経験がある新人はまだいい。まだ二十代の弁護士、タレント、元スポーツ選手……こういう連中に必要なのは、議会での常識ではなく社会常識だ。今日も夕方から二時間、みっちり話して疲れ切った。日中は国会があって縛りつけられているし、このところ、自分の時間がまったく取れない。幹事長代理は、その後幹事長、党代表に上り詰めるために絶対経験しておかなくてはならないポジションだが、大江は自分が確実に磨《す》り減っているのを意識した。

今日初めて一人になり、ネクタイを少しだけ緩める。この季節、国会の正装はまだクールビズだが、大江は真夏でも、外で仕事をするのでない限り、ネクタイを解くことがない。暑いのは暑いのだが、四十歳を過ぎてから、少し体調が変わってきたようなのだ。皆が「外より暑い」と言う真夏の本部ビル内にいても、クールビズとは無縁である。

目を閉じ、首を後ろへ倒す。次いで、両手を組み合わせて腕をぐっと前へ伸ばした。背中の筋肉が引っ張られ、わずかだが凝りが解れる。デスクの上に出しっ放しにしている鷹西の新作が、ふと目に入った。『千人同心事件帳』シリーズの、区切りになる十冊目。帯には、「第一部、閉幕」の大きな文字。

あいつの本は、残さず自腹で買っている。そしてこの『事件帳』に関しては、そんなつもりはなかったのにはまってしまった。鷹西の才能には、舌を巻かざるを得ない。デビューから数年の間に書かれた暗いミステリは、明らかに自分の好みには合わず、数ページ読んだだけでやめてしまったものもある。しかしこの『事件帳』は違った。八王子に実在した「千人同心」を題材に採った群像劇は、一冊一冊の色合いが違い、どれを読んでも抜群に面白い。だから出たばかりの新刊を買って、「閉幕」の文字が目に飛びこんできた時にはびっくりした。シリーズ十冊目で初めて本人が書いた「後書き」を読んで、来年から時代を少し下げた新シリーズがスタートすると知って、ほっとしたものである。

「脅かすなよ」とメールしてやろうかと思ったが、自分が鷹西の本にのめりこんでいると本人に知られるのは、少しだけ悔しい。まずいことはないのだが、何となく、あいつの掌の上で遊ばされているような感じになるのだ。そもそも作家と読者というのは、そういう関係かもしれないが。

それにしても鷹西とは、しばらく連絡を取っていない。今年は五月から、完全に選挙一色だったのだ。プライベートは消え、選挙以外のことは考えられなかった。こういう仕事を選んだのだから当然だし、これまでのように鷹西とは気楽に話せないだろうな……と寂しく思う。国会が始まり、今後は政権運営で揺らぎもあるだろうし、新人議員の育成も大事だ。自分の時間が取れないのは、分かり切っている。

鷹西と話すのは、大江にとって最高のストレス解消法だった。向こうがどう思っているか知らないが、あいつと会うと気が紛れる。互いに進む道は完全に違ってしまっているが、だからこそ、腹蔵なく話ができるのだ。鷹西はまだ新聞社を辞めていないが、今は記者職でないせいもあり、政治の内幕もかなり踏みこんで話せる——大江の立場からすれば、愚痴を零せる。

ま、当分は我慢だな。

政権交代の前、大江の人生は大きな転機を迎えていた。今年の春で、あの事件から十五年が経ち、ついに時効が成立したのだ。これで大江は、公式には誰からも追われないことになる。何も気にせず、自分の仕事だけに邁進《まいしん》できるのだ。だから今は、プライベートな時間などいらない。この本を読むのも、もう少し先になるだろう。

鷹西も、少しずつ変わっている。あいつの本は、よく売れるようになった。このシリーズがヒットしてから、他の出版社からも文庫書き下ろしで時代小説のシリーズを刊行している。年に五、六冊。体力的に大丈夫だろうかと心配になるぐらいのハイペースだが、大江は彼の新刊が出る度に、書店のランキングなどをチェックして、自分のことのように悦に入っていた。ベストテンの常連であり、時には二冊、三冊が同時にランクインしていることもある。こういうのが本当にあいつの書きたい物かどうかは分からないが、売れてきたのだから、これからはわがままを通しやすくなるだろう。四十代の今は踏ん張って、五十代になったら好きな小説を書けばいい。その辺りの事情は、自分と似ているわと思う。今の仕事は、必ずしも好きなことばかりしているわけではないが、これも政治家として完成した形になるための下準備と割り切っていた。

本当は、自分の得意分野でもある経済、産業問題をやりたい。しかし、党が基盤をしっかり整備していかなければならない今、そちらの仕事に邁進しろと命じられれば、黙って従うだけだ。まずは、国会での優位を生かしたマニフェストの実現。そして現在は幹事長である藤崎を、再び党代表、そして首相に押し上げる。そのために自分がどう行動したらいいかは分かっていた。

だが、現実には大きな壁が立ちはだかっている。

藤崎は金まみれなのだ。

「心配いらん」顔を合わせて、藤崎の第一声がそれだった。

「分かっています」大江は話を合わせた。馴染みの料亭……ここで藤崎と二人で会うようになってから、もう十五年近くにもなる。出馬に関してあれこれ指導を受けたのは遠い昔。今は彼の右腕として、逆に相談を受ける立場である。

「あんたは、少し心配性過ぎる」

「性分なんです」大江は焼酎のお湯割りを少しだけ舐めた。酒はできるだけ控えるようにしているが、相変わらず酒好きの藤崎と二人で会う時には、アルコール抜きでは済ませられない。

「こういうことは、これまで何度もあった。神経がすっかりすり減ってるから、この程度では何とも思わんよ」藤崎が、赤ら顔をさらに赤くして笑った。

お追従で笑いながら、大江は心の中で「本当に？」と自分に疑問を発していた。今回、藤崎の身辺で問題になっているのは、ゼネコンからの献金問題である。山梨県出身の藤崎は、甲信越方面の公共工事に影響力を持っており、その力を利用してゼネコン各社と密な関係にあった。

この献金問題は、夏の選挙前からずっとくすぶり続けている。だが藤崎は、本人が言うように、何度も叩かれてはその都度平然と立ち上がってきた。打たれ強いこともあるし、簡単には尻尾を摑ませない狡猾《こうかつ》さもある。ただし今回は、意味合いが違った。ゼネコンと藤崎の癒着は、野党時代から何度も噂に上っては消えてきた問題だが、今や政友党は政権与党なのだ。マスコミの注目度も、今までとはまったく違う。

「あの問題は、間もなく片づく」少し酔いの回った口調で、藤崎が断言した。

「そうなんですか？」大江は顔を上げた。目の前には、自信に溢れた藤崎の顔がある。

「私は、詳しい話は存じませんが……」

「もちろん、あんたに迷惑をかけるようなことにはならない」藤崎が豪快に笑った。

「あれは、うちの事務所の中だけの問題だ。政友党に……政友党の屋台骨を支えるあんたに累《るい》が及ぶようなことはないよ」

累が及ぶ——その言い方が少しだけ気になる。実際に何か問題があって、という前提の話ではないか。

この問題に火を点けたのは、週刊誌だった。新聞やテレビはまだ騒いでいない。ただ気になるのは、藤崎の地元の弁護士グループが、政治資金規正法違反容疑での告発を検討していることだった。その情報は、大江の耳にも入ってきている。告発しても必ず受理されるとは限らないのだが、弁護士が動き出すようなことになれば、新聞もテレビも無視できなくなるだろう。実際、マスコミはこの弁護士たちと頻繁に接触しているらしい。書かないだけで、取材は続けているわけだ。

「与党になると、いろいろ言われるものですね」

「そりゃそうだよ」藤崎がまた大声で笑う。「権力の中枢だから、マスコミの監視も厳しくなる。民自党だって、与党時代には散々やられた。我々も、野党時代のようなわけにはいかんよ。マスコミは、単純な構図が大好きだからな……与党が悪者、野党はそれを追及する正義の味方だ」

「野党の義務としての権力の監視、ということではないんですか」

「それは建前だ」藤崎の目が険しくなった。「そもそも、野党には限られた権力しかない。どんな実力者でも、政権の座にいないことには、能力を発揮できないんだから」

大江はそこに、藤崎の長年の苦悩を感じ取った。民自党の内紛から、党を割って新党を結成した藤崎は、ここまで大変な苦労を重ねている。実力者だから、常に一定の人間は周囲にいたのだが、国会でのキャスティングボートを握ることすらできない少数政党に転落していた時期もあった。だが、持ち前の根回しの巧みさ、人脈の豊かさで、民自党に対抗し得る政友党をまとめ上げ、総選挙でついに与党の座に座った。あとは、来年の参院選で安定多数が取れれば、今後国会を完全に掌握できる。藤崎にすれば、今一番注力したいのが、参院選だろう。細かな金の問題などで頭を悩ませたくはないはずだ。

大江は、話を参院選に持っていった。藤崎本人にまつわる金の話をあまりしたくない、ということもある。

「参院選の準備ですが、年内にはスタートさせなくてはいけないでしょうね」

「もっと早くだ」藤崎の目が真剣になった。「候補者選定は、今すぐにも始めなくてはいけない。選挙には、十分な下準備が必要だからな」

「また金がかかります」

「それは何とかなる」

藤崎の言葉が、少しだけ引っかかった。彼には彼なりの錬金術があるのだが、大江はその全てを知っているわけではない——いや、ほとんど知らないと言っていいだろう。

肝心の金の話になると、藤崎は口が堅くなるのだ。こと金の問題に関しては、大江もあくまで部外者、ということなのだろう。

「私の方でも用意はできます」

「あんたの資金に頼るわけにはいかない」藤崎が腕組みをした。「気持ちはありがたく受け取るが、政治というのは私財をなげうってやるもんじゃない。そういうことが、政治の私物化につながるんだ」

少しむっとしたが、反論せず、うなずくに止めた。金ならあるのに……立ち上げた会社の経営からは完全に引いていたが、今でも筆頭株主なので、毎年かなりの額の配当を受け取っているのだ。それを自分のために使うことはほとんどない。裏に消える金は、すべて党の活動費になっている。「大江銀行」と陰口を叩く連中がいるのは知っていたが、気にもならない。活動費に汲々としている連中は、政治以外のことに気を取られがちなのだ。最初に金を稼ぐ——自分のやり方は間違っていなかったと思う。

「それより、候補者選定について、あんたの考えを聞かせてもらおうか」

「公募のことですか？」

「公募は表向きだ」藤崎が渋い表情でうなずく。「そういう制度に集まってくる連中に、ろくなのはいない。選考基準を厳しくしてくれ。無理に公募で候補者を取らなくてもいい」

うなずき返しながら、大江は藤崎の非情さをはっきりと感じ取っていた。表向きには絶対に口に出さないが、藤崎にとって、先の選挙で大量当選した新人議員たちは、単なる「数合わせ」である。国会運営をスムーズにするための手駒に過ぎない。この連中には、挙手以外のことを期待してはいけないと、藤崎は大江に対して常々語っていた。

確かに、百人からの新人議員が一斉に当選するのは異常事態である。現在、政友党衆院議員の三人に一人が政治的に素人、というのが実態なのだ。自分で全国を駆け回って新人たちを応援してきた大江にすれば、藤崎の考え方には反発したくなることもある。「大江チルドレン」と呼ばれることも多い新人たちは、間違いなく自分を慕い、頼ってくれているのだ。何とか育ててやりたいと思う。

「次回の総選挙で、新人の半分は落ちるな」

藤崎の言葉に、大江ははっと顔を上げた。藤崎の顔は少し赤らんでいたが、目は酔っていない。極めて真剣な様子だった。

「それでは、衆院の過半数が危なくなります」

「そこは頑張るしかないが、何もここまでの多数を取る必要もなかった。民自党も、すっかり弱くなったよ。自滅してこんな具合になってるんだからな」

「つまり、民自党は、今後も脅威にならないということですか」

「このままなら、な」藤崎がうなずく。「あそこはもう、制度疲労を起こしてるんだ。

国会議員が全員入れ替わるぐらいでないと、あの党は変わらない。そして、その可能性は低いな。次回も政友党は勝てる。ぎりぎりだと思うが」

もうそんな読みをしているのか。大江は驚いたが、内心の動揺を顔には出さないように努めた。藤崎が、独り言のように低い声で続ける。

「今回の選挙は、どうしても勝たなければならなかった。政権交代は可能だということを、国民に知らしめる必要があったからな。しかし、これから政友党のやることが、全ていい方向に動く保証はない。マイナス面も出てくるだろう。特に心配なのが、新人たちなんだ。あの連中は、基本的に何もできない。分かっていない。議員以前の問題で、社会人としてなっていない人間も多いからな。そういう連中は落ちてもいい。代わりはいくらでもいる」

代わり、か。すぐに何人かの顔が脳裏に浮かぶ。プロ野球選手として長年活躍し、解説者としても人気だった溝端《みぞはた》。テレビのバラエティ番組で顔を売ってきた弁護士の前田《まえだ》。関西のお笑いタレントで、今回、全候補者中で最高得票を得た池沢《いけざわ》。彼らが、次回も当選してキャリアを重ねていく姿は、確かに想像しにくい。

「教育はきちんとやりますよ」

「あんたには、面倒な仕事を押しつけて申し訳ないと思う。でも誰かがやらないと、新人のスキャンダルで党が潰れかねないからな」

「誰か、スキャンダルを起こしそうな人間でもいるんですか？」

大江の問いかけに、藤崎は激しく手を振って否定した。焼酎をぐっと呑み、かすかに笑った。

「馬鹿は何を言い出すか分からん、という話だ。民自党も痛い目に遭っているだろう」

大江はうなずいた。前々回の総選挙では、民自党が記録的な圧勝を果たした。今の政友党と同じように、政治には素人の新人が大量当選し、何かともてはやされたのだが、ボロが出るのに時間はかからなかった。積極的にテレビに出演した新人たちは、老練な司会者の意地の悪い質問に誘導され、ついあけすけな発言をしてはネットで叩かれ、表舞台から姿を消していった。実はそういう議員たちを叩くきっかけは、大江が作っていたことが多いのだが。ネットの世界については裏も表も熟知している大江は、民自党の新人議員たちを貶める活動を陰で展開した。ネットは、リアルの世界にはほとんど影響を及ぼしていないが、情報を広めることはできる。虚実混じった情報の拡散で叩きのめされ、世間知らずの新人議員たちは、なるべく表に出ず、頭を低くしている方を選んだのだった。

そういう議員たちの大半は、今夏の選挙で議席を失っている。そして藤崎は、自分の党が抱える新人たちが、同じ運命を辿ると予想しているのだ。

「そこは十分気をつけます」

藤崎が頭を下げた。顔を上げると、その目にまだ戸惑いの色が浮かんでいるのに、大江は気づいた。

「何かご心配でも？」

「いや」短く言って、藤崎が首を横に振る。

何かあるのは、長年のつき合いで分かっていた。だが、藤崎は突っこまれるのを嫌っているのも承知している。この男は、物事を一から説明するのが嫌いなのだ。黙って行動を見ろ、というつもりかもしれないが、言葉を大事にしない政治家は生き残れない。藤崎は、喋らないことで自分のイメージ——底が知れない、奥深い人物——を作り上げてきたのだろうが、これは政治家としては邪道だ。説明が足りないが故に、誤解を受けることも少なくない。

「いろいろ、目を配っていてくれ。あんたは視野が広い。何かあれば、すぐに視界に入るだろう」

「買い被りじゃないでしょうか」

「俺は、あんたを信じているんだ」

藤崎が、大江に向かってぐっとグラスを突き出した。何か情報を摑んでいる——確信したが、どうしても確かめられない。

「頼む」

帰りの車の中で、大江は二時間ぶりに携帯電話を取り出した。留守電は入っていないが、メールは大量に届いている。ほとんどが、新人議員たちからだった。用件は様々だが、すぐに返信しなければならない物は一つもない。明日の朝一番で連絡を取ればいいだろう。

妙に疲れていた。駆け回った七月の選挙の疲れが、今になって出てきたのかもしれない――いや、テンションが高いのは春先からずっとそうだった。時効が成立して、今まで自分を縛ってきたものが急に外れたように感じ、それまでにも増して精力的に動き回るようになったのだ。考えてみれば自分は、十五年間、ずっと息を殺していたような気がする。人前に立ち、目立つ活動はしてきたものの、体半分は壁の陰に隠れていたような感じ。

その壁は、今はない。

目をきつく閉じ、肩を上下させる。リラックスしろよ、リラックス。そうやって自分に言い聞かせたが、すぐに「そんな必要はない」という声がどこからか聞こえてきた。突っ走れ。リラックスしている暇があったら、次の目標に向かって全力を出せ。

そう、今の俺には明確な目標があるのだ。狙うべきは政友党代表、そして首相の座。実現可能な目標が目の前にあるのだから、休む必要はない。同志である鷹西も頑張っているのだ。自分も走り続けなければならない。

家――大江は議員宿舎に入らず自宅に住んでいた――で、敦子と二人だけになる時間は何ものにも代え難い。後援会とのつき合いが多い敦子も、大江に負けず劣らず忙しく、話ができるのが十分か二十分ほどしかない日も珍しくなかった。

今夜は藤崎と会っただけだったので、帰宅は久しぶりに早かった。風呂から上がると、少しだけ秋の肌寒さを感じる。リビングルームでは、顔をふわりと包みこむ香りが心地好い。敦子は最近アロマキャンドルに凝っており、夜の時間を静かに楽しんでいるのだ。大江も、柔らかい香りは嫌いではない。何となく気持ちが落ち着く。テレビも音楽もなし。飲み物はミネラルウォーターだけで、二人は静かに会話を続けていた。

それを打ち破るように、携帯電話が振動する。大江は舌打ちしてすぐに取り上げた。本当は、家にいる時ぐらいは携帯の電源を切っておくべきなのだが……これぱかりはどうしようもない。いつ何が起きるか分からないのが、この仕事なのだ。

「大丈夫？」眠そうな声で敦子が訊ねた。

「ああ……メールだ」

いい加減、鬱陶しくなっている。大江は、日本人の中ではかなり早い時期に電子メールを使い始めたと自任している。しかもネット系のビジネスではずっと日本のリーディングカンパニーを率いていたのだから、ある意味日本にメールを広めた張本人と言ってもいい。しかし、最近のメールの氾濫ぶりは異常だ。おそらく、流れる情報の九割が無意味なもので、回線を圧迫するだけだろう。

先ほど藤崎と話していた時に思い浮かべた、前田だった。明日の会合の件での確認だったが、俺にしてくるメールじゃない。自分が新人議員たちに慕われているのは意識していたが、あいつらは「幹事長代理」というのが、どれほど重い役職なのか理解できず、単なる先輩程度に考えている。

しかしこのメールは、公務に関する事なので、返事をしないわけにはいかなかった。

「ご指摘の通り」と短く返信して、携帯を畳む。つい、溜息をついてしまった。

「メール、いいの？」

「もう、返信したよ……しかし、どうして何でもかんでもメールなんだろう。最近、電話で話した記憶がない」

「それは大袈裟でしょう」敦子が笑った。「でも、私もそうね。後援会の婦人部の連絡も、ほとんどメールだし。滝川《たきがわ》のお婆《ばあ》ちゃんも」

「本当に？」二人が「お婆ちゃん」と呼ぶ滝川好美《よしみ》は、父の代からの大江家の支持者である。大江が初当選した直後に亡くなった夫は、長年父の後援会の幹部として支えてくれた。その流れで、現在七十九歳という高齢ながら、大江波流後援会婦人部長を務めている。

「連絡するとすぐに返事があるし、携帯だと絵文字まで使うから」

「すごいお婆ちゃんだ」自分は絵文字なんか使ったことがないな、と思う。

「滝川さんなんかは、メールで世間とつながってる感じもあると思うわ。外へ出るのも、段々面倒になってきたみたいだし」

「そういう人がメールを使うのはいいんだよ。でも、当選したばかりの若い議員が、連絡は何でもかんでもメールっていうのは、どうなのかな」

「困る？」

「困らないけど、それで平気だと思ってるのが怖いんだ」

大江は電話の威力を十分知っていた。メールはもちろん使っていたが、あくまで「便利なもの」という意識しかない。電話やファクスの代わりにしかならない。そして、メールの文面で相手を説得するのは難しい。厄介な話は電話か、直接会ってするに限るのだ。ところが若い議員たちは、面倒な話を、延々と長文で送ってくる。今に始まったことではないが、そういう傾向は年々強くなるようだった。

「でも、メールを広めてきたのはあなたよ」

「まあね」自分でも意識している事実を指摘され、大江は顔をしかめた。ごく自然に、メールが、こんな風に使われるようになるとまでは、想像していなかったのだ。見知らぬ者同士をつなぐツールになるとは……本当につながっているのだろうか、と不思議に思うことも多い。

「話は変わるけど、お休み取れない?」

「いや、それは無理だ」大江は即座に否定した。政治家に休みはない。土日は地元で支持者と会い、様々な催しに顔を出すのが普通の生活なのだ。当選四回になる大江も、未だに危機感を持っている。この選挙区は浮動層が多いが故に、どうしても確実に投票してくれる人を摑んでおかなくてはならない。かなり高齢化が進んでいる支持者をつなぎ止めるために、大江はドブ板選挙並みの地元回りを今でも続けていた。

「少し休んだ方がいいと思うけど……今週末ぐらい、ちょっと東京を離れてみない?」

「離れてどうする」

「温泉とか」

「いや、無理だろう。後援会の集まりがある」敦子の提案は、絵空事にしか思えなかった。

「それ、私に任せてもらえない? ちゃんとやるから。少し、一人で羽を伸ばしてきたら?」

「いいよ」大江は苦笑した。何が悲しくて、一人で温泉に入らなければならないのか。

「光浦《みつうら》さん、伊豆に温泉つきの別荘を買ったそうよ。一度遊びに来ないかって誘われてるの」

光浦も、父の代からの支持者だ。渋谷駅周辺に何棟かの貸しビルを持っており、今はその管理の仕事を息子に譲って、悠々自適の毎日である。大江の応援が趣味のようなものだった。

「無理じゃないかな」

「だったら再来週は？　取り敢えず予定がないでしょう。それに、光浦さんと一緒に別荘に行けば、後援会の幹部と会っていることになるわけだから、立派な政治活動じゃない」

「その理屈、どこかおかしいぞ」

敦子が手を伸ばし、大江の手の甲にそっと触れた。少しひんやりした手の感触が、風呂上がりでまだ火照《ほて》った体に心地好い。

「あなた、無理し過ぎよ。大変なのは分かってるけど、この春ぐらいからずっと走りっ放しじゃない。少しペースを落とさないと、体を壊すわよ」

彼女の言葉の後半が、大江の耳から抜けて行った。春ぐらいから？　そう、自分ではそう意識している。やっと自由になったと思い、テンションが上がりっ放しだった。それは、一番近くにいる敦子には、当然分かっていただろう。彼女は何か感づいたのか。自分が人を殺した事実に気づいたとか……いや、それはあり得ない。

ありえないはずだが、そのことを思うと、ひどい罪悪感に襲われるのだった。人を殺した事実に対して、ではない。敦子に隠し事をしていることが問題なのだ。時効が成立すれば、完全に気持ちは晴れると思っていたのだが、敦子に真実を告げなかったという事実は残る。

それは死ぬまで消えることがない。

絶対に。

久しぶりの休日……そう、半年ぶりぐらいだろうか。土日を完全に休むとなると、数年ぶりかもしれない。

自分で車のハンドルを握るのも久しぶりだった。ベンツのEクラスは、運転自体が楽しい車ではないが、自分で運転してどこかに出かける自由は、何物にも代えがたい。自由……そう、俺は権力を手に入れるのと引き換えに、自由を失ってしまったな、と思う。朝から晩まで、常に身辺に誰かがいる。まだ警察による警護の対象にはなっていないが、そうなるのも時間の問題だろう。藤崎が党代表になれば、幹事長、あるいは大臣の椅子が約束されている。そうなったらますます、自由はなくなるのだ。

九月。夏の暑さがわずかに残っており、インパネの外気温計は二十六度を指している。これから向かう別荘は一碧湖にあり、もう少し気温が低いはずだ。

早朝、自宅を出発したが、常に混み合う国道一三五号線を走るルートは避けた。海を見ながらのドライブは諦め、東名で沼津まで出て、修善寺道路などを利用し、伊豆半島の背骨を走るような道順を選ぶ。景色は大したことはないのだが、窓を開けたまま走っていると、澄んだ濃い空気を味わうことはできる。

二人きりで出かけるのが久しぶりだったせいか、敦子はずいぶんはしゃいでいた。結婚して何年も経つのに、こういうところはまったく変わらない。これからはもう少し、夫婦二人の時間も増やした方がいいな、と大江はぼんやりと考えた。上に上がるにつれ、家族も注目されるようになる。敦子の評判は、後援会では上々で、大江は「あなたが来る必要はない」と冗談を——特に年配の女性後援者から言われることも少なくない。これからはメディアに登場する機会も増えるだろう。彼女には自然体でいてもらいたいが、俺の方が意識してイメージを作らなければ。愛妻家というのは、絶対にプラスに働く。

「気持ちいいね」敦子が軽やかな声で言った。

「ああ」短く答えて、大きく窓を開ける。程よい温度の風が吹きこんできて、大江は目を細くした。

「顔が優しくなってるわよ」

「そうかな」大江はハンドルを左手で保持したまま、右手で頬を撫でた。わずか一時間ばかりドライブしてきただけで、そんなに変わるものか……少なくとも、この一時間、携帯電話を見ていない。運転中だから当然なのだが、それだけでずいぶん気分が楽になっていた。

「携帯、チェックしなくていい？」

敦子が手を伸ばした。メールや留守電が入っていないかどうか確認しようというのだが、大江は黙って首を横に振り、携帯の入ったシャツのポケットを右手で押さえた。少なくとも、別荘に着くまでは無視していよう。元々、ドライブは好きなのだ。もう少しだけ、車の運転に専念していたい。若い頃乗っていた、父親譲りのオープンカーの爽快さとは比べることもできないが。

東京のマンションを出てから二時間、まだ朝の雰囲気が漂う別荘地に着いた。光浦夫妻は昨夜からこちらに滞在しており、今日の午後には息子夫婦も合流する予定だという。この息子というのが、大江の小学校での三学年下であり、そういう縁もあって光浦家との関係は非常に深かった。東京の真ん中で、小学校の先輩後輩というのも変な感じだが、利用できる物は何でも利用しないと。

伊豆に来るのは実に久しぶりだった。そう、まさにあの事件以来……意図的に近づかないようにしてきたので、十五年ぶりである。その間に景色はかなり変わっていた。ずっと景気が悪かった時期なのに、新しい別荘が増えている。どんなに不況でも、金を持っている人はいるものだ。ただそういう人たちは、金を社会に還元することなく、自分の周囲の狭い範囲だけで使ってしまう。

一休みしてから、大江は敦子と一緒に散歩に出かけた。細い道は傾斜がきつく、歩いているだけでいい運動になる。久しぶりに脹脛《ふくらはぎ》や太腿に緊張を強いられるのは、むしろ心地好かった。

少し遅れた敦子を待ちながら、道端に立ち止まる。記憶にあるより緑は深く、道端にいると快適な日陰に入る格好になる。空気は澄み、陽光は程よい暖かさを投げかけ、大江は全身から力が抜けるのを感じた。近づいて来た敦子に手を差し伸べる。彼女がしっかりしがみついてきたので、その手を強く握った。小さく、温かな手。この手の感触に、何度助けられたことだろう。この世で自分のことを分かっている人間がいるとすれば、彼女だけだ。

その彼女に、俺は隠し事をしている。

ふと、弱気が心に忍びこんだ。この場所は、堀口の家のすぐ近くではないか。歩いているうちに、周辺の光景も完全に思い出していた。この先のきついカーブを曲がると、大きな門が姿を現す。車は中に入れず、門の前に停めたまま、あの家に入って行ったのだった……。

「どうかした？」

敦子に声をかけられ、ふと我に返った。駄目だ。何でこんなところに来てしまったのだろう。時効になったとはいえ、自分が人を殺した事実は消えない。

「この辺、結構坂がきついわね」敦子が弾んだ息で言った。

「そうだね」

「まだ歩く？」

「ああ」

「先に戻っていていいかな」遠慮がちに敦子が申し出た。

「ちょっときつかったか？」

「少し鈍《なま》ってるかも」敦子がちろりと舌を出した。昔から変わらない子どもっぽい癖だが、大江は好きだった。

「じゃあ、もう少し散歩してるから。一人でぼんやりできることなんて、滅多にないからね……道、分かるか？」

「大丈夫」

敦子が踵《きびす》を返し、坂道を下り始めた。大江はズボンのポケットに両手を突っこんだまま、彼女の背中を見送った。カーブに入る前、敦子が一度だけ振り向いて笑みを浮かべ、手を振ってくれた。軽く手を上げてそれに応え、大江は彼女の姿が完全に見えなくなるまで、そちらを見ていた。

俺は何がしたいのだろう、と思いながら、何故か足が堀口の家の方に向いてしまう。

いつも車で来ていたから距離感が掴めないが、それほど遠くはないはずだ。途中、ぐっと傾斜がきつくなり、息を切らしながらなおも上がって行く。そう、確かここでは車のギアを一段落とさなければならなかった。

ようやく坂を上りきると、少しだけ平らな道路が続くが、すぐに一段ときつい上り坂の左カーブになる。坂を上がったせいだけでなく、鼓動が激しくなり始めた。このカーブを曲がれば……堀口の家がある。そう、坂の途中にログハウス風の別荘があって……あった。記憶にあった通りの、三角屋根の家。十五年の歳月を経て、少し古くなっていたものの、独特の風合いはほとんど変わっていない。

カーブを曲がりきり……当時と変わらぬ堀口の家が姿を現した。思わず足が止まってしまう。長い塀、堂々とした門。しかし、変わらないと見えたその佇《たたず》まいは、やはり十五年の歳月を経ていた。長年、手入れをする人もいなかったようで、塀の色は落ち、あちこちから雑草が伸び放題に伸びている。門には、車がぶつかったらしい形跡があった。左側の門柱が大きく抉《えぐ》れ、門自体がわずかに傾いている。

はっと我に返り、門の正面まで歩いて行く。表札はそのままあったが、雨風に打たれ、「堀口」の文字はかすれてほとんど読めなくなっていた。主を失った家が、その後どうなったか、大江は知らない。

大江の頭の中では、十五年前の記憶がほぼ完全に蘇っていた。門の脇にあった砂利を踏む感触。家に入って通された和室は、十二畳ほどの広さもあっただろうか。床の間の花瓶には、ユキツバキが活けてあった。血の色にも似た、真っ赤なユキツバキ。

気づくと、いつの間にか空が暗くなっていた。ここへ来た時は晴れ上がっていたのに、雲が低く流れ出し、太陽を隠してしまったのだ。急に肌寒さを感じ、大江は肩に引っかけていたジャケットを着こんだ。汗の名残が肌に貼《は》りつき、不快感を増幅させる。

早く離れろ。こんな場所にいても、ろくなことはない。自分に警告したが、何故か足が動かない。緑を渡って吹く風が急に冷たくなり、首筋を撫でていった。ふいに、人の気配を感じる。見ると、左の方から坂を上って来る一人の老人に気づいた。かなりの急勾配に苦労して、一歩一歩を確かめるような歩き方。八十歳は軽く超えていそうで、一人でこんな急坂を上って来るのは大変だっただろう。大江は思わず顔を背けた。この辺の人だろうか……たぶん、そうだ。別荘族なら、もっと小綺麗な格好をしているものだが、この老人はくたびれたジャージに、よれよれのTシャツという格好である。日よけのための野球帽も色褪《いろあ》せ、背中にはこれもぼろぼろになったデイパックを背負っている。坂の傾斜は彼にとって壁のようなものかもしれない。本当は杖の助けが必要なのではないか、と大江は思った。

さっさと立ち去ろうと思ったが、どちらに歩き出すにしても、不自然になりそうな気がする。ちらりと顔を上げると、老人と目が合った。明らかに不審そうな視線を向けてくる。仕方なく、大江は老人が来た方向に向かって歩き出した。光浦の別荘へ戻るには大回りしなければならないが、仕方ない。老人と並んで歩くようなことは避けたかった。坂をある程度下りた所で、一度だけ立ち止まって振り返る。あろうことか、老人もこちらに視線を向けていた。一瞬目が合ったが、向こうがこちらを認識できているとは思えない。かなり距離が離れているから、顔までは見えないはずだ。実際、こちらを見ることをすぐに諦めて、老人は……堀口の家に入って行く。何なんだ？　仰天して、大江は二、三歩戻った。老人の姿は既に消えている。門をくぐったのは間違いないようだ。引き返して確かめたいという欲求と闘いながら、大江はしばしその場で立ち尽くした。打ち捨てられたと思っていた家……そこに入って行った人間がいる。堀口の親戚か何かだろうか。年齢的には、弟であってもおかしくない。だが堀口には、男の兄弟はいなかったはずだ。

いったい誰だ？　気にかかったが、その正体を自分が知ることは絶対にないだろう、と大江には分かっていた。調べるには、再びこの街へ、そしてこの家に接近しなければならない。今の自分にはそんな時間はなかったし、何より、危険な場所に自ら飛びこんで行くような真似はできなかった。

光浦親子は二人とも酒を呑まない人間で、大江にはそれがありがたかった。最近は何かと宴席が多く、少しばかり酒疲れしていたのである。紅茶だけで過ごす穏やかな午後は、久しぶりに平穏を味わわせてくれた。光浦も気を遣っているのか、政治の話はほとんどしない。こんなに仕事から離れた時間を送るのは久しぶりだったし、それが心地好くもあった。

話の中心になっていたのは、息子の隆俊《たかとし》だった。話題は、最近の渋谷界隈《かいわい》の不動産事情。生臭い話だが、選挙区内の現状を知るのは大事なことだ。適当に相槌を打ち、話を聞きながら、大江は必要な情報だけをふるい分けて頭の中に残した。

仕事の——選挙の話はしないつもりだったのに、いつの間にか話題はそちらに流れていた。

「今後の浮動層は、ますます読めないね」光浦が溜息をつきながら言った。「都市部に特徴的なんだろうが、とにかく知り合いが少なくなった。あの街からも、何人も人が逃げ出しているしね」

「逃げ出す、ですか」大江は紅茶を飲み干し、身を乗り出した。眼下に深い森が望めるウッドデッキの上を、爽やかな風が吹き抜けていく。その雰囲気に合わない、堅い話だった。

「相続税が高くてねえ……」光浦が苦笑した。「払いきれなくて、渋谷界隈を脱出していく人がたくさんいるんですよ。上手く会社組織を作って節税できればいいけど、そういう人ばかりじゃないし。政友党の減税マニフェスト、何とか実現してもらいたいね」

「努力しています」

何となく責められているような気分になり、大江は苦笑した。光浦たちは、元々政友党の支持者ではない。父親の代からの人間的なつながりで、大江を推しているだけだから、時折政友党に関しても厳しい批判を飛ばす。自分が民自党の人間だったらこんな風に言うだろうか、と大江は疑問に思った。

そうかもしれない。政策で支持政党を選ぶのは、それこそ浮動層だ。それ以外の多くの人は、単純な人間関係で投票する相手を決める。それは信念などではない、と大江は思っていた。好き嫌いで決める、小学校の学級委員選挙と同じではないか。日本の議会制民主主義は明らかに借り物であり、根づいているとは言い難い。民主主義の真似事に過ぎず、自分たちは、その仮初《かりそ》めの舞台で踊っているだけだ。かといって、そういう抜本的な問題を、現役の政治家が解決できるわけでもないが。

自分たちは政権をひっくり返し、本格的な二大政党制への第一歩を踏み出した。だがこれが、将来民主主義を根本的に、より良い方向へ変えるスタート地点になるかどうか、自信はない。どこかの国を真似した政治制度に意義があるとも思えなかったし、戦後六十年以上も続いてきた表面だけの民主主義が制度疲労を起こしているのは間違いないのだが、目指すべき政治のスタイルについては、まだ語るべきことがない。細かい政策についてはいくらでも具体的に言えるのだが……目標のない旅立ち。そこに一抹の不安があった。

「大江先生、少しお疲れですな」からかうような口調で光浦が言った。この男はとっくに七十歳を超えているのに、血色はよく、十歳ほども若く見える。好きなことばかりやって暮らしていれば、元気でいられるのだろう。一方で、息子の隆俊は、どことなく元気がない。父親に生気を吸い取られているのでは、と大江は訝った。

短い沈黙。紅茶を注ぎ足そうと、敦子が立ち上がった。ふと目が合うと、彼女の顔にどこか心配そうな表情が浮かんでいるのが分かった。先ほど道の途中で別れた後のことを気にしているのだろうか。少しだけ一人きりの自由を満喫させてあげたい――彼女が気をきかせてくれたのは間違いないのだが、戻って来てからの自分の態度に、微妙な変化を感じ取っているのかもしれない。

だが、その原因は言えない。誰にも打ち明けられない。

「あなたも、別荘でも持ったらどうですか」光浦が切り出した。「伊豆はいいですよ。東京から一時間なのに空気は綺麗だし、海も近い。リフレッシュできますよ」

「そうですね」大江は適当に相槌を打った。

「伊豆は初めてじゃないでしょう?」

「昔、何回か来たことがあります。友人が住んでいまして」

「ほう」光浦が身を乗り出した。「こんな所に？　ちょっと意外だね」

「学生時代の友人が、ここで仕事をしていたんです……新聞記者で。今は作家ですが」

この説明で合っているのだろうか、と大江は一瞬戸惑った。厳密に言えば鷹西は、まだ新聞社に籍を置いている。が、記者というわけではない。「鷹西仁」の名前で世間の人が認知しているのは、人気時代小説作家だろう。何となく自慢したくなって、大江は彼の名前を挙げた。

「ああ、あの人が友だちなんだ。羨ましいねえ」光浦が、細い目を大きく見開く。「私も何冊も読んでるよ。『十五《じゅうご》捕物帳』、面白いよね」

鷹西が書き続けている別のシリーズだ。こちらは江戸の岡っ引きを主人公にした、ストレートな——こういう言い方が正しいかどうかは分からないが——時代物である。連続テレビドラマ化されるようだ、としばらく前に鷹西から聞かされていた。

「大江先生も、面白いご友人がいるんだね」感心したように光浦が言った。

「ライバルですよ。学生時代から、どっちが世の中に影響を与える仕事ができるか、競争しようと思ってました」

「それで二人とも、しっかりと目標を達成しているわけだ……大したもんだね」

「いや、まだまだです」大江は首を振った。自分で打ち明けた話題だが、早くも打ち切りたくなった。

「それで、伊豆に別荘を持つ話の方はどうですか？　実は、いい出物があるんだ。中古なんだけど、まだ新しい。少し手を入れれば――」

「無理だと思います」大江は、光浦の言葉を遮った。「東京を離れる調整をするだけでも、ストレスが溜まりますからね。今回も大変でした。今まで電話もメールもないのは奇跡ですよ」

傍らの携帯を取り上げ、振ってみせる。その瞬間、着信音が鳴り出して、びくりとした。光浦が苦笑しながら右手を差し出し、遠慮せずに電話に出るよう、促す。大江は素早くうなずき、着信を確認した……藤崎。嫌な予感がする。電話を耳に押し当てながら立ち上がり、ウッドデッキの端まで移動する。座っている限りは、森が視界に入るだけだったのだが、こうやってデッキの端に立ってみると、別荘は崖のような斜面の上に建っているのが分かった。下を見ないように気をつけながら話し出す。

「お休みのところ、申し訳ない。今日は伊豆だったな」

「はい」

「これから東京へ戻れるか？」

「何かありましたか？」

一瞬、藤崎が沈黙した。その逡巡《しゅんじゅん》が、大江の不安感をかき立てる。藤崎はもったいぶった物言いをすることはあるが、重要な事実を告げる際に、躊躇《ためら》うようなことはない。

「代表の身辺がきな臭い。記者連中が、急に動き出している」

「どういうことですか？」大江は思わず電話をきつく握り締めた。半日だけでも休めたのだから、よしとしようか、と早くも休暇を諦める。

「外国人からの献金問題だ。すぐに戻ってもらった方がいい。対応策を練らないと」


焦っても、東京は近くならない。


大江は努めてリラックスするようにし、ラジオのスイッチを入れた。ちょうどニュースの時間。まさか、先ほどの一件が既に流れているとは思えないが……何もない。ほっとしたが、最後のニュースを聞いた瞬間、頭を殴られたようなショックを覚えた。

「フリーアナウンサーの白井美紗緒さんが十九日、子宮癌のために亡くなりました。四十二歳でした」

死んだ？　どうして……いや、理由は今聞いた。子宮癌だ。だけど、四十二歳で？

大江の意識は一瞬、二十年前の学生時代に引き戻された。とんでもない倍率を突破して、アナウンサーという晴れやかな世界に足を踏み入れた美紗緒。派手で金塗れの時代を体現したようなファッション。画面の中で振りまく愛想の良い笑顔。卒業してから一度も会っていないにもかかわらず、彼女の顔をテレビで見続けているので、疎遠になった気がしなかった。ずっと近くにいたような……もしかしたら、敦子ではなく彼女が今、自分の隣にいたかもしれない、と想像する。その可能性はほとんどなかったとはいえ、ゼロではない。そうなったら、自分は今と同じ人生を送っていただろうか。

バラエティからニュースまで着実にこなし、その派手やかなルックスからアイドル的な扱いを受けていた美紗緒は、三十歳を目前にして退社し、フリーになった。その直後にプロ野球選手と結婚して、子どもが二人いたはずである。最近は、女性誌などに、子育てエッセーを書いていた。それをまとめた本を、書店で見たことがある。上手く年を取った、柔らかい表情。昔から大人っぽい顔をしていたので、今になって年齢に実像が追いついてきたようであった。

何かが終わった。一つの時代……自分の青春時代。大学の同級生で、初めて亡くなったのが美紗緒ということになる。彼女は満足していたのだろうか。高い目標にすぐに辿り着いてしまい、その後はどんな山に登ろうとしていたのだろう。今の生活には満足していたのか。自分たちのように、少しずつ目標に近づく方が、やりがいのある人生では……不謹慎だ、と首を横に振った。

悲しくはない。寂しくはない。だが、心のどこかに小さな穴が空いたように感じた。そこから冷たい風が吹き出す。

しかし大江は、あくまで政治家だった。ラジオを切ると、秘書に電話をかけ、彼女の葬儀について調べるよう、指示をする。どれだけ忙しくなっても顔は出そう。

それは友人としてではなく、政治家としての役目になるだろう。

伊豆を出て三時間後、大江は政友党の幹事長室にいた。途中、東名の厚木付近で渋滞に引っかかったうえに、一度渋谷のマンションに車を置いてこなければならなかったので、余計に時間がかかっている。

幹事長室には、うっすらと煙草の煙が漂っていた。基本的に建物内は、喫煙スペースを除いて禁煙なのだが、何人かの人間がここに詰め、ひたすら煙草を灰にしながら頭を捻っていたに違いない。

大江が部屋に入ると、藤崎は渋面を少しだけ緩めた。援軍登場、とでも思っているのだろう。ソファを勧めると、自分は座る前に新しい煙草に火を点けた。

「献金問題、ですか」大江は先に切り出した。初耳であった。在日外国人からの政治献金問題は、二年ほど前にも、国会で取り上げられたことがある。もちろん、政治資金規正法違反なのだが、当時政友党は野党だったこともあり、大騒ぎにはならなかった。あの時やり玉に挙げられたのが、現代表の側近だった江島《えじま》だった。あの一件をきっかけに、徹底した調査が行われ、他にそういうことはないと結論づけたのだが……。

「どういうことなんですか？」

「あの馬鹿が」

藤崎が吐き捨てる。代表を——首相を馬鹿呼ばわりか……大江は苦笑しながら、うなずいて先を促した。

「献金があったのは去年なんだ。つまり、調査を終えた後で献金を受け取っていたことになる。複数の社の記者連中が動いている。明日の朝刊に出るな」

「去年？」大江は思わず声を張り上げた。これでは本当に馬鹿ではないか。「代表は何と仰っているんですか？」

「記憶にない、と。しかし間違いないようだな……記憶にない、では済まされない問題だ」藤崎がぐっと身を乗り出す。「これは、一雨来るぞ。嵐にならなければいいが」

「まさか、責任問題に……」

「可能性はある。クリーンな政治を標榜《ひょうぼう》して政権を握ったのに、いきなりスキャンダルでは示しがつかない。何かあったら、きちんと説明した上で責任を取る。民自党のように、だらだらと責任逃れをするようなことは許されない。あんたも覚悟しておいた方がいい。これからしばらく、大嵐だ」

喋っているうちに、雨から嵐に変わっている。しかし藤崎の表情には、何故か余裕があった。

狙っている、と分かった。藤崎はこの機に、一気に政友党を掌握してトップに上り詰めるつもりなのだ。盟友を踏み台にしても、自分の目標を達成する。政治家の非情さを、はっきりと感じた。

ということは、俺にも新しいステージが用意されるわけだ。

大江は既に、美紗緒の死を忘れかけていた。

第11章　2011　Part2

　テレビを消そうとしてリモコンに伸ばした手を、鷹西は止めた。画面中央には、定例会見中の大江の姿がある。官房長官として人前に立つことが多くなったが、テレビの画面に映るのを見ると、今でもかすかに違和感を覚える。二十年以上前、十代の頃から知っている人間が、こうやって政府のスポークスマンとして喋っている……もちろんそれが官房長官の仕事だとは分かっているが、非現実感は強い。

　トップまでもう一歩。官房長官は、総理への確実な階段だ。そして、四十四歳で官房長官というのは、政友党が大江にかける期待の大きさの表れである。

「人材がいないとも言うけどな」皮肉に独り言をつぶやいて、鷹西はテレビを消した。

　いつでも、誰に気兼ねすることもなく好き勝手に動けるのは、ありがたい——夢に見ていた生活だ——反面、少しだけ不安でもある。毎月定期的に振りこまれる月給がなくなった暮らしには、しばらく慣れそうになかった。そういえば働いていた頃は、今頃が給料日だったのだ、と思い出す。

　一抹の不安がないでもなかったが、やはり自由には代えられない。何もしなくても、何年かは楽に生活していけるぐらいの貯金もできた。だから、自由にやるのだ。小説を書くことも当然ながら、自分の好きなテーマ——掘り下げるべきテーマを取材する。

今、鷹西の前には一つのテーマしかなかった。死ぬぎりぎりまで逢沢が追いかけていた、あの事件。残念なことに時効は成立してしまったが、それは司法的な問題である。事実は消せないし、誰かに発掘されるのを待っているはずだ。

自分が逢沢を継いで、発掘者にならなければならない。会社を辞めた理由の一つはそれなのだから。

鷹西は、デスクに放り出してあった車のキーを取り上げた。財布、メモ帳、携帯電話、カメラ、ノートパソコン、ICレコーダー。取材道具を放りこんだバッグを肩に担ぎ、マンションの部屋を出る。ドアを閉める前に、一瞬部屋を見渡した。一人暮らしには広過ぎるマンションだが、この部屋をキャッシュで買ったことで、会社を辞める踏ん切りがついたのは間違いない。きちんとした巣があって借金がなければ、人間は思い切ったことができるものだ。

天気は曇りで、東京では雪になるかもしれない、と朝の天気予報が告げていた。伊豆はどうだろう。二十代前半の一時期を、たった一人で過ごした伊豆は……東京でダウンジャケットが必要でも、薄いコート一枚で済ませられる時もある。

だが今は、まだ冬を抜けていない。あの事件が起きたのと同じ季節だ。

本当は、オープンカーが欲しかった。たまに気晴らしでドライブするためだけだったら、間違いなく屋根が開く車を買っていただろう。冬の寒さを我慢しながら風を感じるドライブの気持ちよさは、鷹西もよく知っている。だが、自分の中に残っているサラリーマンとしての常識が、「やめておけ」と忠告した。車で取材に行くこともある。シビアな話になる時もあるだろう。そんな場所に、幌《ほろ》を下ろした派手な車で乗りつけたら、最初から相手に嫌がられてしまうかもしれない。

せめて少しでも風と戯れたいと思い、鷹西は窓を全開にし、サンルーフも開けた。むせ返るような潮の香りが吹きこんでくる。懐かしいというよりも、少しだけ不快だった。海沿いの国道一三五号線は、休日には長大な自動車展示場のようになるが、平日は交通量が少ないただの田舎道である。この道を選んできたのは正解だったが、空気がこんなに磯臭かったかな、と首を傾げた。住んでいると、次第に感覚が麻痺してしまうのか。もしかしたらもう一度、この臭いに慣れるかもしれない。何回、ここへ通うことになるのか……。

革ジャケットの襟を立て、煙草に火を点けた。風に吹かれて火の粉がぱっと散り、顔の前を過《よぎ》っていく。煙草をくわえたまま、右手を窓の外に突き出し、寒風にさらした。ここへ来るのは何年ぶりだろう。最後に訪れたのは、逢沢の葬儀の時である。あれからほぼ十年。その間の怠慢を悔いながら、これからでも巻き返しができるはずだと自分に言い聞かせる。逢沢のため、自分のため――。

鷹西はまず、逢沢の家に寄った。夫人がまだ健在なので、挨拶しておかなくてはならない。幸い、夫人は在宅で、愛想よく鷹西を迎えてくれた。線香をあげた後、会社を辞めた話から切り出す。

「思い切りましたね」夫人の奈津子《なつこ》が穏やかな笑みを浮かべた。今年、確か七十歳。年齢なりに体は萎んでいるが、顔が丸いせいか、笑顔は明るく見える。

「もう四十四歳ですし……元気なうちに、好きなことをやっておきたいんです」

「元気なうちにって、そんな、年寄りみたいな」奈津子が声を上げて笑った。

「病気もしましたし、不安がないでもないんです」

「そうですね」奈津子が急に表情を引き締める。「お体だけは気をつけて……少し頑張り過ぎじゃないんですか」

奈津子がちらりと後ろを見た。リビングルームとダイニングルームを仕切る腰高の棚の上に、自分の本がずらりと並んでいる。逢沢が亡くなってからも、本が出る度に、奈津子には送り続けてきた。その数は既に、四十冊以上になっている。

「ご本、いつもありがとうございます」

「いえ」

「主人が生きていたら、喜んだでしょうね。時代小説、大好きだったから」

「読んでいただけなかったのは、残念でした」

「私は全部読んでますよ」

「あ」鷹西は間抜けな声を上げてしまった。未だに、自分の本を読んでいるという人に会うと、どんな反応をしめしていいか分からなくなる。「どうも……ありがとうございます」

「面白い本をたくさん読ませてもらえるのは嬉しいけど、無理はしちゃいけませんよ」

「そんなに顔色、悪いですか？」

鷹西が両手で顔を擦ると、奈津子がまた声を上げて笑った。鷹西は耳が赤くなるのを感じながら、照れ笑いを浮かべた。

「でも、いろいろ大変でしょう？　世話を焼いてくれる女の人、いないんですか？」

「残念ながら。こればかりは縁ですからね」四十四歳まで独身を通してしまった理由は、自分でも分からない。結局は「結婚するのが面倒だったから」ということに尽きるだろう。最初は仕事、最近は小説。一つのことに打ちこみ始めてしまうと、他に目がいかなくなるのは自分の性《さが》だ。知り合いは皆結婚しているのだが、どうしてきちんと仕事と家庭を両立できるのか、鷹西にはまったく理解できない。はっきりしているのは、こと結婚に関しては自分は不適格者だ、ということだ。

「静岡にも、素敵なお嬢さんはたくさんいるわよ。紹介しましょうか？」

「いや、とんでもないです。そんなご面倒を――」奈津子が世話焼きだということを忘れていた。「とにかく今は、仕事で手一杯ですから」

「そうね。鷹西さんが普段どんな暮らしをしているか分からないけど、普通のお嬢さんじゃ、ついていけないかもしれないわね」

「そんなに変わったことをしているわけでもないですけどね」家の台所を使ったことがない、という事実を除けば。渋谷駅から歩ける場所に無理してマンションを買ったのは、周りにいくらでも食事できる店があるからだ。その気になれば、一か月、毎晩違う店で夕食がとれる。

「でも本当に、お忙しい中、わざわざすみません」奈津子が頭を下げた。

「こちらこそ、本当にご無沙汰して……逢沢さん、怒ってるでしょうね」

「そうねえ、仕事に関しては気の短い人だったから」

「今回伊豆に来たのは、逢沢さんの仕事のことなんです」

「……あの事件、ですね」奈津子の表情が硬く、暗くなった。

「亡くなる前に捜査資料をもらいました」

「知っています」

「事件は時効になってしまいましたけど、今から取材し直すつもりです。警察はもう、事件を立件できないけど、書くことはできますから。真相が分かれば……」

「忙しいのに、大丈夫なんですか」

「こういう取材をするのも、自分の仕事だと思っています。会社を辞めて時間が自由になったら、どうしても取材したかったんです」

「危なくないんですか」奈津子が眉をひそめる。「犯人が分かったら、直接会うんでしょう？　そういうのは……どうなんですか？」

犯人に辿り着ける保証もないのだから、会って直接取材する場面など、想像もしていなかった。だが、考えてみれば相手は人を一人殺した凶悪犯である。犯人を追いつめることができたら、古巣の社会部か静岡支局に声をかけるのがいいだろう。まず新聞に書いてもらって、自分はその後、新聞では書けない長い文章を書けばいい。もはや特ダネを気にする立場ではないのだから、一報は後輩たちに譲るべきだとも思う。

「そこまで辿り着けるかどうか、分かりませんから」鷹西は薄い笑みを浮かべた。「とにかく、やってみます。もう腕が錆びついているかもしれませんが」

「人間は、そんなに簡単に変わらないわよ。今でも記者さんの気持ちなんでしょう」奈津子も笑った。

年長の――それこそ自分の母親といってもおかしくない年齢の人間に言われると、そんなものかもしれないと思えてくる。俺は作家で、今は小説を――虚構を描き出すのが仕事なんだけどな、と苦笑も浮かんだが。

久しぶりに訪れた堀口保の家は、すっかり古びていた。だが、「朽ちている」感じはしない。人が住んでいる気配はないが、誰かが定期的に手入れしている様子だ。しかしその手入れが追いつかず、ゆっくりと古くなっていくような……鷹西は首を横に振り、余計な想像をしないようにと自分を戒めた。変な先入観は禁物だ。

長い塀沿いに歩いて門まで辿り着くと、木製の扉は閉まっていた。「堀口」の表札は、鷹西がこの街に住んでいた頃から既に字が薄れていたが、今はほとんど読めなくなっている。扉を押してみたが、開かない。そもそも、こんな扉があったか……見ると、門柱は黒ずむほど古くなっているのに比べ、扉は少しだけ新しい。

誰が家のメンテナンスをしているのだろう。一人息子は関西に住んで大学の教授をやっているはずだが、今は何歳ぐらいになるのか。既に大学を定年で辞めるような年齢のはずで、故郷のこの街に戻ってきていてもおかしくない。これは調べられることだ。メモ帳に書きつけ、「要チェック」の二重丸をつけ加えてから、さらに息子の名前、住所、連絡先と、調べるべき項目を書き連ねていく。

堀口の家は高台にあるせいか、海辺よりも風が冷たい。革ジャケットの襟を立て、両手をポケットに入れたまま、家の周辺を歩き回り始めた。まず、正確な地図を作らなければならない。字が下手なせいもあり、手書きの地図は読みやすいとは言えないが、何も綺麗な字で書く必要はない。分かりやすくすることだけを心がけ、地図を作っていく。表札で確認できる名前は書きこみ、すぐにノックしたいという欲望を抑え……周囲の家全体を記入し終えて、改めて確認すると、やはり堀口の家の周りには、会社の保養所や別荘しかないと分かった。

一度車に戻り、地図を精査する。堀口の家を中心にした半径百メートルほどの範囲に、建物は十六軒。そのうち五軒が保養所、七軒が別荘、残り四軒は表札も何もないので分からなかった。

「これじゃ、目撃者はいないはずだよな」つぶやき、地図を畳む。確かあの頃も、ほとんど状況は同じだったはずである。いわば、林の中の密室のようなものだ。

車から出て、一つ伸びをする。無駄だろうとは思っていたが、持ち主の正体が分からない四軒の建物を訪ねてみることにした。インターフォンがある建物もあったが、四軒とも反応がない。事件直後に取材した時も、同じように誰からも話を聞けなかったのだ、と思い出す。実際に人が住んでいる家は、ここから少し海側に下った辺りに固まっていたはずだ。

保養所と別荘の持ち主は、割り出せるだろう。ただしそれが分かっても、有益な証言が得られる可能性は低い――いや、ほとんどないだろう。自分は当時、そこまで突っこんで調べなかったが、警察はチェックしたはずだ。その時に出てこなかった情報が、十数年経ってから明らかになるとは考えにくい。まず逢沢の資料を整理し、精査してからここに来るべきだったかもしれない。

どうも、勘が狂っている。物事を調べる時、行き当たりばったりでやるほど無駄なことはない。手順を考えないと、特に一人でやる時は混乱しがちだ。

まあ、今回は現場の雰囲気を肌で感じるということで……鷹西はカメラを取り出し、堀口の家の周辺を写真に収めた。通信局時代にも、この辺りの写真は何十枚となく撮ったのだが、写真は個人の所有物ではないので、ネガは引き継いだ後輩に渡してしまった。あれが手元にあっても、何か分かるとは思えなかったが。

堀口の家の前まで戻り、もう一度撮影する。この塀は、昔はひどく頑丈だった。現場の警備をしていた制服警官が、何かの拍子で躓《つまず》いて壁にぶつかり、肩を骨折した、という話を後で逢沢から聞いたものだ。彼は「だらしない」と憤慨していたが……今は、あちこちに隙間ができ、一部は傾いている。伊豆も台風に襲われることが多いから、度々

被害を受けているのだろう。修繕が追いつかないのかもしれない。

それにしても、いつの間にか足が疲れている。この辺りの道路は傾斜がきつく、歩いているだけで、知らぬ間に上り下りを繰り返すことになるのだ。立ち止まってアキレス腱を伸ばしてやると、心地好い緊張が走った。塀の脇に停めた車の傾きを見ても、道路

の傾斜のきつさがよく分かる。

煙草に火を点け、周囲を見回した。昔よりも、緑が鬱蒼としているように見える。湿り気を帯びた冷たい風が吹き渡り、思わず首をすくめた。どこかで鳥が啼《な》いているだけで、他に音は聞こえない。人気がないので、ひどく寂しい気分になった。堀口は、こんな所に一人で住んでいて、何とも思わなかったのだろうか。政治家を引退すると、現役時代の賑やかさの反動で、孤独を好むようになるものか。

ふと、何か動く物が視界の端に入った。まさか、猪《いのしし》とか……確かこの辺では、猪は珍しくない。猪料理を出す店すらあったはずだ。車に乗ってしまえば害はないだろうが、少しだけ緊張した。

そちらに視線を向けると、猪ではなく人だった。背中を丸め、急坂をゆっくりと上って来る。歩いて上るにはきつい坂だが……しかもかなりの老人ではないか。白髪の頭を前後に振りながら、それで勢いをつけるように、一歩一歩を踏み出している。セーターにダウンベストという、どちらかといえば軽装。だが、坂を上るだけでかなりきつい運動をしているも同然で、汗をかいているのではないだろうか。

それにしても、ご苦労なことだ。車がないのだろうか……見ると、背中にデイパックを背負っている。散歩という感じでもない。もしかしたら、持ち主が分からない四軒の家のどこかに帰る途中ではないかと思ったが、老人は堀口の家の前で立ち止まると、ゆっくりと腰を伸ばして門柱に手をかけた。呼吸を整えようというのか、深呼吸を続けている。拳を固めて腰を何度も叩き、体をさらに伸ばそうとした。

どこかで見たことがあるような……この辺に住む人なのは間違いないようだが、記憶をひっくり返してもはっきりしない。しかし、絶対に覚えているはず……。

財前だ。

堀口の後援会会長にして、地元の老舗旅館の主人。観光協会の仕事をしていたこともあり、鷹西はそちら方面での取材でつき合いがあった。堀口が殺された後、真っ先に話を聞きに行った相手でもある。それにしても、こんなに年老いた感じだっただろうか。かつてはよく着物を着ていて、恰幅がよかったせいか、非常に押し出しが強い印象だった。それが今は萎《しな》び、弱々しい老人という感じになってしまっている。しかし、あれから十五年以上も経っているのだ、と思い直した。当時七十歳だった財前は、八十の坂をずいぶん前に越えているはずだ。

財前はのろのろと動いていた。ダウンベストのポケットに手を突っこみ、何かを探している。その動きはひどく緩慢で、見ているだけでまどろっこしかった。

声をかけるべきかどうか、迷う。彼がここで何をしているのかさっぱり分からなかったし、向こうが自分を覚えているとは思えなかったからだ。依然として頭がクリアでも、十七年も前に何回か会っただけの人間を覚えているはずがない。

だが、財前がポケットからようやく鍵を取り出し、門を開けようとするのを見て、反射的に叫んでしまった。

「財前さん！」

財前が、ゆっくりとこちらを向く。最初、やはり鷹西が誰だか分からなかったようで、怪しそうに目を細める。だが、次第に目が開き、顔に薄い笑みが広がった。道路の反対側にいる鷹西に声をかけるほどの元気はないようだ。いつもの癖で、鷹西は左右を慎重に見てから、早足で道路を横断した。荒れる呼吸を整えながら声をかける。

「財前さん……」

「鷹西さん、だね」

「覚えてらっしゃいましたか」

「あんな無礼な質問をした人は、簡単には忘れないよ」

鷹西は思わず苦笑した。「代議士でなくなったら、つき合いも消えるんですか」「堀口さんは、政治という厳しい世界で生きてきた。何もないはずがないと思いますが」。事件の直後で、何でもいいから情報が欲しかったとはいえ、訊き方が直截的《ちょくせつ》過ぎたと思う。若気の至りと言えなくもないが……今思い出すと、顔から火が出る思いだ。

「その節は、申し訳ありませんでした」反射的に頭を下げる。

「いやいや」財前が苦笑して首を横に振った。動作が全体にゆっくりしている。「まあ、大変な事件だったから」

「財前さん、ここで何してるんですか」

答えず、財前が門扉のロックを解除した。押し開けると、ぎしぎしと嫌な音がする。

「入るかね？」

「どういうことですか？　まさか、財前さんがここに住んでるわけじゃないですよね」

「管理人、みたいなものだ」

それで合点がいった。この家は、放っておけばぼろぼろになるだけだろう。財前がボランティアでこの家の保守点検をしているのだ。堀口が唯一残した物——家をきちんと管理していくのは、彼の政治活動を支え続けた財前にとって、極めて重要なことなのだろう。

「ここの手入れをしてるんですね」

「引退した年寄りは暇だからね」財前が皮肉な笑みを浮かべた。「先生の想い出のため……というと気障《きざ》だろうか」

「いえ」鷹西は真顔でうなずいた。「分かります」

「中へ入るかね？　何もないけど、お茶ぐらいは用意できる」

「電気やガスも通ってるんですか？」

「その程度を負担するぐらいは、何でもないからね」

「じゃあ、ちょっとお邪魔します」

簡単に言ってから、これは大変なことだと気づいた。事件当時、この家に入ることはできなかったのだから。十七年経って、やっと現場を見ることができるとは……今さら何かが分かるとは思えないが、現場の空気を吸えるのは、幸運以外の何物でもない。

財前は、かつて応接間に使われていたらしい和室に、鷹西を通してくれた。静まり返った部屋はしんしんと冷えこみ、座っていると足元から寒さが這い上がってくる。古くなった畳特有の臭いが鼻をつき、くしゃみが出そうになった。台所の方で、財前が何かごそごそやっている気配が伝わってくる。煙草が吸いたくなったが、家の中に煙草の臭いが一切しないので、遠慮した。財前も喫煙者だったはずだが、禁煙したのか、この家で煙草を遠慮しているのかは分からない。

五分ほど正座したまま待っていると、財前がお茶を運んできた。盆も茶托《ちゃたく》もなく、湯呑みを直に両手で持っている。鷹西の前にお茶を置くと、二メートルほど離れて正面に座った。お茶を一啜りし、ふっと溜息を漏らす。話し出すタイミングがなく、鷹西も茶を飲んだ。久しぶりに静岡で飲む茶……新茶ではないのだが、さすがに香り高い。

「静岡のお茶は、やっぱり美味いですね」

「住んでると分からないものだけどね」

「東京のお茶は、味に深みがなくて困ります」

「狭山茶は美味そうだけど」

無言でうなずいた。そもそも産地を選んで茶を買うような習慣はなく、普段はお茶と言えばペットボトルだ。鷹西は湯呑みを畳に置き、膝の上で両手を揃えた。

「いつからこの家の管理をしてるんですか？」

「先生が亡くなって二年ぐらいしてから、かな。あちこちがぼろぼろになっているのに気づいてね。息子さんが……」

「関西の方にいるんですよね」

「帰って来る気はないようだ」渋い表情で財前がうなずいた。「戻るように、何度もお願いしたんだがね。この家は、先生が残したたった一つの物なんだから、このまま取り壊すのはもったいないし、人手に渡るのも悔しい」

うなずきながら、鷹西は、殺人事件が起きた家に買い手などつくのだろうか、と訝った。家を取り壊して新しく建てるとなると、相当の費用がかかるし、土地そのものに「不運」の気配を感じて敬遠されてしまうのではないだろうか。

「仕方なしに、私が保守点検を引き受けることにした」

「ボランティアなんですよね？」

「ああ」寂しげに財前がうなずく。「最初は、記念館にしようと思ったんだ。この家には、先生の残した様々な物がある……でも、事件が起きた場所だからねえ。いろんな人と相談したが、やめにした。結局こうやって、少しずつ修繕して持たせているだけなんだ」

「大変なことだと思います」

財前が茶を一口啜った。湯呑み越しに、疑わしげな視線を向けてくる。

「それで、あんたは？　何でここにいるんですか。取材？」

「ええ」

「今は、新聞社で何をしてるんですか」

「辞めました」

「ほう」財前の目に、さらに疑念が広がった。「それは知らなかった」

「辞めたのは先月末です。今は……フリーですね」作家と名乗るのが気恥ずかしく、説明を誤魔化す。

「フリーのジャーナリストということですか」

「そんな感じです」どこに何を書くか決まっていない状態で、ジャーナリストと名乗るのはおこがましい気がしたが、信用させるにはこれしか思い浮かばない。

「まさか、先生の事件を取材してるんじゃないだろうね」

「そのまさか、なんですが」

財前の目が一気に細くなり、糸のようになった。かすかな怒りが、鷹西にも伝わってくる。

「時効になってるんだぞ。どうして今さら、ひっくり返そうとするんだ」

「逆に伺いますが、このままでいいんですか」鷹西は少しだけ身を乗り出した。「時効がくれば、事件は終わりでいいんですか？　私にとって、あの事件は終わっていない」

「それは少し、感傷的過ぎるな」不満気に、財前が唇を歪める。

「そうかもしれません。でも、事件が起きて一月後、本社に転勤になった時に、大きな忘れ物をした感じがしたんです。取材を中途半端にしてこの街を離れるのが、嫌だった」気まずさもあって、財前には転勤の挨拶をしなかった。

「しょうがないじゃないか。サラリーマンに転勤はつきものだろう」

「もちろんそうなんですけど、この事件は、私が伊東通信局にいる時に経験した、一番大きな事件なんです。それに、犯人の目星がまったくつかなかった」

「警察もだらしないんだよ」財前の唇が皮肉に歪む。「堀口先生のような重要人物が殺されたというのに、本気で捜査していたかどうか、分からない。一部の例外はいるがね」

「例外？」

「当時、逢沢という刑事さんがいた。定年間近の人で……」

「知っています」と言うべきかどうか、迷った。逢沢はかつてのネタ元である。ネタ元の存在を明かさないのは、記者の基本中の基本なのだ。だが彼はとうに警察を辞め、亡くなっているし、自分も記者ではない。その原則は無視してもいいだろう。「逢沢さんには、当時よく取材しました」

「ほう」

「逢沢さんも、捜査が動かないことに苛ついていました。自分が許せなかったのかもしれません。だから、定年になってすぐ、この近くに家を買って、自分なりの捜査を始めたんです」

「知っている」財前の中で、何かが変わったようだった。それまで嫌そうに喋っていたのが、真摯《しんし》な口調になっている。

「そうなんですか？」

財前が口元を引き締め、うなずいた。少しだけ表情を緩めて続ける。

「あの人は、私のところにも何度も来たよ。人懐っこい人だったから、こっちも壁を作れないというか……何も話すことがなかったのは、残念だったな」

うなずきながら、鷹西は、これで一つ手がかりが切れた、と落胆した。財前が何か事件のことを覚えているのでは、と期待していたのだが、自分から何も持っていないと認めてしまったのだから。

「確か、亡くなられたんじゃないかな」

「癌でした」ここから先、事情を明かすべきかどうか迷った。話せば同情を引くかもしれないが、財前から何か引き出せなければ意味がない。しかし、これから本格的に取材に入るのだから、財前の興味を惹いておくのも手だ、と思った。彼は依然として、この街に多くの人脈を持っているだろう。財前自身に情報がなくても、彼をハブにして情報網を広げれば、何か引っかかってくるかもしれない。

「逢沢さんは、亡くなる前に、私に捜査資料を渡したんです」

「どういうことですか」

「私もずっと、この事件が引っかかっていたんです。逢沢さんのように、仕事の時間外でも調べるほど余裕はなかったんですけど、事件については何度も話をしました。逢沢さんは、自分の遺志を私に託したんじゃないでしょうか」

「それであんたが捜査を引き継いだ、ということか」

「実際は忙しさにかまけて、今まで何もできなかったんですけどね。会社を辞めたんで、本格的に調べてみる気になったんです。あの事件のことを気にかけている人間がいる、ということは覚えておいて下さい」

「そうか……」財前が唸《うな》るように言って腕組みをした。目を閉じたまま、つぶやくように喋り出す。「私は、堀口先生とは特別な関係にあったと言っていい。年齢も近いし、子どもの頃からずっと知っていて、政治活動をお支えしてきたからね」

「分かります」

「あなたが調べたいというなら、できる限りの協力はしよう。あの事件は、忘れたいと思う反面、喉に引っかかった小骨のようなものだから。先生が、未だに成仏されていない気がする」

それをきっかけに、財前は当時の様子を話してくれた。鷹西が知らない話もあったが、事件の手がかりになりそうな情報はない。一段落すると、財前が新しくお茶を淹れにいった。少しだけ失望感を味わいながら、鷹西は足を崩して胡座をかいた。やはり、事件が古過ぎる。それに当時から、何も手がかりがなかったのだ。今さら新しい材料が出てくる可能性は極めて低い。

「堀口先生が殺されたのは、隣の部屋だった」

財前の台詞に、ぎょっとして振り向く。後ろは十二畳ほどもある広い和室で、何も置いていない。立ち上がり、入り口まで歩み寄る。薄気味悪い物を感じ、さすがに中には入れなかったが。そういえば、この和室で長時間のインタビューをしたことを思い出す。

「ここで倒れていたそうだ。私ももちろん、その現場は見ていないが」横に並んで立った財前が言った。「今でも、ここに来ると気味が悪いな」

「分かります」

「それにしても、犯人はずいぶん力持ちだったと思うよ。凶器は花瓶だったらしいけど、十キロ近くもあったはずだから」

「それを振り回すのは……」若い、筋骨隆々の男の姿を鷹西は想像した。「相当大変でしょうね」

「だから、二人組という説もあったようだ」

それは、鷹西も逢沢から聞いていた。しかし、この部屋に被害者も含めて三人以上の人間がいたという証拠は何もなく、推測の域を出ない。

「まったく、何が起きたのかね」財前が首を捻る。

彼の疑念はもっともだ。人が殺されれば、犯人に直接結びつくかどうかはともかく、普通は多くの物証が残る。だが堀口を殺した人間は、相当用心深かったようである。現場は拭いさられたように綺麗で、鑑識の連中は相当苦労した、と聞いていた。

財前を拝み倒し、家の中を全て見せてもらった。補修が行き届かない場所もあり、全体にはひどく古びて崩壊に向かっている感じがする。間取りをノートに書きこみ、写真を撮ったが、これが何かの手がかりになるとも思えない。財前の表情が次第に面倒臭そうになってきたので、引き揚げることにした。

これから塀の補修作業をするという財前は、玄関まで送ってくれた。手伝いの人間を使わず、できる限り一人でやっているらしい。ふと思い出したように、口を開いた。

「そういえば二年ぐらい前に、ここで珍しい人を見たよ」

「誰ですか？」

「政友党の大江。何でこんなところにいたのかね。一人きりだったけど、じっと堀口先生の家を見ていた。何か変な感じがしたよ」

鷹西は、混乱の中に叩き落とされた。大江？　確かにあの男は、こんな場所に用はないはずだ。そもそも、東京を離れるような余裕があるとも思えない。

突然、あの日の記憶が蘇った。事件が発覚する前日、自分は大江と会っている。あの時あいつは、「オヤジの関係で、ちょっと挨拶しなくちゃいけない人もいるんでね」と言っていたはずだ。久しぶりに会ったせいか、あの時の記憶はやけに鮮明である。「オヤジの関係」。やはり政治家だった大江の父親は、堀口にとっては政治家としての後輩だ。同じ民自党の議員同士。線が……いや、つながらない。父親が亡くなった直後に、恩義のある人に挨拶に行くというのは、不自然ではない。大江は妙に義理堅いところがある。忙しい身なのに、自分に頻繁に連絡してくるのもその証拠だ。父親との長年の交遊に礼を言い、堀口に頭を下げる姿は自然に想像できる。

だとしたら、あいつが会った何時間か後に、堀口は殺されたことになる。

あいつは、生きている堀口を見た最後の人間なのかもしれない。

次の瞬間、二つめのひらめきが鷹西の頭に宿った。

「また来ます。失礼します」慌てて頭を下げ、車に駆けこむ。ジェットコースターのような坂道を、ブレーキを踏まずに一気に走り下りた。

本当は伊豆に一泊するつもりだったのが、鷹西は慌てて東京へ舞い戻った。革ジャケットを脱ぐ間も惜しく、捜査資料が入った段ボール箱をひっくり返す。焦るな、系統立てて調べろ……そう自分に言い聞かせたが、手が先に動いてしまう。調書をぱらぱらとめくり、必要な項目を求めて……一度は全部目を通しているのだ。必ず見ている。だからこそ、記憶の片隅に引っかかっていたのだ。

いつの間にかすっかり日が暮れ、手元も暗くなっていた。胡座をかいたまま作業を続けていたので、足が痺れている。しかも、昼飯もろくに食べなかったので、胃が悲鳴を上げていた。潰瘍の再発を恐れ、鷹西は立ち上がった。何か胃に入れておかないと。足の痺れを我慢しながらリビングルームのドアまで歩いていき、灯りを点ける。床がぱっと明るくなった瞬間、散らばったフォルダの一つが輝いたように見えた。あれか？慌てて駆け寄り、また床に座りこんでフォルダを広げる。

あった。

事件直後から継続的に行われた周辺の聞き込みを、個条書《かじょうが》きに落としたものである。そう、キーワードは「車」だった。事件から一週間ほどが経った日、堀口の家からかなり離れた民家の住人が語った証言。

「深夜一時頃、緑色の小型スポーツカー（オープンカーらしき車）が走っているのを見た。制限速度をかなりオーバーしていて、危ない感じだった」

証人の名前と年齢を確認する。当時、三十八歳。この人には、今も話を聞ける可能性が高い。思わず携帯電話を手にしたが、逢沢が手書きで書きこんだメモが目に入り、動きを止めた。

「集中的に事情聴取。緑色の小型スポーツカーで該当しそうなのは、国産車ではマツダ・ロードスターのみ。ただし、証人は『ロードスターではなかったと思う』と語っている。ナンバーその他は不明。運転者についても情報なし」

そう、ロードスターじゃない。あの車は、世界で最も売れたオープン2シータースポーツだし、あの頃は街中でもよく見かけたが、違うのだ。

学生時代のアルバムを納戸から引っ張り出し、急いでめくる。

あった。オープンカーの運転席で、大江が笑みを浮かべている一枚の写真。車はロードスターではなく、イギリス製の「ＭＧＢ」だった。アルバムから写真を引きはがし、デスクについてパソコンを立ち上げ、インターネットでＭＧＢに関する情報を集める。

一九八〇年まで生産されていた、イギリス製のライトウェイト・オープンスポーツ。あの事件当時でも結構古いモデルになっていたわけだが、大江は父親から譲ってもらったというこの車を、学生時代から大事に乗り回していた。二人乗りなので、大勢で遊びに行くのには適さなかったが、何度も助手席に乗った鷹西にとっては、想い出深い車である。

「オープンにしておくのが普通の状態なんだ」と言って、大江は真冬でも幌を下げ、寒さに震えながらハンドルを握っていたものである。そのこだわりは鷹西には理解できないものだったが、彼があの車を偏愛していることだけはよく分かった。

グリーン——ブリティッシュ・レーシング・グリーンと呼ぶらしい——の車体が圧倒的に多く、ネットで検索して引っかかってきた画像も、多くが深い緑色だった。唐突に、真冬にオープンにして乗っていた時の感覚を思い出す。髪が風に吹き流され、目からは涙が滲む。大江は、普段あまり見せない、満足そうな笑みを浮かべていたものだ。勉強ばかりの真面目一方で、趣味らしい趣味もなかった大江の、たった一つの楽しみ。父親から受け継いだ車というのも、彼にとっては特別な意味があったのだろう。

絆《きずな》。親子。信頼できる友。

大江はそのMGBに乗って、堀口の家まで行っていたかもしれない。

大江はつい最近——二年前だが——再び堀口の家の近くに姿を見せた。いい方向に想像しようとした。あの時、大江は単に、父親と縁のあった堀口に挨拶に行っただけ。二年前に姿を見せたのも、追悼の意味があったのではないか。恩義がある人なら、墓参りぐらい——。

すぐに頭の中に反論が浮かぶ。十七年前、大江は「ちょっと挨拶しなくちゃいけない人」と言った。何故、具体的に名前を言わなかったのだろう。隠しておく理由が分からない。元々大江は、極めて具体的に話す人間である。「あれ」「これ」と指示語を使うことはほぼないと言っていい。そういう風に喋る時は、はっきりさせたくない事情があるのだ、と鷹西は知っていた。

それに、二年前のこともおかしい。今さら「追悼」というのも変だし、そのつもりなら墓参りに行くのではないだろうか。あの家には誰もいない。財前のように、大江も家そのものを堀口の想い出として大事に思っているなら別だが、超多忙なあの男が、わざわざ伊豆へ足を運ぶ暇があるとは思えない。

何かがある、何かが……鷹西は、床に置いた携帯電話を見詰めた。大江にはすぐに連絡が取れる。必ず電話に出るとは限らない——出る時の方が少ないが、メッセージを残せば常にコールバックしてくれる。しかし、電話で何を話す？「堀口とはどんな関係だったんだ」？それぐらいはいいが、そこから先、話を進めるのは難しいだろう。あいつは勘が鋭いから、俺が何か疑っていれば、すぐに気づいてしまうはずだ。

これは取材なんだ。

鷹西は基本に立ち返った。本丸を攻めるのは最後。その前にやるべきは、周辺を固めることだ。

「何ですか、いったい」

　後輩の政治部デスク、喜田村《きたむら》は、怪訝そうな表情を隠そうとしなかった。鷹西は、余計なことを言わないよう、前のめりになりがちな気持ちを何とか抑えてうなずいた。

「政友党の大江のことなんだ」

「何で鷹西さんが、そんなことに首を突っこんでるんですか。政治、嫌いでしょう？」

　喜田村が目を見開き、杯を干した。居酒屋の個室で、最初から日本酒。この男は無類の酒好きだが、弱い。酔う前に話を聞きだしてしまわないといけない、と鷹西は気を引き締めた。

「嫌いだよ」

「ですよね」喜田村がにやりと笑った。早くも目の縁が赤くなり始めている。「支局時代だって、県政担当をやらなくてラッキーだって言ってたじゃないですか」

　無言でうなずく。鷹西が伊東通信局を卒業した時、喜田村は入社四年目の県政担当だった。送別会で今の台詞を吐いて、出席者全員の失笑を誘ったのを思い出す。

「大江は、大学の同級生なんだ」

「へえ」感心したように、喜田村が目を見開く。「華麗な人脈じゃないですか」

「そんなもの、俺には何のメリットもないよ……あいつの本を書こうとは思ってるけど」

「そうなんですか？　小説で？」

「ノンフィクションノベルって感じかな。実話を基にして、創作を交える……新聞記事とは違う」信じてくれるだろうかと思いながら、鷹西はまくしたてた。

「何か、よく分かりませんけど」

「どういう形になるかは、俺も分からない。俺の企画じゃないからな。編集者のリクエストなんだ」

「いろんなことを考える人がいますね」

喜田村は納得した様子ではない。しかし、むきになって説明を続けると、矛盾が出て墓穴を掘る恐れがあると思い、鷹西は話をわざと曖昧にした。

「どんな話になるか、俺も編集者もまだ分かってないんだけどね……まず、周辺を調べておこうと思って」

「本人に訊けばいいじゃないですか」

「それじゃ、単なる自伝になっちまうじゃないか。本人の言い分だらけの本なんて、つまらないよ」つまらないだろうが、鷹西は大江が自叙伝——長年ブログなどに書き溜めていた内容をまとめたものだ——を出版する予定だと本人から聞いている。そういう企画を立てる編集者もいるということだ。自分が編集者だったら、絶対にやりたくないが。

「まあ、そうかもしれませんけど」

少し恨めしそうに杯を見たので、鷹西はすぐに酒を注いでやった。あまりペースを上げて欲しくないのだが、機嫌を損ねられても困る。按配《あんばい》が難しいところだ。ウーロン茶を一口飲んで喉を湿らせ、できるだけ気楽な口調で話を再開する。

「例えばさ、大江は最初は、会社で成功してるじゃないか」

「そうですね。今持ってる株の配当だけで、死ぬまで豪遊できるんじゃないですか？何で政治みたいに金のかかる道楽を始めたんでしょうね」

皮肉っぽい喜田村の口調に、鷹西は苛立ちを覚えた。だが冷たいウーロン茶をもう一口飲み、怒りの炎を消す。

「オヤジさんの跡を継いだんだから、道楽ってわけでもないだろう」

「二世は、まあ……今の政治家は、皆二世みたいなものですからね」

「そうじゃない政治家を探す方が難しい」鷹西は話を合わせた。「あいつが会社を興す時、後ろ盾になっていたのは誰なんだろう。相当の資金がないと、会社は始められないはずだ」

「オヤジさんの遺産でもあったんじゃないですか」

「いや」喜田村と会う前、鷹西は大江と交わした会話の一つ一つを必死に思い出してメモに落としていた。そうすることで、彼が「うちは金がない」としきりに零していた記憶も引っ張り出すことができたのだ。父親には借金があったというし……それに大学時代には、ガソリン代にも事欠き、いつも十リットルずつ細々と給油していたものだ。迷わず満タンにするのは、家庭教師のアルバイト代が入った時だけ。ガソリン代ぐらいは自分で稼ごうということだったかもしれないが、あいつの台詞は「うちは」だった。大江本人ではなく、大江家が貧乏だという意味。そういえば、あのウィリス&ガイガーの十八万九千円の革ジャケットを買った時は、「東京タワーから飛び降りる気分だった」と珍しくジョークを飛ばしていた。

政治家をやると、死ぬ時は家の板塀しか残らない、とよく言われる。少なくとも、昔の政治家はそうだったはずだ。ある意味、大江の父親は古いタイプの政治家だったということか。

「あいつは貧乏だよ……少なくとも昔は貧乏だった」

「そうなんですか？」

「だから、金はなかったという前提から始めたいんだ。会社を興す金を、どこから持ってきたかが気になるんだよ」

「それは、本人に訊いてみるしかないんじゃないですか」どうも喜田村は、話を簡単に収めたいようだ。

「まず、周りの証言を集めたいんだ。それが取材の基本だろう？」

「家や会社の登記関係は？」

「チェックした」少し後ろめたい気分を味わいながら。登記簿の取り方、閲覧の仕方を喜田村に教えたのは鷹西である。今でこそデスクになり、若手の取材を指揮する立場の喜田村だが、昔はひどかった……記者以前に、社会人としての常識がゼロだったのである。

「関係者に直接当たるのが大事だと思うんだ。お前のコネで、当時の様子を知ってる人、紹介してもらえないだろうか」

「それ、どっちかって言うと経済部の仕事じゃないですか」喜田村が手酌で酒を注いだ。流れるような仕草で杯を取り上げ、一息で干してしまう。「俺はどうも、ね……」

「俺は、経済部にこんなことを頼めるほど親しい知り合いがいないんだ。だから頼むよ……会社を辞めると、支えになる物が何もなくなるんだ。だから、誰にだって頭を下げるようになる」

「それはちょっと、勘弁して欲しいですね。鷹西さんに頭なんか下げられると、断れませんよ」

「とにかく、頼む」胡座をかいたままだが、鷹西は深々と頭を下げた。顔を上げ、「お前だけが頼りなんだ」と真顔で告げた。

「しょうがないなあ……経済部の知り合いに訊いてみますよ」

「助かる」言質を取った、と安心し、空になった喜田村の杯に酒を満たした。「持つべきものは、頼りになる後輩だな」

「そんなに頼られても困りますよ」苦笑し、喜田村が杯を傾けた。「普段の仕事もありますしね……それより鷹西さん、本当は何か疑ってるんじゃないんですか？」

「何かって？」

「事件の臭いとか」

「そんなんじゃないんだ」鷹西は首を振った。「金の動きが怪しいとか？　ちょっと考えられないな。それに、何か事件があったとしても、もう時効じゃないかな」

仮に殺人事件であっても。実際に時効は成立している。しかし法的な時効があっても、倫理的には時効はないと鷹西は考えていた。犯人が分かれば、世間に対して明らかにしなければならない。

「そうかもしれませんけど、何だか事件の取材をしてる時みたいな顔になってますよ」

「そういう取材のやり方なんか、もう忘れてるよ」

俺は作家なんだ。誇るべきことではないかもしれないが、職業的に分をわきまえる必要はあるだろう。基本的に、小説を書いて金を稼いでいるのだから、事件取材のような泥まみれの仕事はすべきではない、という考えを持つ編集者もいる。しかし鷹西が堀口事件にこだわり続けるのは、自分自身、当時の取材に納得していなかったせいだし、逢沢の遺志を継ぎたいと願っているからだ。単なる好奇心ではない。

「しかし大江も、上手く泳いでますね」感慨深げに喜田村が言った。

「そうか？」

「だって今の政友党、ぼろぼろじゃないですか。あれだけスキャンダルが出てくるとは思わなかった。その中で、唯一マイナスポイントがない男ですからね。政友党が今後の立ち直りを本気で考えるなら、大江を代表に祭り上げるっていうのも、考えられないことじゃないですよ。クリーンイメージは大事ですからね」

「そうだな」

「でも、鷹西さんが心配しているようなことが——金銭スキャンダルが発覚したら、彼もしばらくは雌伏《しふく》しなくちゃいけないでしょうね。それが鷹西さんの望みなんですか？」

「俺は、政治をどうこうしたいなんて考えは持ってない」

それは紛れもない本音だった。この問題は、大江の政治家としてのキャリアを抜きにして考えるべきだ、と自分に言い聞かせる。あいつが犯人なのか否か、それだけを重視しなければいけない。

結果的に、大江のキャリアを崩壊させることになるかもしれないが。そして、自分がそんな結末を望んでいるのかどうか、自分でも分からない。

第12章　2011　Part3

久々に——とはいっても一か月ぶりだが——スーツを着て、鷹西は少しだけ緊張している自分を意識した。ワイシャツの首がわずかに緩くなった感じがする。普段体重計に乗らないから分からないが、少し痩せたのかもしれない。久しぶりにネクタイを締めて、初めて体の変化に気づくとは。

ゆったりとしたソファから立ち上がり、窓に自分の姿を映してみる。夕闇が迫っているので、暗い窓が鏡代わりになるのだ。何となくだが、やはりスーツ姿が様になっていない。顔だけ老けた、若手のサラリーマンのようだ。スーツは勤め人の作業着であり、働いているうちに板についてくる——着なければ、おかしな格好に見えるようになるのだろう。

「IAOインターナショナル」の本社は、六本木にある高層ビルの十七階全体を占めていた。他に傘下の関連会社四社が、計四つのフロアに入っている。今、鷹西がいるのは、IAOインターナショナル社長室の隣にある応接室。まさに会社の中枢部だ。

約束の時間は過ぎており、緊張がゆっくりと高まってくるのを意識する。理由は分かっていた。社会部が長かった記者時代は、会社を――会社の経営者を取材したことがほとんどないせいだ。それ故、どんな風に対峙すべきか、ノウハウの積み重ねがない。今日会う相手は、自分より年下ではあるが、日本最大級のＩＴ企業のトップである。しかも自分は、取材相手に嘘をつこうとしているのだ。いやでも緊張せざるを得ない。話し始めた瞬間、気づいた相手が席を立ってしまう可能性もある。初めは、最初に伝えた通りの取材をしよう。適当に話を聞いたところで、おもむろに切り出す――上手い手段とは言えないが、それしか思いつかなかった。流れに任せる、というやつだ。

ノックの音が響き、鷹西は慌てて振り向いた。ソファまで戻った時、ドアが開き、比嘉が顔を見せる。少しぎこちなく――少なくとも鷹西の方は――挨拶を交わし、名刺を交換した。比嘉は、鷹西の名刺を一目見て、怪訝そうな表情を浮かべる。それはそうだ。表には「鷹西仁」の名前しかないのだから。

「電話番号やメールアドレスは裏です」

鷹西は遠慮がちに言った。比嘉が名刺をひっくり返して確認すると、少し吊り上がっていた眉――異様に太く濃い眉だった――が元の位置に戻る。

「住所はないんですね」

「個人営業で……家と事務所が一緒なので、住所はあまり表に出したくないんですよ」

「作家さんもストーカー対策をするんですか？」

「ストーカーされるほど売れてませんけど、個人情報を無用心にばらまくつもりもありません」

納得したのかしないのか、比嘉が素早くうなずいた。ソファを勧め、座ると鷹西の名刺を丁寧にテーブルに置く。顔の濃さに比して物腰は柔らかな男だな、というのが鷹西の第一印象だった。ほっそりとした長身をほぼ黒いスーツに包み、体形に合った白いレギュラーカラーのシャツを着ている。ネクタイはなし。顔が映りこみそうなほど磨き上げた黒いストレートチップは、いかにも高価そうだった。

「球団の関係でしたね」

「ええ」

「IAOインターナショナル」は去年の秋、プロ野球の人気球団「スターズ」を買収していた。このニュースを聞いた時、鷹西はつい大江に電話をかけて、「お前、野球になんか興味ないだろう」と笑ってしまったものである。大江は「俺はタッチしてないから」と苦笑するだけだった。

プロ野球チーム絡みということで、鷹西はこの取材に、知り合いのスポーツ誌編集者の名前を借りた。もしも向こうが疑いを持って突っこんできたら、適当に答えて欲しい、と。あくまで適当でいいのだ。掲載するつもりでインタビューしても、実際には吹っ飛んでしまうことはよくある。またここまで辿り着くのには、経済部の力添えもあった。

社内では嫌われている——少なくとも無視されていると思っていたのに、辞めてしまうと後輩たちが案外愛想よく接してくれたのが意外だった。

「新聞社を辞められたとか？　経済部の福島《ふくしま》さんから伺いましたよ」

「一月一杯で辞めました」福島は、喜田村がつないでくれた後輩の記者だ。やけに人懐っこい男である。

「小説だけじゃないんですか」

取材するつもりが、されているような気分になって、鷹西は思わず苦笑した。

「ええ……正直、小説だけだと食べていけませんから。いろいろな媒体に書いています」

「なるほど」ようやく納得したように、比嘉がうなずいた。少しだけリラックスしたようで、顔には笑みを——あくまで営業用だろうが——浮かべている。

「録音、よろしいですか」鷹西はICレコーダーをテーブルに置いた。実際には、テープ起こしすることなどほとんどないのだが、こうやっていると相手も、「取材を受けている」と緊張してくれる。

予め用意してきた質問を、次々とぶつけていく。球団保有のメリット、デメリット。初年度の収支見通し。現実的に、今年はどこまで勝てると考えているか——かつての名門チームも、ここ数年はBクラスが定位置なのだ。

比嘉は取材慣れしており、答えに淀《よど》みはなかった。そのため、想定していたよりも早く取材が進んでしまい、鷹西の焦りは次第に激しくなってきた。早く打ち切って、本題に入りたい。かといって、球団関係の取材を十分や二十分で終わらせるのも不自然である。何とか話をつないで一段落したところで、ちらりと腕時計を見ると、いつの間にか三十五分が経過していた。そろそろ、話を脱線させてもいいだろう。

「初年度は、いろいろあるでしょうね」

「焦っても仕方ないですよ。これから長くやるわけですから、あまり性急に結果を求めても……もちろん、勝たないとファンの皆さんに申し訳ないですけどね」

ずいぶん落ち着いている。この男は自分たちの大学の後輩で、IAOの立ち上げ当時から、ずっとナンバーツーとして会社を支えてきた。大江が政界に転身してからは、持ち株会社である「IAOインターナショナル」の社長に収まり、IT業界のリーダーとして辣腕を振るっている。腰の低さと自信に溢れた態度――相反する二つの要素が自然に溶け込んでいるのは、若い頃からそれなりに苦労してきた証拠だろう。

「ところで、球団買収は、大江の意向ではないんですか？　あいつ、野球には特に興味はなかったはずだけど」

「はい？」

創業者を呼び捨てにされたせいだろうか、比嘉の顔が少しだけ険しくなった。鷹西は作り笑いを浮かべ、「あいつは大学の同級生なんですよ」と告げた。

「そうなんですか。じゃあ、鷹西さんも私の先輩なんですね」

「そういうことになりますね……あいつは昔から、悪い友だちなんです。最近はすっかり忙しくなって、滅多に会えないけど」

「球団買収は、大江さんの指示ではありませんよ。そもそも今は、会社経営にはタッチしていませんし」比嘉が話を引き戻した。

「でも、筆頭株主でしょう」

「こちらに顔を出すことはほとんどありません。本業で忙しいですしね。毎日メールはきますけど」

「ああ、あいつらしい。メール魔ですよね。メールが普及する前は、電話魔だったし」

鷹西は表情を緩めた。

「昔からそうでした」比嘉が穏やかな表情でうなずく。

「ところであいつ、何でこの会社を作ったんですか？」

「どういう意味ですか？」比嘉が笑顔を引っこめ、すっと背筋を伸ばした。

「いや、あいつの場合、オヤジさんが元々政治家だったじゃないですか。当然、あいつも政治家になるものだと思っていて……実際なったんだけど、その前に会社を作るっていうのが、よく分からなかったんですよ。遠回りみたいなものじゃないですか。当時、仲間内でも話題になりましてね。いろいろ訊いたんだけど、あいつ、まともに答えてくれたことがないんだ」

「資金作り、でしょうね」比嘉があっさり認めた。「こんなことを言うと嫌らしいですが、紐つきの金じゃなくて、自分の力で稼いだ資金で、政治の世界に打って出たかったんだと思います。それは、会社をやっている時から、いつも言っていました」

「なるほどね。それもあいつらしいや」確かに大江は、変に真っ直ぐなところがある。今、政友党の幹部で金銭スキャンダルがないのは、あの男だけと言ってもいいのだが、それも当然かもしれない。「だけど、不思議でしたよ。あいつ、昔は貧乏でね」

「そうですか？」比嘉が首を傾げた。

「政治家なら金持ちってわけじゃなくて、あいつのオヤジさんはいつも金に苦労してたみたいで……だから、この会社を作った時も、そもそもどこから金を持ってきたんだろうって、不思議に思ったんですよ」

「それは、私にはよく分かりません。学生時代は、それほど親しくさせていただいていませんでしたから……ここで働いているのも、元々は『仕事を手伝ってくれ』って言われただけなんです」

「創業当時、金にはタッチしなかったんですか？」

「資金は全部、社長――大江さんが集めてきましたからね。そんなに余裕がなかったわけでもないですよ。資金繰りで困ったことはないですから」

「資本金や最初の運転資金、ということですよね？　会社を上手く回していくためには、それなりの額が必要だと思うけど、どこから金を持ってきたんでしょうね」念押しするように、質問を繰り返す。

「どうなんでしょうね。とにかく、お金の件に関しては、我々は特に心配するようなことはなかったです」

比嘉は何か隠していないか？　鷹西は彼の顔をまじまじと見詰めたが、嘘をついている気配は感じられなかった。

「まあ、政治には金がかかりますよね。選挙もそうだし、正月の餅代なんかで、後輩の面倒をみなくちゃいけないだろうし」鷹西は話を切り上げにかかった。あまりしつこくすると、怪しまれる。この取材は失敗だった、と認めざるを得ない。

「筆頭株主ですから」比嘉が淡々と言った。

「配当だけで、十分食べていける？」

比嘉が苦笑して、うなずいた。

「それは、計算していただければ分かると思いますよ。配当額、かける持ち株数で。政治家ですから、資産公開で持ち株数は公表されているでしょう」

「そういうのをちまちま計算しているのも、何だか寂しいですね……すみません、余計な話をしました。大江と話すようなことがあったら、鷹西が取材に来たって伝えて下さい。びっくりするんじゃないかな」

「分かりました」

比嘉が立ち上がる。鷹西はまだ腰を下ろしたままなのだが……そこで鷹西は初めて、比嘉が焦っているのに気づいた。取材時間は一時間、と先に約束しているし、まだその枠は過ぎていない。なのに立ち上がったのは、鷹西を早く追い出したい証拠だ。これ以上訊かれたくない、と思っている。

どこか痛い所を突いたに違いない。話はゆっくりとしか進まないかもしれないが、自分は確実に危険な領域に足を踏み入れている、と鷹西は確信していた。

会社を出ると、六本木の街を吹き渡る寒風に晒される。ビルが林立する合間を首都高が走るこの街には、いつも不規則な風が吹き、間もなく三月になるというのにまだ寒い。昔は——そう、鷹西たちが学生の頃は、これほど寒くなかったような気がする。昨今は温暖化がよく言われるが、あの頃は車がもっと多く、排ガスが街全体を温めていたのかもしれない。そろそろダウンジャケットを脱ぐ季節だが、鷹西はしっかりと前を閉め、襟を立ててた。その瞬間、ワイシャツの胸ポケットに入れた携帯電話が震え出した。慌てて手を突っこみ、電話を取り出す。ＩＡＯインターナショナルにつないでくれた福島だった。

「どうでしたか？」

「どうって……まさか、取材が終わるのを待ってたのか？」

「だって、そういう時間でしょう」

最初に話をした時から、福島は妙にこの件に興味津々の様子だった。鷹西は考えていることと全てを話したわけではないが、この男にはある程度打ち明けていた。「大江についての本を書く」という言い訳が、嘘だと見抜かれてしまっていたようだから。

「お手数をおかけして」

「やだな、そんな改まって言われると、緊張します……それより、どんな話だったか、教えて下さいよ」

「電話だと話しにくい」

「じゃあ、直接会いませんか？」

「今から？」ずいぶん強引な男だ。「俺も、そんなに暇じゃないんだけど」

「三十分ぐらい、大丈夫でしょう？　今、後ろにいますし」

「ああ？」

思わず振り向いた。携帯電話を耳に当てた福島が、にやにやしながら空いている方の手を振っている。何なんだ……と思いながら電話を切り、大股で彼に歩み寄った。

「ストーカーかよ、お前は」

「いいじゃないですか。待ってたんですよ。三十分だけ、いいでしょう？　俺も話がありますから」

「まあ、そういうことなら……」鷹西は周囲を見回した。すぐ側のビルの二階に喫茶店がある。煙草が吸えそうな気配がしたので、そこへ誘う。

案の定喫煙可の店だったので、席に着いた瞬間、鷹西は煙草に火を点けた。天井に向かって煙を吹き上げると、福島が迷惑そうに顔の前で手を振る。無視して話を切り出した。

「簡単には喋りそうにないな」比嘉の話は理路整然としていたが、肝心の話題に関してはぼかされた気がする。

「そりゃそうでしょう。外堀を埋めないで、いきなり行っても無理ですよ」

「……で、お前の方の話って？」少しだけ苛立ちを感じ、彼に向かって煙草の煙を吹きつけてやった。

「会社を立ち上げた時、資金の問題で変な噂が流れたみたいですよ」福島が手を振って煙を追い払う。

「噂？」鷹西は思わず煙草のフィルターを強く噛んだ。「どういう噂だ？」

「出所がよく分からないってことですよ。鷹西さんが怪しいと睨んでる通りなんですけどね」福島が水を一口飲んだ。「大江って、ある意味昔から有名人だったじゃないですか。父親が有名な政治家なわけだから……そんな男が会社を作るとなると、注目もされるし、いろいろ噂も流れるもんです。でも、自己資金があるわけじゃなかった。銀行から金を借りるにしても、担保がないぐらいでね……ちょうどあの頃は、銀行の貸し渋りが問題になり始めていた時期だったし」

「ああ、そうだったな」

「というわけで、どこで資金を調達したのか、謎だったわけです。ファンドに接触した気配もなかったし」

「もっと具体的な話はないのか?」鷹西はさらに突っこんだ。この男は、概してもったいをつけ過ぎる。

「そこがはっきりしないんですが」福島が頭を掻いた。ぼさぼさの髪が乱れる。「こっちでも、もう少し調べてみますけどね。何か、気になるんですよ」

「どんな風に」

「まっとうな手段で調達した金じゃない、とかね。根拠はないですけど、何か、そんな予感がするんです」

「そうか……」

もしかしたらこの男は、俺より先に真相に辿り着くかもしれない。何となく気に食わないが、それはそれで構わないではないか、と自分に言い聞かせる。真実を掘り出せるなら、スコップを握る人間は誰でもいいのだ。仮に自分が一番先に真相に辿り着いたとしても、プライドを満足させる以外にメリットはない。自分はもう記者ではないのだ、と痛感せざるを得なかった。

「とにかく、もう少し調べてみますよ。あそこの会社を辞めた人間とか、当たってみましょう。何か事情を知っているかもしれないし」

「当たれる人間なんて、いるのか？」

「ＩＡＯは、ＩＴ業界の学校って言われてるんですよ」福島がコップの水を飲み干した。「あの会社から独立して、今はＩＴ業界の中で活躍している人は多いんです。優秀な人材を集めている証拠なんでしょうね。普段、取材でつき合いのある連中もいますから、いろいろ訊いてみますよ」

「頼む」鷹西は頭を下げた。これから先、話がどこへ動いていくかは分からないが、必ず最後まで見届ける、と決意した。

「鷹西が会社へ？」

「お知り合いなんですよね。そんな風に言ってましたけど」比嘉が遠慮がちに切り出した。

「ああ。大学時代からの友人だよ。ずいぶん長いつき合いになる」

携帯電話を一瞬耳から外し、大江は目を細めた。鷹西がＩＡＯに取材に行った？　いや、別に取材をしてもおかしくないが、何か変だ。スポーツ誌の取材だと言っていたが、あいつに今、小説以外の仕事をするような余裕があるのだろうか。一度溜息をついてから、電話を耳に押し当てる。

「あいつがスポーツ誌の取材ね……どんな様子だった？」

「ええ、それはごく普通に終わったんですが」比嘉が言葉を切る。言いにくそうな気配が伝わってきた。

「何か問題でも？」

「一通り取材が終わった後で、会社を立ち上げた時の様子を訊かれたんです」

「どういうことだ？」大江は携帯電話を握り締めた。一瞬のうちに掌に汗をかいてしまったようで、ぬるぬると滑る。右手に持ち替え、左の掌をズボンの腿の部分で拭ってから話し始めた。「つまり、あいつは何を気にしていたんだ？」

「創業時の資金の問題でした」

比嘉の最大の能力は、抜群の記憶力だ。メモ帳いらず。一度聞いた話は絶対に忘れないというその能力が、仕事でどれほど役に立ったか……比嘉が、鷹西とのやり取りを再現する。ほとんど彼の言う通りだろう、と大江は確信した。

それにしても、意味が分からない。あいつがどうして、うちの会社の内部事情を嗅ぎ回るような真似をする？　電話を切ってから、大江は思わず立ち上がった。それほど広くない官房長官室の中を、円を描くように歩き始めた。ちらりと腕時計を見やる。毎日定例の打ち合わせの時間まで、あと五分……五分経ったら、いつもの——政治家としての自分を取り戻さなければならない。

現在は経営から完全に身を引いているとはいえ、大江はＩＡＯインターナショナルの筆頭株主だ。傘下各社の経営状況については、比嘉から逐一報告を受けている。影響力は未だに大きい。会社を退く時に大江が厳命した通り、各社とも本業以外には手を出さず、経営の透明性を高めるよう、努力している。どこから突かれても、問題が出るような状況ではなかった。

だが、「創業時」というのが引っかかる。会社を立ち上げる時に俺が用意した金……鷹西がそれを気にしているのは何故だろう。

瞬時に、考えが一本の線にまとまった。

あの事件が起きた時、鷹西は伊豆にいた。当然、取材もしたはずだ。事件そのものは迷宮入りし、時効も成立しているのだが、もしも鷹西が、執念で追いかけているとしたら……まさか。首を横に振って嫌な考えを押し出す。そんな話は鷹西の口から聞いたこともないし、あいつは今や、押しも押されもせぬ売れっ子作家だ。とうに時効になった殺人事件の取材などしている暇はないだろう。

いや、違う。

暇がないなら、スポーツ誌の取材などしないはずだ。もしかしたら、スポーツ誌を隠《かく》れ蓑《みの》にして、事件を調べている？

会合が始まるまであと二分。大江は部屋の中央で立ち止まり、手にしていた携帯を見詰めた。直接鷹西に電話して確かめるか……駄目だ。あいつは妙に用心深いところがある。いきなり訊いても、答えるわけがない。

比嘉の手を煩わせよう。問題のスポーツ誌に当たって、鷹西が本当に球団関係の取材をしているかどうか、調べさせるのだ。ボロが出たら、それをきっかけにして、鷹西に突っこめばいい。比嘉の電話番号を呼び出した瞬間、ノックの音が響く。慌てて携帯電話をズボンのポケットに滑りこませ、「どうぞ」と怒鳴った。

厄介事が待っている。政友党政権になってから二人目の首相、大江の政治の師でもある藤崎も、スキャンダルに見舞われているのだ。よりによってまた、在日外国人からの政治献金問題である。先代首相が退任した理由と同じトラブルが、再び政友党を揺さぶっていた。自分たちに向けられる国民の視線が、馬鹿にしたような、揶揄するような物であることを、大江は強く意識している。あるいは諦めかもしれない。長期間の民自党政権に飽き飽きした有権者が、「一度政友党にやらせてみよう」と思った意識が、前回の選挙の結果だが、今頃有権者もその判断を悔いているだろう。

ＩＡＯグループの調査会社に、密かにネットでの世論調査を依頼したのだが、その結果を見て愕然《がくぜん》としたものである。現政権に対する支持率、十二パーセント。政党支持率は十六パーセント。

新聞やテレビが行う世論調査と、ネットでの調査には、普通は大きな食い違いが出る。既存メディアの世論調査は、無作為抽出で行うので、特定の層の意見が突出することは少ない。一方ネットでの調査は、「ネットを使う人」を対象とするのが大前提なので、どうしても調査対象層が若くなる。しばしば既存メディアの調査結果とは反対になりがちだ。既存メディアへの反発もあるだろうし、全体の結果を見て、大勢の方へ流れる人も多い。今までは、既存メディアの調査による政友党支持率は確実に右肩下がりだったのに対して、ネットでの調査では未だに政友党支持が民自党支持を上回っていたのだが、今回は違う。

政友党政権は、存亡の危機を迎えている。党内でも、現代表の藤崎と、その後ろ盾になっている前代表の高倉にどう引導を渡すかが、公然と話題になっているぐらいだ。これから開かれる集まりも、その相談のためである。表向きは定例の勉強会の形を取っているのだが、集まる面子《メンツ》は、反藤崎・高倉派の連中なのだ。藤崎を支え続けた大江は、必死で彼らを抑えようとしていたが、最近は劣勢に回っている。「大江先生は汚れないで下さい」と言われると弱い。

まったく、少し前まではこんな大きな動きになるとは思わなかったんだがな、と大江は苦笑した。

高倉と藤崎は一心同体、というのが党内で一致した見方である。政権交代に際し、藤崎は長年の盟友である高倉に代表の座を任せた。それが何より「見た目」を重視したためなのは明らかだった。長身で、ダブルの背広が似合う肩幅の広い体形にロマンスグレーの髪、年輪を重ねてもなお整った高倉の顔つきは、特に女性に絶大な人気を誇っていた。脂ぎった顔の自分が党を率いるよりも、清新なイメージの彼を代表につける方がいい、という藤崎の判断は正しかった。事実、高倉内閣が発足した時の支持率は、八十パーセントに迫る勢いだったのだ。

その後、政策の迷走、続々と噴出する違法献金問題で支持率が急降下する様を、大江はずっと見てきた。結局高倉は一年足らずで退陣に追いこまれ、その後は「政界最大の実力者」と言われる藤崎がついに党代表の座に座ったのだが、それから半年でこのザマである。退陣した後も、あちこちに顔を出して「藤崎支持」を訴える高倉の存在が、ここにきて大きなデメリットになっていた。藤崎と高倉という、昭和の影を引きずる古いタイプの政治家二人が、結託して何か企んでいる、と思われているに違いない。

若手が「高倉を全ての公職から外せ」と騒ぎ始めた頃は、大江もまだ楽観視していた。

ところが、藤崎の献金スキャンダルが、悪い状況にさらに追い打ちをかける。坂を転げ落ちている時に、上から石を投げられるようなものだ……表情を引き結びながら、大江はソファに腰を落ち着けた。

反藤崎・高倉派の議員たちが、ぞろぞろと官房長官室に入って来る。総勢五人。この中での急先鋒は、官房副長官の鈴木《すずき》である。大江と同じように政友党生え抜きで、当選三回。党内最大派閥の藤崎グループとは対立関係にある、湊《みなと》グループの世話人を務めていた。政治家としては将来性のある男で、大江は派閥の垣根を越えてつき合ってきたのだが、最近は明らかに、その関係に亀裂が入りつつある。ある程度覚悟はできているが、本格的に敵対関係になったら厄介だ。湊グループは、藤崎グループに次ぐ党内第二勢力であり、数の勝負になったらこちらも不利である。湊グループが党内の小派閥を糾合できたら、数の上では藤崎を下ろす準備が整ってしまう。

悪いことに、藤崎グループでも、最近若手議員の反発が目立つ。藤崎支持は変わらないものの、何かと評判の悪い高倉を切れ、と主張する連中は少なくない。選挙で散々世話になったはずなのに、藤崎本人への批判も、低い声で囁かれている。グループは――あるいは政友党そのものが、既に解け始めている。

予想した通り、鈴木が真っ先に口火を切った。

「週明け、新聞各紙の世論調査が出そろいます」

「どんな具合ですか」

「一桁、という社もあるらしい」

さすがに大江も度肝を抜かれた。内閣支持率の「危険水域」と言われるのは三十パーセントである。それをはるかに下回る……世論調査を必要以上に気にする必要はないが、この状態で政権維持にばかり躍起になったら、国民はますます政友党を見放す。

「全部が全部、そうというわけじゃないでしょう」努めて落ち着いた声で、大江は反論した。

「しかし、他の社も十パーセント台前半ですよ。この状態がいつまでも続いて、なおかつ藤崎さんが代表に居座り続ければ、党全体が破滅する」

「今、所得税減税の――」

「そういうのが駄目なんです！」鈴木が声を張り上げ、身を乗り出した。「だいたい、今の財政状況で、所得税減税なんかしている余裕があるわけがない。財政は破綻寸前なんですよ？　減税は単なる人気回復の手段に過ぎないし、今の国民は、そんなことは簡単に見抜きます。どうして姑息《こそく》な、小手先の対応しかできないんですか」

「低所得者層の所得税減税は、マニフェストにも挙げたことですよ」

「大江さん、あなた、藤崎さんを切って下さい」

強烈な鈴木の一言が大江を揺さぶる。今までは、さすがの鈴木も、ここまで露骨な態度に出ることはなかった。大江は思わず、ソファの肘かけを摑んだ。

「えらく強引ですね」できるだけ穏やかな声で反論する。「藤崎さん抜きでグループ内をまとめるのは、無理ですよ」

「あなたが立てばまとまる。あなたが仕切ってくれれば、湊も全面協力する、と言っています」

大江は一瞬、鈴木の言葉の真意を捉えかねた。だが次の瞬間には、自分に代表就任を迫っているのだと理解する。耳が赤くなった。こんな状況で……いつかは日本の首相になる。学生時代からのその目標が揺らいだことは一度もないが、こんな状況で、というのは願い下げだ。自分は「平時」の人間だと自覚している。様々なことが揺れ動いている今、一国の全てを引き受けるような危険は冒したくない。

鈴木がぐっと顎を引き締める。細面のその顔には、妙な迫力が宿っていた。

「代表を引き受けて下さい。あなたが代表になると約束してくれれば、我々も精一杯バックアップします」

「無理だ」大江はつぶやいた。

「あなたしかいないんだ。このままでは、政友党はスキャンダル塗れの政党と認知される。次の選挙では絶対に勝てない。あなたのように、身辺が綺麗な人が代表になれば、政友党のイメージも変わるんです。この危機を救うのはあなたしかいないんだ」

それは分かっている。一切の金銭スキャンダルに縁がないのだから――本当に？　あの事件はどうなる。自分はそもそものスタートから、血に濡れていたではないか。鈴木の言葉が耳を素通りしていく。自分は一国の首相を引き受ける資格があるのか？だいたい、国会議員でいていいのか？

それよりも、人間として許されるのだろうか。唐突に、敦子の顔が脳裏に浮かぶ。彼女は、伊豆での出来事をまったく知らない。これが明らかになったら、どんな反応を示すだろう。見限って去って行くか、今まで通り支えてくれるか。

敦子がいない人生は考えられない。何より、彼女を苦しませたくない。一人の女に激しく依存していることを意識しながら、大江は静かに目を閉じた。絶対に――絶対に表沙汰にしてはならない。そのために、鷹西との友情が壊れても。

あるいは、鷹西の口封じをすることになっても。

完全な証拠を摑むことなど、絶対にできない、と鷹西は半分諦めかけていた。警察でもない限り、強制的に話は聞けないのだし、傍証だけで相手を自白に追いこむのは不可能である。

傍証はある。鷹西は、伊豆の別荘地で「緑色のオープンカーを見た」という目撃者との面会に成功していた。十数年前のことでもあり、記憶は曖昧だったが、ＭＧＢの写真を見せると「間違いない」と自信たっぷりに請け合ってくれた。あまりにもはっきりと言ったので、鷹西は逆に疑念を抱いたのだが……当時、捜査本部が疑っていたのはマツダのロードスターだったが、ヘッドライトの形が絶対に違う、ということだった。あの頃のロードスターは初代で、ヘッドライトは格納されるリトラクタブル式である。それに対してMGBは、ボンネットを少し抉ったような形でヘッドライトがついている——初代の日産フェアレディZに少しだけ似ていた。テールランプの形状も、ロードスターが楕円形《だえんけい》のような横型なのに対して、MGBは細い縦型である。さらにボディの形自体も、ロードスターの方が流麗だ。MGBはもっと直線基調である。

学生時代の大江の写真も見せてみた。MGBの幌を下ろし、運転席に座って穏やかに笑っている一枚。事件が起きたのは、この写真が撮られてから数年後だが、今の大江の写真を見せるよりも近いだろう。三十代を通り抜け、四十代も半ばに入った今、大江の顔には当時の面影はあまり残っていない。

答えは「分からない」。夜なのに、MGBを運転していた男はサングラスをかけていたようだ。それに幌が閉じていたから、オープン状態の時と違って、顔がはっきり見えたわけでもない。

福島から入ってくる情報も、鷹西の気持ちを前へ向かわせた。会社設立当時、大江がどこからか融資を受けた、という話はやはりなかった。ベンチャーキャピタルとの接触もなかったようだし……大江はある日突然大金を持って現れ、会社を立ち上げたのだった。まことしやかに言われたのが、亡くなった父親の隠し資産の存在である。だがそれこそ、まったく根拠のない話だった。出所の分からない、不明朗な資金であることだけは間違いない。

財前の話が、さらに疑いを押し広げる。彼は、堀口から大江の名前を聞いたことがある、と思い出してくれたのだ。堀口は、大江の父親が亡くなった直後から、「早く立候補すべきだ」としきりに勧めていたらしい。引退したとはいえ、全国の民自党議員の動きに目を配っていた堀口にすれば、大江の拒絶は許せないようだった、という。父親の死を上手く利用しろ、後援会が悲嘆にくれている今こそ、後継を宣言しろ――しかし、大江は拒否し続けたようだ。彼にすれば、あくまで会社を立ち上げるのが先決だったようである。父親のように金の問題で悩まずに政治活動を続けるためには、どうしてもビジネスで成功して、巨額の金を手に入れる必要があったのだろう。それは比嘉も言っていた通りだ。だが、そもそも会社を立ち上げる資金をどこから手に入れたのか……疑念は結局、そこに戻ってくる。

これだけの材料で勝負できるだろうか。

鷹西は三日間、悩み続けた。既に三月……年度末だな、と何となく考える。切りがいいタイミングだが、現状では、とても大江を追いつめられるとは思えない。

だいたい俺は、大江を追いつめたいのだろうか。

あいつは、スキャンダル塗れの政友党にあって、唯一清廉な人物と言っていい。政界の裏側で暗躍を続けた藤崎が、首相になった途端に献金問題で激しい批判に晒されている今、政友党政権は急激に求心力を失っている。政友党に残っているのは、国会での圧倒的な数の力だけである。執行部は、とにかく解散を先延ばしにし、政権にしがみつくことしか頭にないはずだ。おそらく次の選挙では、政友党は大敗する。そして一度負けてしまえば、次に政権に返り咲くチャンスがあるかどうか、分からない。

権力は麻薬だ、とよく言われる。鷹西から見れば、今の政友党は全員が麻薬中毒患者である。

その中で、大江だけが希望の星なのだ。スキャンダルに縁がなく、経済分野を得意にする政策通でもある。党内の若手議員からは慕われ、ベテランからは信頼を寄せられている。彼を代表、首相に担ぎ出せば、政友党政権は少なくとも次の総選挙——残りの任期は二年半近くある——までは生き延びられるのではないか。「大江首相」は、政友党の唯一の可能性である。

同時にそれは、日本にとっての救いになるかもしれない。

あいつが総理大臣か……未だに想像するのは難しいが、昔の夢がついに叶う時がきたのかもしれない。思い切って若手に舵取りを任せるのも手だろう。少なくとも大江には、

「それができるのではないか」と期待させるイメージがある。既に党、政府の要職を歴任し、失点がほとんどないのも大きい。彼がトップに立てば、民自党も攻め手を失い、今後の政策に協力せざるを得ないのではないか、と思えた。

そんな男を引《ひ》き摺《ず》り下ろせるのか？　十数年前の事件、時効になった事件を引っ張り出して傷をつけることが、国益に適っているのか？

関係ない、と自分を納得させようとする。殺しは殺し。どんな犯罪よりも罪は大きいのだ。時効になれば、それで責任を免れると考えていたら、大間違いである。

いや、彼は大事な友人だ。将来の夢を語り合った仲――今考えると甘い、青臭い夢だが、仮にも二人とも、その夢の実現に向かって、今でも突っ走っている。彼をそのレールから突き落とすのは、友情という点からは間違っている。

しかし――。

考えはぐるぐると回り、鷹西は何も手につかなくなった。放っておいていいわけがないが、攻めようと考えると腰が引ける。大江は単に目撃者になる可能性があるだけではないか、とも考えた。最後に堀口に会った可能性のある男。事件について何か知っているかもしれないが、事情があって口をつぐんでいるだけではないか。彼の証言で、犯人への突破口が開けたら。

どうしようもない。原稿も手につかず、スケジュールは遅れ始めていた。こんなことは今まで一度もなかったのだが……書きかけの原稿を呼び出し、キーボードに手を添えていても、意味不明の文字の羅列が現れるだけだ。慌てて消し、何とか次の一文を綴《つづ》ろうとしては、また訳の分からない文字列が現れる。そんなことを繰り返して、結局何もしないままベッドに潜りこむ夜が、何日も続いた。

事態は、自分の手が届かないところにある。そしてとうとう、向こうから攻めこまれた。

ある日の午後、鷹西は思いもよらぬ電話を受けた。大江からだった。

「俺に話したいことがあるんじゃないか?」

鷹西は、外堀通り沿いの山王パークタワーの前に車を停めて待機していた。ここから先の一角は、まさに国政の中心である。本当の待ち合わせ場所は、山王日枝《ひえ》神社の北側の角。衆院議員会館にも近い場所で、常に警察の警戒下にあるので、そこにずっと車を停めて待つことはできない。ぎりぎりまでこの場所で待ち、約束の時間ちょうどに待ち合わせ場所に滑りこむようにしたかった。そこまで信号は二か所。両方赤でも、二分もあれば辿り着く計算である。我ながら細かい、と思わず苦笑した。

約束の時間のちょうど二分前、目の前の信号が青になった瞬間にアクセルを踏みこんだ。九十度よりも角度の小さい交差点を左折し、総理大臣官邸を右手に見ながら直進。

次の信号を左折してすぐ、道路は二股に分かれる。左側へ行くと神社の敷地に入ってしまうので、鷹西は迷わず右へ向かった。すぐに、ズボンのポケットに両手を入れて立っている大江に気づく。ブレーキを踏みこみ、車を路肩に寄せた。

「よく抜け出せたな」鷹西は、大江が助手席に滑りこむと、すぐに声をかけた。自分でも、緊張して声が硬いのが分かる。

「何とか、な。しかし、ベンツか……お前らしくない」

「別に、好きで乗ってるわけじゃない」鷹西は否定した。きちんと見えるために、という理由があるのだが、そんなことがこの場の話題に相応しいとは思えなかった。

大江がシートベルトを締め、「出してくれ」と短く言った。

「どこへ？」

「どこでもいい。ドライブしながら話そう」

とはいっても、遠くへは行けない。国会から離れるわけにはいかないのだ。何しろ大江は忙しい男である。運転しながら話すのは難しいのだが、実は車の灰皿にＩＣレコーダーをしこんでいた。この場所でもちゃんと声を拾うことは、既に実験済みである。

車は緩い坂を上り、日枝神社の周囲を回って溜池山王駅の真上に出た。大江は無防備に助手席で脚を組み、頬杖をつきながら窓の外を見ている。

「国会の周りを回るよ」総理官邸前、財務省上、国会正門前、憲政記念館前と、国会議事堂周辺を回るルートの交差点を次々と思い浮かべる。何周できるだろうか。あまりにも周回を繰り返していると、そこかしこで警戒している制服警官に怪しまれるかもしれない。

「最近、車に乗ってるか？」鷹西は遠回しに話を切り出した。

「全然。プライベートな時間なんか、ないからな」

「あれほど車好きだったのに」

「仕方ないよ」大江が肩をすくめる。「車は、引退してからの趣味にする。その頃はもう、ガソリン車なんかなくなってるかもしれないけど」

「あのＭＧＢはどうした？　大事にしてたよな」鷹西はさりげなく、本題に切りこんだ。

「処分した」大江があっさりと言った。「何だよ、いきなり。ずいぶん前の話じゃないか」

「今考えるといい車だったよな、あれ」

「まあね」

「俺が最後に見たのは、お前が伊東まで訪ねて来てくれた時だった。喫茶店で会ったの、覚えてるか？」

「もちろん」大江の口調は快活だった。「あれから一か月後ぐらいに、お前、東京に帰ってきたんだよな」

「ああ……お前と会った次の日、早朝から呼び出されてね」

沈黙。自分の言葉は瞬時に大江の頭に染みこんだ、と確信する。信号で停まったタイミングで、鷹西はさらに突っこんだ。

「お前、あの日、誰に会いに行ったんだ？　『ちょっと挨拶しなくちゃいけない人』がいるって言ってたよな。それは誰なんだ？」

「どうしてそんな昔のことを知りたい？」大江の声がわずかに硬くなった。

「分からないのか？」

再び沈黙。ベンツは遮音性が高く、停まっていても外の騒音はほとんど入ってこない。沈黙は重苦しく、鷹西の背骨に圧力を与えるようだった。

「あの日、お前は何をした？　誰に会いに行った？」

「誰でもいいだろう」

ぶっきら棒な大江の反応は、鷹西を失望させた。もう少し上手い具合に……というのも変だが、彼なら、自分を納得させる言い訳を用意しているような気がしていたのだ。

「いったい、伊豆なんかに何しに行ったんだ？　それと、もう一つ。一昨年も伊豆に行ってるよな。その時……」

「伊豆ぐらい、誰でも行くだろう。温泉に行ったんだよ」大江の声が少しだけ大きくなる。わずかな苛立ちと焦りが感じられた。

「そんな暇、よくあったな」

「温泉ぐらいはね」大江が肩をすくめる。

鷹西は、早くも自分が攻め手をなくしたのではないかと焦った。肝心なことは、自分で指摘するのではなく、大江の口から言わせたい。自白だ。だが大江は、何かを喋りそうな雰囲気ではなかった。人が真実を打ち明ける時には、何かが変わる。言葉遣い、目の輝き——長年の経験から、その瞬間を見抜く力は持っている、と自負していた。もしかしたら大江は、それを恐れて車で会うよう指定してきたのかもしれない。横向きで座っていれば、顔色を直接窺うことはできないのだ。

「俺に何を訊きたいんだ？」大江が静かに問う。

「俺に何を訊きたいんだ？」思い切って言って、大江は勝った、と確信した。相手が質問するより先に、こちらから質問をぶつけることで、機先を制することができる。出端《でばな》を挫《くじ》かれれば、追及の矛先は鈍るものだ。喧嘩は常に、先手必勝。

この男はどこまで情報を掴んでいるのだろう。頬杖をつきながら、大江は鷹西の顔をちらりと見た。顎の辺りが強張り、緊張感を漂わせている。こんな話を鷹西とすることになるとは……思えば、あの事件を起こした時から、俺は鷹西の存在を密かに恐れていた。あいつの管内で起こした事件。取材しているうちに、あいつが自分のところまで辿り着くのではないかと、怯えていた。もちろん、鷹西が記者としてどの程度の腕を持っているかは、分からなかったのだが。

今、一つだけはっきりしたことがある。この男はひどく執念深い。とうに時効になった事件を、今でも本気で掘り返そうとしているのだから。

「あの日、何をやってたんだ」

鷹西が同じ質問を繰り返す。どうしても俺の口から言わせたいのか……何故直接訊かない？「お前が堀口を殺したのか？」と。その一言を口にできないのか？

自分たちの人生は、つくづく大きく離れてしまったと思う。学生時代、二人のスタート地点はほぼ同じだった。大江の方は代議士の息子という有利な状況があったとはいえ、将来が約束されていたわけではない。鷹西は自分の才能に賭けるしかなかった。あれから二十年以上……二人ともそれなりに目標に到達し、さらに次の夢に向かって進んでいる。鷹西は今になって、俺の夢を挫こうというのか。

「世の中、変わったな」大江はぽつりとつぶやいた。

「お前が変えたんだ」

「そこまで大変なことはしていない」

「俺たちが社会に出てから、何が一番変わった？　通信だよ。そしてお前は、日本のIT業界の立役者だ。俺たちが学生の頃、社会がこんな風になってるなんて考えてたか？」

「ああ、まあ……俺は考えていたかもしれない」少なくとも、アメリカに留学していた頃には、既にそういうビジョンを持っていた。誰でもネットで社会につながる時代がくる、と。実際、過去には想像もできなかったほど、人と人との距離は縮まっている。国境さえ越え、世界が一つに結びついた、と実感することさえある。もちろん、言葉の問題はまだまだ解決されていないが。

「皆、ばらばらになった」鷹西が、大江とまったく反対の考えを口にした。

「それは違う」大江は思わず反論した。「今まで会うチャンスがなかった人同士でも、知り合う機会ができたんだぞ。昔に比べて、人と人の距離がずっと短くなった。新しい絆が生まれてるんだ」

「俺にはそうは思えない」鷹西の口調は淡々としていた。「昔なら——そう、二十年前なら、原稿も一々手渡しだったらしい。まだ原稿用紙で書いている人も多かったし、そうじゃなくてもフロッピーディスクを渡したりしてな。効率は悪いんだけど、一々会って話をすることで、新しいアイディアが生まれるのも珍しくなかったそうだ。最近は、全部メールで済んでる」

「便利じゃないか」

「でも、ほとんど顔も知らない編集者もいるぐらいだからな……何か、皆が皆、壺に入ってるような感じだ。ベケットの『芝居』っていうタイトルの戯曲、知ってるか？」

「いや」大江はそもそも、ベケットが誰かも知らない。

「舞台に壺が三つ並んで、その中に一人ずつ人が入っている。一つの壺にスポットライトが当たる度に、中に入っている人が喋りまくるんだけど……会話は成立しないんだ。今の世の中は、そんな感じじゃないかな」

「これだけ多くの情報が飛びかっているのに？」

「でも、皆自分の壺から出てこない。それはたぶん、体のサイズにぴったり合った壺を選べて、中にいる限りは安心だからだ。その壺を手に入れさえすれば、幸せになれる。幸福のハードルが下がったんだよ……とにかく情報だけが飛びかっていて、本当の会話は成立しない」

「世の中は、ドラスティックに変わりつつあるんだ。戦争でも革命でもないのに、こんな風に変わることは滅多にないから、なかなか順応できないだけなんだよ。お前は、古いタイプの人間だから」大江は皮肉を飛ばした。

「そうかもしれない。でも俺には、人と人との絆が解けつつあるようにしか見えない」

「古い絆は、な。でもこの状況は、新しい絆が生まれるまでの空白期間に過ぎないんじゃないか。だいたい、絆が解けたっていっても、俺とお前は直接会って話してるぞ」

「肝心の話題の周囲を巡ってるだけじゃないかな」

とうとう言ったか。大江は硬いシートの上で座り直し、前方を凝視した。車は国会議事堂と衆院第二議員会館の間の道路を走っている。葉を落とした銀杏並木《いちょう》の向こうに屹立《きつりつ》して見えるのは、JTビルだ。地上三十五階建ての高さを誇るだけでなく、屋上にある半円形のモニュメントのせいで、やけに目立つ。

「肝心の話題って何だ」

「お前が堀口を殺したのか？」

きた。大江は顎を引き締め、両手を拳に握った。ここはどう対応すべきか……ずっと考えていたが、答えは出なかった。今のところ、自分を疑っているのはこの男一人のはずであり、ここの攻撃を捌《さば》き切れれば、何とかなる。できれば、鷹西を傷つけずに。また敦子の顔が脳裏に浮かんだ。

「人を殺すのは大変なことだろうな」

「どんな犯罪より悪質だ」答える鷹西の声は無機的だった。

「それは、新聞記者としての見解か？」

「俺はもう、記者じゃない。普通の人間の感覚で言っても、殺人は大罪だ」

「そうだろうな」

「人を殺して、十五年以上も口を閉ざしているのは、どんな気分だろう」

「さあ」

鷹西の質問が止《や》んだ。意外なことに、一気に畳みかけてはこない。そこに大江は、隙を見出《みいだ》した。体の力を抜き、シートに背中を預ける。コートが革をこすり、甲高い耳障りな音を立てた。

「普通の人間だったら、我慢できないだろう。精神に変調を来すかもしれないな。俺はどう見える？」

「極めてまともだ。今の政友党の中で、一番まともかもしれないな」

わざとらしく聞こえるかもしれないと思いながら、大江は乾いた笑い声を上げた。

「そんな風に見られてるんだ。意外だな」

「今の政友党はひどいもんだよ。ここまで基本ができてないとは思わなかった」

「この状態じゃ、素人だと思われても仕方ないか」大江はうなずいた。抜本的な改革が必要なことは、自分が一番よく分かっている。一度、野に下るべきなのだ。政権交代の夢は数年で消えてしまうが、その後はしっかり体力をつけて、政権を担う力を蓄えるための準備期間になる。浮ついたマニフェストで有権者を引き寄せるのではなく、地方組織を堅固にし、実現可能な目標を掲げる。もしかしたら、民自党も含めた政界再編が必要かもしれない。健全な民主主義を目指して。

「お前は、政友党を変えられるのか？」

「変えるさ。近い将来、本格的に手をつけなくちゃいけないだろうな」

「代表に――総理大臣になって、ということだな」

「究極の目的はそれだ。昔から変わらない」そして俺以外に、政友党の――日本の危機を救える人間はいないと、今や確信している。「平時の宰相」などと言っていられない。

「お前に代わりはいないだろうな」大江の心中を察したように、鷹西が言った。

「そう、今の俺には、代わりはいない」傲慢に聞こえるのは承知の上で、大江は言った。

「そんな俺を、お前は追及するのか？」

「事件に関しては、どんな人間も平等だ」

「もう時効になってるはずだよな」この期に及んでなお、「自分がやった」と言質を取られるつもりはなかった。慎重に言葉を選ぶ。「そんな昔の事件をひっくり返しても、誰も喜ばないぞ。お前はセンチメンタルな気持ちで追いかけているかもしれないけど、時間の無駄だ。その時間で小説を書いている方が、よほど読者は喜ぶんじゃないか」

「そういう問題じゃない！」

鷹西がハンドルに拳を打ちつけた。一瞬車がコントロールを失い、センターラインの方に進路を変える。対向車にクラクションを鳴らされ、鷹西が慌ててハンドルを持ち直した。追いこまれているのはこいつの方ではないか、と大江は思った。精神的には、明らかにこちらが優位である。

「じゃあ、どういう問題なんだ」大江は自分がますます冷静になるのを意識した。大義の前では、無視していいこともある。「俺は——こんな言い方は好きじゃないけど——世のため人のためにこの仕事をやってきた。後ろめたいことは一切ない」

「人を殺したことは何とも思わないのか」

「それは——」

ふいに、大江は違和感を覚えた。細かく揺れている——地震か？

「おい、地震じゃないか？」

「たぶん——」鷹西が言い終わらないうちに、突き上げるように強烈な揺れが襲った。鷹西が喉の奥で苦しげな声を上げ、必死でハンドルを操作する。車を路肩に寄せて急ブレーキを踏みこむと、タイヤが歩道の縁石にぶつかり、軽いショックと共に停まった。鷹西が乱暴に、シフトレバーを「P」ポジションに叩きこむ。

大江は思わず、フロアに両足を突っ張った。車に乗っていてもこの揺れだ、相当激しい地震なのは間違いない。とうとう首都圏直下型地震がきたか——外に目をやると、急停止した他の車が、はっきりと上下に揺れている。近くには立ち番の制服警官が何人かいたが、交通整理をする余裕もなく、その場でしゃがみこんでしまっていた。訓練された警官でさえ、動きが止まってしまうような地震。正面に視線をやると、高いビルが風に吹かれる草のようにゆっくりと揺れていた。冗談じゃない、これは震度五や六じゃないぞ。

長い時間続いた揺れは、次第に収まっていった。ずっと息を殺していたのに気づき、大江はゆっくりと息を吐き出す。鼓動が跳ね上がり、心臓が胸郭を激しく打っていた。

「おい、今の……」

鷹西は無言で、カーナビの画面をテレビに替えた。指先がはっきりと震えている。定時のニュースの時間ではないのに、アナウンサーが緊迫した表情で情報を読み上げていた。二人は肩を寄せ合うようにして、小さな画面に視線を投げる。

「先ほど、東北地方を中心にした広い範囲で、非常に強い地震がありました。強い揺れを感じた地域では、津波に警戒して下さい。繰り返します、先ほど東北地方を中心にした広い範囲で――」

「東北？」鷹西がぽつりとつぶやいた。「まずいな」

「ああ」大江も応じた。「震源地が東北で、東京がこれだけ揺れたなら、間違いなく大地震だ」

「まさか……」

「俺は行くぞ」大江はドアに手をかけた。「悪いけど、話している暇はない」

「おい――」

「これは、国難かもしれない。俺には、やらなくちゃいけないことがあるんだ」

国難――そんな古めかしい言葉が自分の口から出たことに、大江は驚いた。いくら大きな地震とはいっても、阪神・淡路大震災のようなことにはならないだろう。そうやって自分を安心させつつ、地震に感謝もしていた。鷹西の追及から逃れる絶好のタイミングを提供してくれたのだから。

道路に降り立った瞬間、また揺れが襲う。先ほどよりは弱い余震だったが、恐怖を呼び起こすには十分な揺れだった。思わず足がすくみ、立ち止まる。首相官邸はすぐ側なのだが、無事に辿り着けるかどうか、不安になった。周囲をぐるりと見回す。少なくとも、火災の煙が上がっているようなことはなかった。倒壊した建物もない。東京の被害は大したことはないぞ、と自分に言い聞かせる。

制服警官がこちらに走って来る。大江だと分かって、安全を確認しに来たのだろう。大江は思わず、「状況は！」と大声で訊ねた。

「まだ分かりません」顔に幼さの残る警官が、緊張した口調で答える。「東北地方で地震、としか」

「官邸へ戻る」

歩き出すと、警官は押し黙って付いてきた。警察官に守られながら官邸へ戻る自分――政治家になってから、警察官と接触する機会が増えた。今は常に、ＳＰが周囲を固めている。今回、鷹西と会うためには振り切ってくるのが大変なほどだった。ずっと警察官を恐れていた時期もあったのに、今は彼らの存在が頼もしく思える。やはり自分は守られるべき立場の人間なのだ。

永田町周辺に、大きな混乱はなかった。地震発生直後は、走行中の車が全て停まって路肩を埋めていたが、それも今は解消している。停電もないようで、信号も普通に作動していた。大地震だったのは間違いないが、東京に大きな影響を及ぼすほどではなかったようだ。

振り返ると、鷹西はまだ車を路肩に寄せたまま、ハンドルをきつく握り締め、真っ直ぐ前を見詰めている。まさか地震で、追及を打ち切られるとは……お前には、運がないのかもしれない。肝心なところで、予想もしていない事態に妨害される。大人しく、小説を書いていればいいんだ。それがお前の仕事なんだから。お前の夢だったんだから。

妙な正義感を発揮しても、絶対に俺に傷をつけることはできない。

俺は傷つくべき人間ではない。

あいつはどれほどの決心で立ち向かってきたのだろう。自分も傷つく覚悟があったかもしれないが、俺を倒すことなど、できるはずもないのだ。俺は守られ、お前の手の届かない場所にいる。何故なら俺こそが今、日本という国だから。俺を刺せば、日本は倒れる。しかもこの地震だ。まだ被害状況は分からないが、この地震は日本全体を骨折させるほどの大災害かもしれない。そんな状況で、お前は俺を刺せるか？　人殺しだと指摘して、政治の舞台から引き摺り下ろせるか？　俺が退場すれば、この国を立て直す人間はいなくなるんだぞ。

もう、振り返らなかった。今は鷹西のこと——自分の身の上を考えている場合ではない。

次第に明らかになる東北の被害状況は、目を覆わんばかりだった。地震だけでなく、津波の被害が大きい。大き過ぎる。阪神・淡路大震災の取材を経験した鷹西にして、背筋が凍るような状況だった。だが東京の人間は、もっと落ち着いて行動すべきではないか……浮ついて、軽いパニックに襲われた都心。東京の、東京に住む人間の脆弱《ぜいじゃく》さを、鷹西はつくづく感じていた。これは恥だ。東北の人たちに申し訳ない。

国会議事堂近くで地震に巻きこまれ、数キロ離れた渋谷の自宅へ戻るまで、車で二時間かかった。青山通りに出た瞬間、まったく動かない車の列に突っこんでしまったのだ。何度か裏道に入ってみたのだが、少し進んで大通りに戻る度に、車は停まってしまう。とにかく、煙草だけはたっぷりあるからと、早い帰宅を諦めた。別に自分は、新聞記者ではないのだ。どこにいたって、誰に文句を言われるわけでもない。

帰宅途中、鷹西はずっとカーナビのテレビで地震被害の状況を見続けていた。地震そのものよりも、津波の被害の方が大きいのでは……自分が取材した阪神・淡路大震災では、建物の倒壊、火災で被害が大きくなったが、今回はまったく別種の災害になりそうだった。大江が言った「国難」も大袈裟ではないだろう。

東京の震度は五強。人や建物の被害は、ゼロではないがそれほど大きくないようだった。停電もない。ただ、携帯電話がつながらなくなり、公共交通網が麻痺した。首都圏の鉄道は全て止まり、運転を再開する様子はない。そのうち、歩道が人で一杯になっているのに鷹西は気づいた。早々と帰宅を決めた人たちが、電車を使えずに歩いているのだ。渋谷が近づくにつれて人が増え、車道にまではみ出しているせいで、渋滞に拍車がかかっている。

何なんだ。次第に「東京はどうなっているんだ」と憤りを感じ始める。東北に比べれば被害は小さいのに、このザマ……本当に、首都圏直下型地震が起きたかのようではないか。のろのろと歩いて行く人たちの姿は、まさに想像されていた帰宅難民そのものであった。

しかし、気持ちは自分も同じなのだ、と気づく。今はとにかく、家に帰りたい。誰が待っているわけでもないのだが、自宅にいることこそが、極めて重要に思えてくる。途中で車を乗り捨てて歩いて帰ろうかと、何度思ったか知れない。

日が暮れ、冬の名残の寒さが忍び寄ってきた頃、ようやく自宅に辿り着いた。途中、渋谷駅前を通り過ぎた時の様子が思い起こされる。電車が動いていないので、バスを待つ人たちでロータリーが埋まっていた。それこそ、歩道橋の上にまで鈴なりになって……そうか、今日は金曜日なのだと思い出す。こういう仕事をしていると曜日の感覚がなくなるが、普通のサラリーマンにとっては一週間の締めの日だ。明日から休みだから、どうしても家に帰ろうと必死になるのが、普通の感覚だろう。子どもをどこかに預けている人も多いだろうし――そう、この地震で、一時的に家族がばらばらになる恐怖を味わっている人もいるはずだ。つながって当然の携帯電話も役に立たなくなっているし。

夜までニュースを見続け、九時頃になって空腹を覚えて街に彷徨い出た。渋谷駅の方へ行くと人ごみに埋まりそうなので、逆方向へ歩いて行く。家の近くには、食事ができる店がいくらでもあるのだ。

街は何となく薄暗い。停電ではないはずなのに……すぐに、普段はまだ開いている店が閉まっているせいだと気づく。鷹西は、牛丼屋や立ち食い蕎麦屋が「売り切れ」の札をかけているのを生まれて初めて見た。地震直後から、取り敢えず胃袋を満たそうとしたサラリーマンたちが一斉に押しかけ、食べ尽くしたのだろう。

コンビニエンスストアはどこも煌々《こうこう》と灯《と》りを点《とも》しているが、中に入ってみると、食品の棚がほとんど空になっているのに驚かされた。トイレットペーパーやティッシュペーパー、電池もない。地震から数時間経って、街そのものが丁寧な略奪に遭ったような感じがする。スーパーも同じような状況だろう。

一方で、よく行くイタリア料理店が普通に営業している。店内でワインを楽しむ人たちの姿が窓から見えたが、表情に不安はなく、いつも通りの和気あいあいとした雰囲気だった。この辺りで働く人たちが普通に食事に来ているのかもしれないし、歩いて帰宅途中の人たちが、一休みしているのかもしれない。

そこに入って行く気になれなかった。

日常と非日常が入り混じった世界。今自分がいるべきなのは、やはり自分の家ではないかと思う。繭《まゆ》。あるいはベケットの世界のように壺。そこに閉じこもって、気持ちを落ち着けたい。怪我したわけでもないし、家の中もほとんど被害がなかったのだが、何故か心がざわつく。東北で多くの人が命を失っているのに比べて自分は……比較すべきことではないと分かっているのに、落ち着かない。

結局腹を空《す》かせたまま家に帰り、台所にあったカップ麺を夕食にした。食べ終えてから、ようやくメールを確認する気になった。依然として携帯電話はつながりにくかったが、ネットはまったく影響を受けていない。メールは、普段にも増して大量に届いている。編集者たちが、こちらの身を案じて連絡してきてくれるのはありがたかったが、古い友人たちから訳の分からないメールが届いているのが気になった。「千葉でコンビナート炎上中」「有毒ガスが大量に発生。都内へも」「この情報を拡散して下さい」。慌てて、当該のコンビナートを運用する石油会社のホームページを確認する。この情報が早速取り上げられ、炎上中だが有害物質は放出されていない、と否定していた。「噂に惑わされないで下さい」という注意も。

否定の情報を流すこともできたが、それすら面倒だった。溜息をつき、パソコンの電源を落とす。今夜はこれ以上、情報に触れたくない。記者時代の習性が今も残っていて、普段は自分でも情報中毒だと思っている。原稿を書く合間、ニュースを眺めてネットサーフィンしているうちに、時間が経ってしまうこともしばしばだった。

だが今日は、もうニュースはいらない。多くの情報が飛び交う中で正しい情報を見抜く努力など、したくもなかった。先ほどの有毒ガスの話は、いったいどこから出てきたのだろう。話を広めている人は、善意からやっているのか、それとも面白がっているだけなのか。前者だと信じたかったが、そうであっても迷惑でしかない。人に教えようとする前に、検証しようという気はないのだろうか。

こうやって一人家に閉じこもったままでも、多くの情報に触れられる時代なのだ、と改めて実感する。少し前までは、こうではなかった。テレビや新聞で報じられる情報が全て。自分がつい最近までマスコミの世界にいたにもかかわらず、そんな時代がはるか昔のことのように思える。しかし大江の言う通り、人は皆、自分のコミュニティの枠を飛び越えて見知らぬ人と、世界と直接つながっているのだ。

だが、つながっているように見えて、俺たちはもうばらばらになってしまったのだ。「個」が重視され、地域や所属する組織という物理的な人の塊、基本のコミュニティが解けつつある時代。ネットでつながっている絆は、接続を切った瞬間に断ち切れる。世界は緩く、しかし確実に変わりつつあった。そんな最中に起きたこの大地震である。日本は立ち直れるのだろうか、とぼんやりした不安が襲ってきた。立ち直れるかもしれないが、それはあくまで、表面的なものに過ぎないかもしれない。皮膚の下で複雑骨折した骨がどんな風につながるか、どうしても想像できないのだ。

大江は数日間、テレビに出ずっぱりになった。政府のスポークスマンである官房長官に臨時の震災担当相を兼任し、寝る暇もない忙しさだろう。ワイシャツの上に作業服を着て、額に汗を浮かべながら、被災地の状況を説明するその姿は、ひどく痛々しい。何を言っても、情報を隠しているのではないか、と思えてしまう。記者としての経験から、人は嘘をつくものだ、と分かっていた。しかし自分が陰謀論――国民を動揺させないため、本当の被害を隠している――に傾いているのに気づいて、鷹西は愕然とした。正確な情報が出てこないとしたら、隠しているのではなく、実際に分かっていないのだ。そんなことは、基本中の基本である。

画面では、大江が静かに語りかけていた。

「こういう時だからこそ、絆を大事に――」

鷹西はテレビを消した。絆、か。被災地の人たちがどのように助け合っているかは、阪神・淡路大震災を取材した経験から想像できる。実際に、そのような報道も溢れていた。さらに全国から、あるいは国境を越えて世界中から寄せられる援助。これは確かに、昔ながらの絆だと思う。困っている人がいれば助けようと動くのは、人間の本能なのかもしれない。

だが今は、絆の意味そのものが変わりつつある時代なのだ。どんな風になるかは分からないが、過去の絆が解け、人と人とのつながりが新たなステージに入った時代。この大災害からの復興を経て、絆がどんな風に変わっていくかは分からない。あるいは解けたまま、日本という国はばらばらになってしまうかもしれない。

大江……この危機はお前にとって、あるいは政友党にとってプラスになるかもしれない。藤崎首相の違法献金問題も、これでしばらく棚上げになるだろう。大江が国民の前に顔を出す機会は、今までよりずっと増えるはずで、あいつにすれば顔を売るいいチャンスだ。当面の危機を上手く切り抜ければ——その可能性が高いとは思えないが——その後に待っているのは長く続く災害処理である。そのためには、国民は政友党に政権を預けざるを得ない。失敗してすぐ選挙では、復興は遅れるばかりだ。

国難。

それに対応できる政治家は、今や大江だけか……だったら俺は、もうあの事件を追及すべきではないのかもしれない。一人の人間の死に対する責任と、有能な政治家の使命。

この二つを天秤《てんびん》にかけた時、どちらが重いだろう。大江はおそらく、一人の人間を踏み台にして——殺して金を奪い、それを会社の開業資金にしたのだろう——ここまできた。許しがたい出発点である。一つの国と、一つの命。どちらが重い？　こんな時でなければ、俺は間違いなく「人の命は国より重い」と断言するだろう。だが今、この国は揺さぶられ、壊れつつある。俺の気持ちも二つに割れそうだ。どうする……俺は結局、大江に全てを託さざるを得ないのだ。過去の犯罪に目を瞑ってでも。

小説なら、と鷹西は考える。自分のフィールドであるエンタテインメントなら、二人の対決は明確な結末を迎えるべきだ。俺が大江の犯罪を暴いて屈服させるか、大江が上手く逃げ切るか。それが「閉じた物語」であり、万人が納得する結末でもある。だがこの地震は、物語の結末を壊した。壊れた物語……そんな物を読みたがる人がいるとは思えない。

そして俺には、もう一度大江に迫る勇気はない。

解けたのは絆ではなく俺の決心なのかもしれない、と鷹西は思った。

解　説

尾崎真理子

一文字で、対極の両義を備える漢字がある。「覆」は「被《かぶ》せる」と同時に「くつがえす」。「漫」は「みなぎる」と「ちらばる」。「解」という字も、「数式の答」や「問題を解く」「わからせる」と同時に、「解き放つ」「ほどく」、さらには「ばらばらにする」などの意味を持つ。『解』と名付けられたこの作品はいったい、どちらに傾くのだろう……。タイトルと鮮明な朱の表紙にひかれ、この本に思わず手を伸ばしたのは、東日本大震災の翌秋のことだと記憶している。

冒頭の場面は1989年2月。年号が昭和から平成に変わった直後に物語は始まる。バブル経済は絶頂期。鷹西仁と大江波流、二人の主人公は同じ大学の卒業を間近に控えた親友同士だ。小説家志望の鷹西は、当面、社会勉強と文章修業を兼ねて全国紙の記者になる道を選んでいた。対する大江は東京・恵比寿で代議士の息子として育ち、大蔵省に入省予定という超エリート。この時、すでに英国製オープンカーのハンドルを握って、鷹西を湘南の海までドライブに連れて行く。そして大江は語る。〈俺は日本を何とかしたい。お前は、小説で日本を元気にしてくれ〉〈こんな風に皆が浮かれているうちに、本質的な物が駄目になる〉。だから政治家をめざすのだ、と。鷹西もひそかに誓う。〈俺たちは同志だ。俺たちは、二人で日本を変えていく〉。

とはいえ、思惑通りに事は運ばない。記者となった鷹西は静岡を振り出しに東京本社社会部に配属されるものの、阪神・淡路大震災を遠因として大病を患い、二十代の終わりに取材の一線から退く。日勤職場で地味に働きながら、公募の賞をめざして小説を書くしか残された道はない。大江の方も、長生きすれば総理候補ともなれた父親が借金を残して急逝。が、バブル期の終焉と入れ替わるように始まったIT草創期の波に乗じて立ち上げたベンチャービジネスが成功し、手中にした潤沢な資金で代議士選に打って出る。

この長編がミステリーに属する根拠となるのは、大江がほぼ偶発的に、父に近かった元代議士を伊豆の別荘地で殺してしまう事件による。事件の取材に深く関わり始めるのがくしくも鷹西である。だが、殺人が犯された状況も、動機も手段も、その後の捜査の行き詰まりも、ほぼ完全に物語の序盤のうちに明かされる。つまり、大江が罪の意識に苛《さいな》まれながらその後の人生をどう生き延びるか、あるいは逮捕されるか、破滅するか。それが謎となって読者を引っ張っていくわけだ。大江を取りまく老獪《ろうかい》な政治家や資産家たち。因習を打破しようと、クールに奮闘する大江。作者の本領は警察小説にあるといわれて久しいが、青年二人をめぐる人間ドラマで牽引する作者の手腕に、ミステリーを読みつけない私のような読者も、たちまち搦《から》め取られてしまった。

１９８９を第0章に、以降、１９９４、１９９５、１９９６、１９９７、１９９９、２０００、２００４、２００９、２０１１。

各章の表題にはこれらの西暦のみが並ぶ。思えば平成が始まってから、年号で記憶する習慣をこの国の多くの人々は手放してしまった。一見、オーラに乏しいが、その始まりの年からの歳月と並行して、実は日々刻々と、目には見えない革命が進行した——それが平成という時代である。インターネットという全面的にアメリカ仕様の社会インフラが日本に移植され、安価になったパソコンの普及によって、いつのまにか誰もが文章や画像を簡単に発信できるようになっている。国境や立場を越えて地球上の誰とも直接、意見を交わしあう社会が、出来上がりつつあるのである。

その革命は、先に挙げた各章の年に実現した技術革新、あるいは機材の爆発的普及によって飛躍を遂げた——そうした歴史的事実をこの作品はどんな記事、論考よりもリアルに思い起こさせてくれる。１９８９年にはｗｗｗが構想され、インターネットの普及、ウェブページの開設が世界中で加速する。95年にはウインドウズ95発売。以降、２０００年代にかけては、携帯電話の機能も半年ごとに充実し続け、今ではスマートフォンの画面を開けるだけでツイッター、フェイスブック等々の発信する情報が眼前に押しよせてくる。〈人の意識が変わる革命〉だと作者はさりげなく大江に言わせているが、この革命の歴史的経緯を、しっかり自作の中に刻んでおきたいという願望が、本作が発想された根本にあったのではないだろうか。

それは、新聞というメディアの現場に身を置いた者が抱く、特異な願望かもしれない。あらゆる情報を集めてはニュースを送り出し、その日のうちに消費され、人々はほとんどすべてを忘れ去る……。かつて作者が在籍した新聞社に長く勤める私にも、覚えがある。2000年を挟んで十年、その年の文学潮流をまとめる回顧記事を毎年書くに当たり、その冒頭に数行、携帯電話を掌中にした人々が織りなす東京街頭の風景を、書き入れる試みを私も続けたりしていた。この間の微妙すぎる社会の変化を、紙面のどこかに記しておきたかった。しかし『解』を読み、この変化をとどめるのに、小説にまさる容れ物はないと得心した。何しろこの革命は、人間の意識、運命、いや人間性そのものを変えていく威力をもつのである。正にも負にも働くその力を、非常に敏感に察知した作者は、人間の裡《うち》なる変化を、些細な日常生活の中にとらえ、ディテールを積み重ねて読者に届けている。それが小説に膨らみを与えている。

何よりその革命の軌跡は、大江波流の人生の上に如実に焦点を結ぶ。誰よりも時代に愛された彼は、時代の運命からもっとも逃れにくい人物でもある。大江が犯す殺人も、罪悪というより、アナログの時代を生きた政治家たちの退場を印象づける出来事であり、殺した元代議士から奪った金を元手に、大江がインターネットのサポート会社を起こすのも、また、たちまち日本のＩＴ化の立役者と目されるほどに成功するのも、その上、代議士としてもみるみる頭角を現し、新聞、出版という旧来のメディア産業を圧迫する新勢力の寵児《ちょうじ》となるのも、まるで時代の必然としか映らない。

　ならば旧勢力側である全国紙に勤め、事件を知る新聞記者でもある鷹西を大江は厭《いと》うのかというと、そうではない。作家になる夢を抱えて出遅れる鷹西を、大江は心底、励まし続ける。一貫して大江の方が、現実の中に夢を見るロマンティストのままである。

光と影、幸不幸はめまぐるしく変転しながら、二人の夢は少しずつ実現へと向かう。にもかかわらず、どこか色褪《いろあ》せ、失速していくようでもある。青春の終わり、あるいは右肩上がりの経済成長を前提としてきた昭和の社会、それを動かしてきた政党政治、教養主義の終わり……。退潮への分水嶺は、果たしてどの年であったのか。読み手の年齢、経歴、個人的な体験によって、思いを重ねる年は異なるかもしれない。四十代以上の読み手には、それぞれの「平成」の来し方を振り返らせずにはいないだろうし、物心ついた頃、すでにネット社会だったという１９９０年代生まれの若い世代は、同時代が抱える本質的な危うさを知る機会になるだろう。さらには、どんな世代であれ、時代こそが私たち一人一人の物語を操る影の主役であることに、嘆息するのではないか。

　だが、嘆息で終わることはない。意志を持つ生き物のように潮流を成す時代という主役にも、避けて通れない裂け目として降りかかる天災、その最たるものであった、千年に一度といわれる東日本大震災が突然、平成の日本を襲う。

この作品の雑誌連載はなんと2011年3月発売の「小説すばる」4月号から。ということは、十二回の連載に向けて練られていただろう緊密な構想を、作者は大きく変更せざるを得なかったはずである。にもかかわらず、未曾有の地震発生をも最終的に取り込んだ物語は、これ以外にはないであろう小説の「解」に行き着いている。一度は結末の解体を余儀なくされただろうが、震災後という時代がおのずと求めた裁定を、大江に、そして鷹西に与えた。震災後を生きる日本人ならば、誰もがそれしかないと納得する時代の「解」を、作者は熟慮の末に見きわめた。それが本作の最終ページが生み出された真相ではなかったか。

人々の間に絆など簡単に結べない、過剰な情報によって個々人が却《かえ》ってばらばらにされていく、そのような社会にたしかに変わった。それでも、個々の志を束ねて社会を動かしていかねばならないし、人間の志は、友情は、どんな状況をも越える力を秘めている。そう信じてみるのも悪くない……。そんな作者のつぶやきが、最後の最後には聞こえてくる。読み終えると、いつのまにか鷹西仁と大江波流は私にとって忘れがたい人物となり、孤独な鷹西に手を差し伸べた老刑事の逢沢の後ろ姿、大江の妻、敦子の入れる紅茶の香りまでふっと香った気がしたのには驚いた。

気がつけば、間もなく百作目を刊行するという、堂場瞬一という磁場に入り込んでいたのだった。氏の警察小説のタイトルに人名が付されている理由も、今ではよくわかる。この作家は人間を書く。読者は見知らぬ彼らと作品世界で出会い、再会し、彼らとひとときを人生を共にし、感情を共有する。小説を読む喜びを同時代の多くの人々に確実に与えるために、作者はこの時代を丸ごと背負い、書き続けている。

（おざき・まりこ　読売新聞記者）

初出「小説すばる」二〇一一年四月号〜二〇一二年三月号
本作品は二〇一二年八月、集英社より刊行されました。

※本作品はフィクションであり、実在する個人、団体とは一切関係がありません。

取材協力　株式会社マガジンハウス

集英社文庫

解《かい》

2015年8月25日　第1刷
2016年6月6日　第3刷

定価はカバーに表示してあります。

著　者　堂場瞬一《どうばしゅんいち》

発行者　村田登志江

発行所　株式会社　集英社
東京都千代田区一ツ橋2-5-10　〒101-8050
電話　【編集部】03-3230-6095
【読者係】03-3230-6080
【販売部】03-3230-6393（書店専用）

印　刷　凸版印刷株式会社

製　本　凸版印刷株式会社

フォーマットデザイン　アリヤマデザインストア　　マークデザイン　居山浩二

ISBN978-4-08-745345-4 C0193